沉睡的蝴蝶

张勇 著

天地出版社 | TIANDI PRESS

CONTENTS
目录

楔　子 / 001

第一章　蝴蝶旗袍 / 009

第二章　军工重地 / 027

第三章　阴极中毒 / 053

第四章　吸血蝙蝠 / 081

第五章　铤而走险 / 103

第六章　来势凶猛 / 139

第七章　我杀人了 / 159

第八章　无处藏身 / 179

第九章　危险约会 / 193

第十章　勇闯魔窟 / 213

第十一章　一封死信 / 231

第十二章　特工本色 / 257

第十三章　联欢晚会 / 279

第十四章　"蝴蝶"重生 / 301

第十五章　真相大白 / 321

第十六章　原来是你 / 339

尾　声 / 355

楔子

楔　子

上海，1944年。

农历八月十五，中秋夜。风雨交加，不仅寒冷，而且黑暗。

司法行政部直辖上海监狱，原提篮桥监狱，从去年起，就由汪精卫的南京政府接管了。接管当月，就死亡四十三人，死因不明。

其实，在这个监狱里处决犯人，特别是处决抗日分子就像是家常便饭。

今天，也不例外。

院子里荷枪实弹的狱警们就等着打完一次活靶，发了赏金，回家过节。

雨一直下着。

监狱二楼"优待室"的走廊上，一个身材修长、穿海军制服的男人走来，他身边有一名狱警陪同。他们走到二楼拐角处，狱警对男人说："她还剩十分钟。"

男人点头："谢谢。"

"我一会儿再过来，你抓紧时间吧。这要不是76号的梁先生关照，我们也不敢放你进来。你，明白的。"

"明白，明白。我也是受人之托，忠人之事。"他压低声音，"我们海军作战部的冈参谋是她的大表哥。"话说到这儿，基本就说透了。

狱警笑笑，走到一边去了。

男人这才转过身，向前走去，他神情凝重，双目无神，像是蒙上了一层灰。他越往前走，前面的路就越来越阴暗和狭窄。

幽深的走道上隐隐飘来断断续续、缠绵悱恻的情歌声。

"好花不常开，好景不常在。愁堆解笑眉，泪洒相思带。今宵离别后，何日君再来……"一架老式手摇唱机里发出阵阵雅柔绵长的音乐，一种莫名的悲凉笼罩着整个过道，幽暗的壁灯，淡淡地溢出诡异的色彩。

在一个挂着"第11优待室"牌子的房间门口，男人停住了脚步。他掏出钥匙，打开房门。

房间里坐着一个女人。

她回头看了看男人，淡淡一笑，说："你来送我了？"

男人关上门，立正，敬礼，肃然答："是的，长官。……对不起，我们尽力了。"

女人站起来，走到他面前，两个人肃然而立。她身穿大红色的苏绣蝴蝶旗袍，五彩斑斓的蝴蝶绣在胸襟上，隐隐有受过刑而留下的一片血渍，血渍随着女人特有的微弱的气息而渗透到男人的神经，她胸前的蝴蝶在喘息中起伏，带血的彩蝶栩栩如生。

女人的手搭在男人的肩膀上，她的十指很光滑，很有弹性，她的身体明显虚弱，虚弱到像一根干柴，仿佛轻轻一折就要断裂了。

"长官。"男人的声音有些哽咽。

女人仿佛很依赖男人似的，身子靠向男人，她苍白的唇贴近男人，带着血腥的气息弥散开来，她附耳轻声说："货在沙泾路10号，工部局宰牲场第三廊道第9号储物柜。"

男子近乎机械地点头，答："明白。"

"我永远不会出卖你！"

男子忍着心头的痛楚,他知道她的潜台词——就算是命令,我也不会执行。

男人用尽全身力气紧紧抱住女人,他快要崩溃了。

女人感受到男子脸颊的滚烫,她仰面看着他,轻轻地说:"时间不多了,陪我跳最后一曲。"

男人温顺地点点头。

"稍等。"女人走到简易的梳妆台前,整理妆容。粉盒里的粉见底了,她骂了声:"见鬼。"男人脸上抱歉,说:"我疏忽了。"

"没事。"女人淡淡地笑着。她伸出手指刮了刮墙上的白色涂料混在粉盒底,小心翼翼地化了个淡妆。她嘴唇苍白,自己用舌头舔了舔双唇,想到了什么,正要咬破手指,男人却抢先一步,把自己的手指给咬破了,他说:"我来。"

女人没有动,男人小心翼翼地替她抹上一抹血色的红唇。男女对视,男人竭力保持微笑,说:"您真美。"

女人摇了摇唱机,音乐幽然而起:"好花不常开,好景不常在。愁堆解笑眉,泪洒相思带。今宵离别后,何日君再来……"

两人默默相拥,翩翩起舞。

"……今宵离别后,何日君再来?喝完了这杯,请进点小菜。人生难得几回醉,不欢更何待?"

外面走廊上响起纷杂的皮靴声。"今宵离别后,何日君再来。"唱片突然卡住似的走了音色,唱机停了下来,与此同时,"优待室"的门被推开。

两名狱警上前,带走女人。

女人和男人分开。

女人走得很从容。

男人面无表情地站在房间里，一动也没有动。

女人穿过狭长的走廊，脚步声渐渐远去。

少顷，外面院子里响起了一阵枪声。

尖锐，嚣张，刺耳。

男人心腔一震，眼泪落下来。他默默走到窗前，看见院子里的水泥地上，横七竖八躺着几具尸体。雨水扑在尸体上，女人苍白的长腿露在旗袍外，左胸上一大片血红。

人，已经没了。

执行死刑的狱警们嬉笑着，有人背着枪摇来晃去，有人点燃了香烟说："这雨下得真及时，帮着冲洗血迹，算是替咱们打扫卫生了。"

"可不，陆军医院要这批尸体去给医学院做解剖标本，我们连运尸费都省了，还白拿一笔奖金。"

男人听不下去了，他的心仿佛遭受着绞刑的折磨，他背转身去，用颤抖的双手摇了摇唱机，让音乐继续流淌下去，让残存的理智来压抑住彻骨的疼痛和冰冷，把泪水悄悄吞咽下去。

"好花不常开，好景不常在……"

缠绵悱恻的音乐声中，日本陆军医院的运尸车缓缓驶出监狱大门。

就在这天晚上，日本陆军医院的走廊上，刘冠霖医生、日本的原田二郎医生和他们的助手刚刚做完一台手术，准备下班。

停尸房的两名护工推着几具血迹斑斑的尸体从他们身边走过。医生们禁不住都愣了一下。原田医生喊："停。"护工停下来了，看着原田医生。医生们围过去，原田问："这些是什么人？"

护工说:"是死刑犯,送来做解剖标本的。"

原田医生皱着眉头:"又是死刑犯。"

"对,都是抗日分子。"护工补充了一句。

刘冠霖注意到尸体丛中伸出的一双长腿和残破的大红色蝴蝶旗袍,那女人的脸压在一具男尸下面,刘冠霖看不到。

原田医生摇摇头,说:"太年轻了,中国人为什么不爱惜自己的生命呢?"

有年轻的医生点头附和着。

原田医生让护工把尸体推走了,刘冠霖的眼睛仍然盯着那件残破的蝴蝶旗袍,直到原田喊他,他才跟上原田的步伐。

据说,当夜日本陆军医院的停尸房丢失了一具穿大红蝴蝶旗袍的女人尸体。

还有医学院的学生说,在医院的花园里,亲眼看见一只苍白的手臂拿着一件瑰丽的血色蝴蝶旗袍轻盈的拂过花丛,消逝在茫茫夜色中。

当刘冠霖医生再次看见那件蝴蝶旗袍的时候,已经到了1951年的春天。

第一章 蝴蝶旗袍

第一章 蝴蝶旗袍

刘冠霖医生是在一家裁缝铺的玻璃橱窗里看见那件大红色苏绣蝴蝶旗袍的。

当时，正当黄昏，夕阳灿烂，那件旗袍在晚霞的照射下熠熠生辉，隔着玻璃窗都能炫得路人回头欣赏。尽管那年穿旗袍的女人已经很少见了，但是，依旧有些少妇在橱窗前顾盼，眼光流连。

毕竟爱美之心人皆有之。

自日本投降后，刘冠霖医生就离开了陆军医院，在上海一家私立医院任职，一干就是四年多。新中国成立后，由于医术精湛，他加入了中国人民解放军总医院之附属传染病医院任副主任医师。后来，他从上海直接调入了三线城市江城一家秘密军工研究所，对外称W新型材料研究所的职工医院，担任主治传染病及职业病的主任医师。

他看见这件旗袍的时候，神情很是诧异，总觉得很恍惚。

最后，他得出了一个结论。这件旗袍，有可能与那件残破的旗袍是同一家手工店制作的，也有可能是那件的仿制品。

不过，他记忆里始终记着这件旗袍的花色——蝴蝶太美丽了。

那年死去的女人应该也很美丽。

刘冠霖总是能在瞬间记住美丽的东西，不管是人还是物。

"嘀嘀——"刘冠霖身后突然响起了汽车喇叭声，他回头一看，是研究所的军代表连参谋，开着一辆军用吉普车，向他打招呼。

"刘医生,你回七街坊吗?我送你。"连捷三十出头,精明强干,穿着一身中山装,隐隐透着一股军人的气势。

七街坊是职工医院医生、护士集中居住的红砖房小区,离连捷住的三街坊四合院区只有五十米的距离。

"你不忙吗?"刘医生问。

"不忙。我顺道。"连捷说。

连捷的父亲连颢然是研究所的副总工程师,一个老地下党员,曾在广州、重庆等地的军工厂任过要职,解放的时候,护厂还立过功。因为江城市军工研究所的需要,连颢然带着妻子从重庆来到了江城。而他的儿子连捷早在1945年就加入了中国人民解放军,是四野的一名侦察排长。鉴于连颢然向组织提出要儿子留在身边,于是,组织上将连捷调入江城市,任军管会的领导兼W新型材料研究所的军代表。

连颢然的妻子程月如身体不好,患有严重的失眠症,长期在家休养。刘医生经常去连家给程月如看病,一来二去,大家都熟络了。所以,刘医生想着顺路,也就不客气地上了连捷的吉普车。

二人在车上聊起了家常。

"听说你弟弟要来了。还是个新加坡的华侨?"刘医生问。

"是啊,麻烦事啊。"连捷笑着摇头。

"到底怎么回事啊?研究所里都在悄悄议论呢,你给说说。"

"不就是二十多年前,我爸去新加坡执行一次秘密任务,遇上他曾经的情人。于是,于是就那样啦。于是乎,现在就这样了。"连捷一边开车,一边从口袋里取香烟。

刘冠霖帮他把香烟点上,说:"你爸真能耐,出一次轨,就白捡一儿子。"

"这不是赶巧了嘛。"连捷说,"我父亲就是一老小孩,有时候,他简单得让人感到幼稚。"

"这话可不对。你父亲可是老地下党员。"

"对,对对,老狐狸。"连捷大声笑起来。

"你说的这个幼稚,有时候也是一种攻防的武器。幼稚比虚伪来的有力量。"

"高论。高论。"连捷很佩服刘冠霖的见解,"不过,听说那女人很可怜,是一个搞化学的知识分子,难产死的。"

"难产?死了?那你弟弟二十多年谁在养?"刘医生问。

"他外公。说是一个基督徒。"连捷把车开进一个胡同,"搞封建迷信的。"

"你弟弟叫什么名字?"

"连城。"连捷自嘲地笑笑,"要不说我老爸厉害呢,在国外偷偷养一孩子,起个名吧,连城璧啊,价值连城。您瞧我这名,连捷,廉洁奉公,两袖清风。"

刘医生也笑起来。

"你弟弟这次回来,听说是志愿回国搞建设的。"

"话是这么说,其实呢,是他外公去世了。他呢,想认祖归宗。"连捷把车开到七街坊门口,刘医生下了车。

"回去好好劝劝你母亲,别动了肝火。她的失眠症,需要好好静养。"刘医生说,"回头,我再给你母亲开点药。"

"好,谢谢啊。"

连捷开车回到家,家里的厨房散发出一股浓浓的炖猪骨头的香味。连捷知道,妹妹连莲在厨房做菜,他特意到厨房跟妹妹打招呼。

连莲是连捷的父亲十几年前在上海收养的一名烈士遗孤，她今年二十一岁，在江城市公安局侦查科工作。她长了一张圆圆红红喜庆的脸，剪着整整齐齐的短发，浑身上下都有一股拧紧的干劲，她的性格就像她的面相一样，朝气蓬勃中兼有淳朴敦厚。

"连莲。"连捷一边招呼妹子，一边打开锅盖闻肉汤的香味儿。

"大哥，你去歇着吧，一会儿菜就好。"

"妈的情绪怎么样？"连捷问。

"妈倒是没说什么，就是，今天下午……"她迟疑了一下，回头看看，低声说，"我听见，妈妈在哭。"

"哭？"连捷低低叹了口气。

可有什么办法呢？这都是上一辈子的情缘恩怨，父亲的一生不可谓不传奇，母亲这一辈子也是默默承受了许多苦难和悲情。

他来到书房，父亲正捧着一本俄文版技术资料在做笔记。父子俩对视了一眼。连颢然用眼神询问儿子，大意是，看过你妈妈了吗？

连捷说："妈妈在整理房间。毕竟家里要来客人。"他说的是"客人"，没说"兄弟"。

连颢然有些失落："你妈从来都不追究我的错，她太贤惠了。"

"不追究，不等于不难过。"连捷一语道破父亲的心结。

"也许破口大骂，彼此会更好地沟通。"连颢然说。

"对。"连捷很痛快地承认，"我妈要是破口大骂，您就不必太负疚了。"

"我，是不是很可耻？"连颢然对儿子说出这句话的时候，心里很忐忑。

"您要听真话？"连捷微笑着。

连颢然点头："当然。"

"对于您这种想法。"连捷的声音突然低下去，但是吐字清晰且有力，"我深感可耻。"

连颢然一脸遗憾，连捷却爽朗地笑起来："爸爸，事过境迁，您就勇敢面对吧。再者说，来的是您的小儿子，有什么可担心的？您大儿子在这儿给您撑着腰呢。"

"你可别胡来。听说那孩子很本分。"连颢然想了想，"你帮老爸做一件事。"

"什么事？"

"你也知道，你妈妈有严重的失眠症，家里来个'人'，不太方便，你看，你能不能给他一点点暗示？别让他住在家里。"

"嗯？"连捷一愣，旋即反应过来，点头称，"是。好，很好。"

连颢然说："不过，这话啊，最好——你明白？"

"明白，我明白。我懂。您啊，安心啊，好好地做您的慈父。恶人、坏人，都交给我来当。您就甭瞎操心啦。我知道怎么做。"

"你真知道怎么做？"

"有数，有数。"连捷一迭声地应付着父亲。

此刻，连莲已经在客厅里布好了菜，门铃响了。一家人的神经都仿佛被震动了。程月如穿着一件精心挑选的素花格子旗袍、神情略带激动地走了出来。连颢然和连捷看见她面色潮红，心底都泛过一丝犹疑。

"我去开门。"连莲很主动地说。

她从客厅走出去，来到院子里，打开门。

她神情一怔，以为自己看错了什么。

院子门口站着一个气质清雅的男子。他身材修长，从头到脚，宛如非常纯净的曲线流泻;他衣领洁白,穿着一件薄薄的米色风衣;他眉宇间透着温和的笑容,一看就知道是一个受过良好教育的人。

他的脚旁搁着一个漂亮的皮箱。

连莲愣了一下,问:"您找谁?"在她的心目中,一个在资产阶级社会中生长的"寄生虫",应该是一个体态臃肿,油头粉面、满脸坏样的家伙。再不然,也得是一个面黄肌瘦、抽着大烟的病秧子。决计不会是这种玉树临风,挺拔英俊的男子。

那儒雅的男子,看了看连莲,再看看手中信封上的地址,轻轻地问:"请问这里是连颢然先生的府上吗?"

"是。"连莲答,"你有什么事吗?"

"哦。"得到肯定答复的男人突然有些局促起来,俊脸微红。他说:"我叫连城。从新加坡来。"

"哦——"连莲带着拖腔说。她真是没有料想到,与这个海外华侨见面后,竟会有一丝甜甜的惊喜:"原来是你。"

连城听了这句不咸不淡、不带恶意、也并不暗示友好的话,原本局促的神态愈加显得尴尬,他低着头,拎起行李,只能等着。

"进来吧。"连莲说。

家门终于向一个陌生、漂泊的游子敞开了。

连城走进房间的时候,连家一家子都站在客厅里,严阵以待。

"……连城。"连颢然为缓和一下紧张的气氛,主动地叫了小儿子的名字。连城很有礼貌地应着声,说:"是,我是连城。您是?我父亲?"很显然,连城说"父亲"这两个字的时候,他的眼光是看着"母亲"和连捷的反应的。他的目光清澈,极尽温顺。所以,连捷并不排斥这个"陌生"的兄弟。

"孩子。"连颢然说,他原本想说,孩子,你受苦了。可是,话到嘴边,就只剩下一声"孩子"了。他自己都有点鄙夷自己的心态。

连城突然就在客厅里给连颢然跪下了。

在场的人都有些失措。

"父亲。"连城给连颢然叩了头。

"快,快别这样,孩子。"连颢然看着妻子的脸色,暗中给连捷使眼色,连捷过去就把连城给拽起来。

"好了,别拜了。封建主义那一套,咱可不作兴。"连捷豪爽地笑着。连城被连捷拽起来后,给程月如深深地鞠了一躬。

程月如的脸上终于露出淡淡的笑容。

海外来客临时演出的"父子团圆",以连家人的宽容和友好落下了"欢迎"的帷幕。

晚餐很丰盛,连家人围坐在一张圆桌上吃饭。因为连家家族成员简单,就没跟连城一一介绍,所以,就闹了个笑话。连城管连捷叫"大哥",叫连莲"大嫂"。害得连莲满脸绯红,说:"别胡说八道,我是你小妹。"他也不尴尬,喊错了人,只低着头浅笑。

连城的嘴很甜,喊大哥喊得很顺,一点都不似刚见面的兄弟称呼起来会略显别扭。他叫程月如"大妈"。程月如说:"妈就是妈,还分大小啊?"连城立马就改了口,称呼"妈妈"了。连捷觉得连城的适应力和应变能力很强,短短几分钟,不管什么话,哪怕你夹枪带棒,或者暗藏机锋,他都似理解非理解,以亲和的面貌来对应所有的"排他性"。

他的心理素质一流。

连捷突然就有些不安起来。

饭桌上,连颢然问连城的工作安排,连城说,自己是通过民政局和工业局给安排的工作，工作地址在"菽香里2号"。连捷和连颢然不由自主地对望了一眼，"菽香里2号"是秘密研究所的地址，看起来，这个连城还是可靠的，毕竟进入军工重地，需要公安局的内查外调，至少，他在政治上是清白的。

连莲因为长时间在公安局工作，对海外归来的人，总是会带有几分审视的目光，尽管她对连城有着某种程度的好感，但是，并不影响她对"他"旁敲侧击。

连莲在饭桌上不停地讲着"抓特务"的故事。"现在海外的敌特分子总是不甘心他们的失败，贼心不死。——我们公安局可不是花架子。"连莲说，"敌特分子，我们见一个消灭一个！"她不说"抓"，故意说"消灭"。她说话的时候，眼睛一直盯着连城看。

连城仿佛是根本没听见她在说什么，他专心致志地夹着菜，小心翼翼地咀嚼着米饭，动作斯文，几乎没有什么声音。

连莲的心底蔓延起一种失败的情绪，偏偏这个时候，连捷大口大口地喝着汤。"咕噜，咕噜"的喝汤声，听起来一点也不悦耳。

程月如主动给连城夹菜，一丝丝幸福感掠过连城的心头，他的心底忽然有一份淡淡感动的潜流，滋润着全身。

连捷的眼里闪过一丝惊奇。

此时此刻，唯一头脑少根弦的连莲，依旧没有放弃"宣传政策"的阵地，她直接问连城："知道什么是解放吗？"

连城一愣，说："知道。"

"你知道，那你说说看。"

"任何一种解放都是把人的世界和人的关系还给人自己。"连城说。

连莲说："解放就是砸碎旧锁链，人民当家做主人！"她自负地看看连城,"刚才那种论调哪儿来的?"

"那句话不是我说的。"连城很老实。

连颢然咳嗽起来。

"那是谁说的?"连莲追问。

连城微笑,不答。

"到底谁说的?"连莲很有气势地盯着连城看。

"马克思。"连城答得很清楚。

"马克思?"连莲的脸涨红了,瞪着连城看。连城很礼貌地补充了一句:"一八四四年,马克思《论犹太人问题》。"

连颢然大声咳嗽着,叫连莲去给他盛碗汤。连莲甩着很大的步子去了,连捷却忍不住笑起来,而且,越笑越大声,越笑越放肆。

饭后,连捷特意把连城叫到一边,跟他说,母亲有很严重的失眠症。只一句话,连城就领悟了,说自己今晚先住在招待所,明天早上去单位报到后,会住在单位安排的宿舍里,不会给家里添麻烦。

"孺子可教。"连捷由衷地说。

连城得了夸赞,开颜一笑。

他的笑不谄媚,不虚伪,反而让人感到他很真诚:"我在江城市没有亲人,也没有朋友,只有这个家。"

连捷被他说得心里有点酸,说:"你啊,每个星期六都回家来吃饭,星期天呢,可以在家陪陪父亲,培养培养你们的父子感情。毕竟二十多年都没见过面。"

"谢谢大哥,处处为我着想。"

"也不全是为了你。"连捷说,"我也是考虑到老爸,你我说到底也是兄弟。"

"是。"连城发自内心地说,"谢谢。"

连城要去招待所,连颢然假意挽留了几句,便放行了。连捷因为晚上还要去军管会开会,所以叫连莲送连城去招待所。为了表示对连城的"关爱",一家人都送到了门口。

连莲推着辆自行车过来,要搭连城走。

连城看了看连莲,说:"你能搭得动吗?要不,我来搭你吧。"

"你认识路吗?"连莲昂着头说。

连城低下头。众人都笑起来,一家子春风和顺地看着连城坐上了连莲的自行车。

连捷发现,连城走路,脚步很轻,搭自行车的时候,轻轻一跃,他拎着行李的手丝毫不见抖动,气息均匀,很快就在后座上调度平衡了身姿。

连捷的心里泛起波澜,他说不清楚自己在想什么。他总感觉哪里不对劲。

连莲直接把连城送到了W新型材料研究所的招待所里,招待所是一个两层楼的小旅馆,连莲替连城办理了入住手续,旅馆里很安静,住客很少,连城被安排到楼上的房间里。

连莲看他安顿下来后,就忙着回家了,出门的时候,叫连城早点休息。

连莲走后,连城就去楼下打了瓶开水,回到楼上房间里,洗脸、刷牙。白炽灯挂在房间中央,摇来晃去的,把整个房间照得惨白惨白的。

连城洗漱完毕,上床靠着,想着从行李里取本书来读。他站起来,把皮箱打开,取出一本《电真空》,然后,把皮箱顺好,放到床下。正放着,他赫然发现床下还有一只皮箱。

连城想了想,他小心翼翼把皮箱拖了出来,皮箱是上了锁的。

突然,他的眼前一片漆黑。

停电了。

连城听见楼里零星的客人们发出叹气声。

连城摸着黑下楼,去值班室找蜡烛。就在他下楼之际,有一个女人摸着黑上楼梯,他们擦肩而过,连城闻到她身上有一股清香的茉莉花味儿。

他微微回眸,尽管他看不清,黑乎乎的就看见一团黑背影。

是个长发女人。

"同志。"女人突然回头喊他。

连城在黑暗里应着声。

"您是刚到的吧?"

"对,我今天刚来。"

"我是上个星期来的,比您早几天。"

"哦。"

"我住在招待所背后的院子里。"

"哦。"

"我是来找人的。"

"找人?您,找着了吗?"

"没有。"黑暗中,她叹了口气。

"您找谁?"连城也不知道自己哪根筋不对劲,黑灯瞎火的,站在楼梯上,居然跟一个素不相识的女人聊起来了。

"我的一个朋友,叫朱曼丽,从上海来。"她语气很急。"您见过吗?她长头发,穿着一件大红色的蝴蝶旗袍。"

"蝴蝶旗袍？"连城一怔，好在黑暗里，谁都看不见谁。

"苏绣的。"

"哦。"连城的声音一颤。

"您见过？"女人声音里透着一丝喜悦。

"没有。"连城说。

"哦。不好意思，打扰了。"女人很客气，"有手电筒吗？"

"没有，我到楼下去找蜡烛。"

"好，那请您给我也拿一支吧。"

"没问题。"连城说。

连城心里狐疑着，走下楼梯，心底数着步子，准确地摸到了值班室的门口。

"师傅，有蜡烛吗？"连城摸黑敲打着值班室的玻璃窗，很快，值班师傅打开了窗户，一束淡淡的橘色光投射了过来，连城的心一下就安定了。

"师傅，这里经常停电吗？"连城问。

"是啊。"值班师傅得意地说，"放心。我这里要什么有什么。有备无患。"他把一支点燃了的蜡烛递给连城。

"谢谢。"连城接过蜡烛，"能再给我一支吗？楼上还有人需要。"

"行。"

一会儿，另一支蜡烛也点燃了。

连城举着两支蜡烛重新走上楼梯，烛影的光亮奇妙地游动着，自下而上，连城走上二楼楼梯口，看见那女人站在那儿，到处张望。

"蜡烛来了。"连城说。

他把一支蜡烛递过去，女人伸手接过去。女人的指尖划过他的指尖，连城感觉她手指冰凉。

女人一张略显苍白的脸，隐隐约约地笼罩在昏黄的光圈中，她的目光显得幽暗而神秘。她的影子随着她手上蜡烛的角度，不停地在墙上闪烁着，晃动着。

"谢谢。"女人说。

"不客气。"

"我没有见过您，您是刚到的吧？"她问。

"对，我今天刚到。"连城有些机械地答话。

"我是上个星期来的，比您早几天。"

"哦。"连城情不自禁地往后退了一步。

"我住在招待所背后的院子里。"

"哦。"

"我是来找人的。"

连城不知道心底哪里往外冒寒气。

"她是我的一个朋友，叫朱曼丽，从上海来。"她语气很阴沉，"您见过她吗？她长头发，穿着一件大红色的蝴蝶旗袍。苏绣的。"

"同志，现在天已经黑了，你一个女同志，还是先回家吧，这黑灯瞎火的，就算她从你身边过去，你可能也看不到。"

"对啊，也许面对面，也看不见。"女人在烛光下叹了口气。

长头发，穿大红色苏绣蝴蝶旗袍。面对面，也看不见。连城终于看清了面前的女人，近距离——她自己在找自己。

"精神病"三个字浮现在连城的脑海里。

"您快回去吧，没准儿，您的朋友已经回家了。"

"回家？对，回家去。"女人笑起来，盈盈浅笑在光的颤动下格外妩媚。连城看着她拿着蜡烛下楼去了。

他替她惋惜。

这么好的一个女孩子，居然是个"疯子"。

连城进屋，关起房门，因为停电，他早早地睡了。

第二天早晨，阳光透过窗棂照在连城的床头，他听见窗外一片嘈杂之声，连城从床上一跃而起，推开窗户，看见招待所背后的院子里围聚了一大群人。

连城下楼，去打水，看见招待所里空荡荡的。不断地有人朝后院跑，他也就好奇地跟了过去。

院子里，有几棵茉莉花树，空气里充溢着茉莉花的香味。有公安干警在那里拍照，警戒。一群人站在那里窃窃私语。

"好年轻。"

"听说已经死了一个星期了，要不是准备开挖沉淀池，就在这里埋烂了也不会有人知道。"

"哪儿来的？"

"听说是上海。"

"上海化工学院毕业的。"

连城走进人群，他抬眼望去，一具女尸平放在地上，公安干警正在给一些群众做笔录。一名法医正在鉴定死亡时间。

连城的目光集中在女尸身上，长头发，穿一件大红色苏绣蝴蝶旗袍。

连城心底无比震惊，不仅如此，他的耳边传来更加让他难以置信的话。

"她叫朱曼丽！！！"

"死了一个星期了！！！"

连城彻底蒙了，满眼都是红色的蝴蝶，满耳都是那几句话。

"我是上个星期来的，比您早几天。"

"她是我的一个朋友，叫朱曼丽，从上海来。"

"您见过她吗？她长头发，穿着一件大红色的蝴蝶旗袍。苏绣的。"

她浅笑着，形象很模糊，蝴蝶的影像却愈发清晰起来，虚幻中，飘来一支令连城接近崩溃的曲子。

"好花不常开，好景不常在。愁堆解笑眉，泪洒相思带。今宵离别后，何日君再来……"

连城晕倒了。

第二章 军工重地

"好花不常开，好景不常在。愁堆解笑眉，泪洒相思带。今宵离别后，何日君再来……"靡靡之音，糯糯地、绵绵地、细语如针地、铺天盖地地向昏睡中的连城袭来，连城恍恍惚惚进入了一个天旋地转的幻觉世界。

连城想："我在哪里？我从哪儿来？我是谁？我为什么来？"

"老师，二年级的球赛开始了。——您不是说要来观战吗？"一个穿着花格子衬衣的男生站在办公室窗外说着。

一名青年教师笑盈盈地说："好的，知道了。我就来。"

他是连城。

在新加坡一所教会中学任英文教员。

他的办公桌上干净而又简洁，一个墨水瓶，一个笔架，方方正正砌成一排的英文教科书。书桌的台历上翻到1950年12月21日，农历庚寅年十一月十三，星期四。

阳光很好，视野也很开阔。绿草茵茵，蝴蝶翩翩，杂花生树，春色摇曳。学校的操场上，一群孩子欢快地踢着足球。

球员们呐喊着、奔跑着，互有攻防。连城和几名老师一起，兴致勃勃地坐在长椅上看球赛。

其中一队孩子进球得分。

大家欢呼！

此时，一个穿中山装的男人悄悄靠近连城。

连城已经意识到了某种危险的来临，但是，他不动声色，依旧目不斜视地观赛。中山装男人坐到连城身边，仿佛是不经意地问了句："谁会赢？"连城这才回眸看他，再看看远处散落在操场的寥寥阴影，心如明镜了。

该来的总会来，逃是逃不掉的，连城想。

"通常情况下，我赢。"连城出手猛地袭击了那人的要害。那人声音都没喊出来，扑地坐到地上。

连城起身飞奔。远处有几个人跟着跑起来。中山装男人龇牙咧嘴、一瘸一拐地跟上去。有老师纳罕地看了一眼，心想，是不是追债的？

其他的老师依然被球赛所吸引。

紧接着，一阵欢呼，有孩子又进球了。

连城一路狂奔，几名特务紧咬不放，连城时不时停下来，对"来犯者"迎头痛击，打得几名特务落花流水。

连城一口气跑回教员宿舍楼，绕开楼门，直接从窗口跳进自己的房间。甫一落地，连城就像脚跟被地面粘住了一样，他头上被两支黑洞洞的枪管顶住。

一个戴呢帽的中年男人背对着连城，悠闲地说："别跑了。再跑，我就宰了你。"

几乎是与中年男人的语速同速，连城双臂一展，打落两名特务手上的枪，以双膝滑翔的姿态，双手抱头，倏地跪倒在中年男人面前。

两名特务趴在地上捡枪，很丢人地站到一边去。

来人是杜旅宁，原军统上海区情报三组组长。

连城，原军统上海区情报三组情报员。杜旅宁的高足。

"速度不错，反应敏捷，身手矫健，不像是养尊处优的样子。"杜旅宁说。

"我一直在体育娱乐中训练自己的战斗素质。"连城不卑不亢地说。

杜旅宁轻蔑地哼了一声："少自鸣得意。"

连城笑笑，喊了声："老师。"

"嗯，你现在也当老师了。"杜旅宁言语含着讥讽。

"算是修身养性吧。"连城答。

"学校好啊，世外桃源。"杜旅宁转目看了看连城，"只可惜，好景不常在啊。"

连城仿佛被某一根刺给刺到了，眼睛里透出恨意来。

"你不用拿眼睛瞪着我，我脸上又没有开出花来。"杜旅宁说，"——知道你现在的处境吗？"

"很惨。"

"那也不一定，你不是'蜘蛛'吗？很擅长织网和隐形，销声匿迹对你来说，并不困难。"

"这可不好说，对手不一样。"

杜旅宁自嘲地一笑："对手？你也配？"

房门被撞开，几名模样狼狈的特务赶来了，他们满头大汗，气喘吁吁。看到杜旅宁，都及时刹住了脚。杜旅宁并没有苛责手下的意思，他随手拿起书桌上的一个模型船。

"这模型不错，自己做的？"杜旅宁问。

连城点头。

"设计精准。"

"这船能在水上走。"连城说。

"真的？"杜旅宁感到新奇。

"真的。"

"装发动机了？"

"不用电，靠风力，走流水。"连城答。

杜旅宁把玩着模型船，嘟囔了一句："玩物丧志。"他一回眸，连城赶紧把头低下。

杜旅宁拿了把椅子过来，坐下："我们有七年没有见面了吧？你不想对我说点什么？"

"老师，说实话，七年了，七年你们都没有找到我，您为什么一直要坚持找到我，而不肯放学生一马呢？"

"七年了。不是没有找到你。是一直把你放在这，作为一枚预备的棋子而已。明白啦？我们需要一个履历干净的生面孔，等合适的机会去冲锋陷阵。"

连城脸色灰蒙蒙的。

"你是棵好苗子。——我原来对你寄予极大的希望，可是，你居然做了逃兵。自从'蝴蝶'被判处死刑后，你就开始感情用事了，我没说错吧？我可以想象你的痛苦，并肩作战的战友，热恋中的情人。就像昆虫的伴侣，突然间另一个虫子消失了……"

"不是消失，她被出卖了。"连城抗辩。

"那又怎么样？她被组织出卖了，你就可以为所欲为了？"

"我做了自己必须做的事。"

杜旅宁的脸部神经居然有点抽搐，他的眉宇间显出特别愤怒："你

第二章 军工重地

做了蠢事，混蛋！你只顾自己一人之得失，而罔顾党国的利益。"

"我不明白。"连城说。

"我会让你明白的。自民国三十七年起，戡乱军事多方失利，漫天烽火，大队南移，一去不回。如今大局已定，保密局的郑长官提出了'励志计划'，旨在部署'留置工作'，安排我们的人长期潜伏大陆，以图东山再起。这是你最后的机会，你需要用行动来洗刷你作为一个可耻逃兵的屈辱，回去建功立业，赢回党国对你的信任。"

"老师，您能起死回生吗？"连城说。

杜旅宁一愣。

"您要能起死回生，我二话不说，跟您走。"

杜旅宁抱手蹲下，他的眼睛和连城的眼睛在同一水平线上对视。

杜旅宁凝重而肯定地说："能。"

连城蒙了："能？蝴蝶活着？"

"是。"

"怎么可能？我亲眼看见'蝴蝶'胸口中枪，当场殉国的。难道……"

"忘了跟您汇报，'蝴蝶'的心脏长在右边。万分之一的概率。……还有，那天开枪执行死刑命令的狱警中，有一个是我们自己人。后来，你把他也给杀了。依着我的性子，早在七年前就把你拖回来乱棍打死了。等不到今时今日。"

连城惊诧无比，但他宁肯相信这才是事实。

"蝴蝶"还活在人间！

他潜藏在内心的某种情愫在瞬间被激活了。

连城愣愣地望着杜旅宁，嘴里喃喃着："'蝴蝶'，'蝴蝶'活着，她还活着？！"

杜旅宁审视着他，说："你开的条件，我做得到。但是，我从不受人要挟，从不允许下属顶撞，更不会跟自己一手栽培起来的人做交易。"他慢慢站起来，"给我打！"

连城遭到殴打。

杜旅宁在连城被殴打的过程中，踱步："民国三十六年，'蝴蝶'就归队了。'蝴蝶'比你成熟，比你更像一个特工。想知道'蝴蝶'对'蜘蛛'的评价吗？'内直而外曲，坚定而强项'。不过，她怎么也想不到，自己从容'就义'后。'蜘蛛'于民国三十四年八月十五日，日本投降当夜，诛杀了上海监狱执行队的六名狱警，从此消失于茫茫人海。真是情爱所致，浩气横飞。"他一摆手，殴打停止了。

连城嘴角带血，慢慢爬起来。

"为什么现在才告诉我？为什么？"连城问完这个问题，就自嘲地笑笑，"是因为我可以找到她？"

"一点没错。你知道吗？民国三十七年，'蝴蝶'在掌握了江城军事设施'留置工作人员'的全部密码代号后，就离奇地失踪了。"

"一个城市的潜伏计划，不可能只交代给一个人。"

"不幸的是，负责江城'留置计划'的那一组人，因为一次意外车祸，全军覆没了。只有'蝴蝶'失踪了，我们必须千方百计地找到她。说老实话，现在唯一见过'蝴蝶'真面目的人，只有你一个了。"

连城听出话里弦外之音，要做成这件事，非自己莫属。

"我现在是国防部绥靖总队上校，受国防部委托，前来召你归队。连城，你是军统特训班抗战期间招收的最后一批学员，也是最拔尖的，你要竭尽全力，找到'蝴蝶'。如果'蝴蝶'只是伺机潜伏，你要协助她，完成潜伏任务，实施军备的'留置计划'，配合国军反攻大陆；如果'蝴蝶'变节，你必须马上处理掉她，全面接手'留置计划'，不惜一切代价，完成任务，尽忠党国。当然，你也可以拒绝。"

师徒俩对视。

连城笑笑。

从表面上看，连城可以来去自如，不过，作为一个"过来人"，他深知一个曾经试图脱离组织的"叛徒"，能活到今时今日，已经是"天恩浩荡"了。

他不大相信这是所谓师徒情义，他只认为，自己是军统局早就布下的一步闲棋，他早已把所谓的铁血纪律约束，变通为另一种谋生存的手段。

他想见"蝴蝶"。

真心实意想跟她在一起。

一念所至，勇往直前。

"我去！"

"我希望你此行的目的，不单单只是寻找鸳梦重温的机会，而是真心实意地为党国效力。"

"江城的'留置计划'是一个什么样的计划？"

"找到'蝴蝶'，你亲口问她吧。"

"一定能找到吗？"

"必须找到她。否则，我们潜伏在江城的整个行动网，都将永远瘫痪。"杜旅宁说，"机构瘫痪还是小事，怕的是，'蝴蝶'一旦反水，她手上的情报资源，足以彻底摧毁江城站。"

"'蝴蝶'是不会出卖同志、背叛党国的。"

"幼稚。"杜旅宁从鼻孔里哼了一声,"环境在变,人心也会变。"

"我什么时候动身?"连城从不问自己的行李在哪里,也不问谁会为自己预备住处。他只知道,服从命令。这是军校烙在他身上最深刻的烙印。

杜旅宁说:"即刻动身。车子在学校后门两百米处等你。半个小时后抵达机场,先送你去香港,你需要尽快熟悉一下那边的情况,香港站会帮助你顺利通过大陆机关的审查。"

"老师再见。"

"一路顺风。"

连城走出校门后两百米,径直上了一辆汽车。

汽车开动了。

司机一边开车一边说:"你的公文包里,有钱包、户口簿、护照。皮箱里有换洗衣服,都是你平常喜欢穿戴的牌子。你的房间我们会派人彻底清理,学校那里也递了辞职信,一切都安排好了,你放心。"

"谢谢。"

"后座上有一封信,里面有一张照片,是你在大陆的接头人,也是你的上司。"

连城拿到信,打开,里面有一张中年男子的黑白照片。

"他叫刘冠霖……"

黑白照片上的男人微笑着,他身后是一片簇新的红砖楼房,一看就是苏联人的建筑风格。突然,照片上的刘冠霖眉眼都活动起来,他的一只手突然从照片里伸出来,一把把连城拽进去了。

"啊!"连城惊醒了,一身冷汗。

第二章 军工重地

他惊魂甫定,感觉到自己躺在一张很硬很窄的床上,他倏地睁开了眼睛。

"怎么样?你感觉怎么样啊?"刘冠霖站在病床前十分关切地看着连城。

连城回过神来。

他知道自己从何处来,他是来找人的,他要找回自己所敬所爱的女人——"蝴蝶"。

"我……"连城看见了连捷那张朴实而关切的脸,他略微显得不知所措,怔视着连捷,问:"我,是在哪儿?"

刘冠霖和连捷对望一眼。

"你在医务室,连城同志。"刘冠霖笑眯眯地说。

"你在招待所后院的小树林里晕倒了。"连捷说,"你怎么回事?"

连城一脸惭愧地坐起来。

"我……昨天晚上没睡好,早上起来又拉肚子,身子有点虚。听见小树林里有人死了,我一害怕……胸口发闷,就,就觉得心里特别难受。"

"你是吓着了吧?"连捷说。

连城点点头。

连捷笑着摇摇头。

刘冠霖也笑起来。

紧接着连城的一句话,让两个人都笑不出声了。

"我昨天晚上,看见鬼了。……是女鬼。"连城一脸惶恐的样子。

"别胡说八道。"连捷喝了一句。

"我知道这件事听起来很荒唐,但是……"

连城停下来。

医务室里很安静。

这世上没有鬼,至少在这间屋子里的人,都是这样认为的。所以,连城"但是"以后,就不敢再说下去了。

极好的钓鱼方法,"诱饵"在前,"鱼"自然是要跳上去"咬"钩的。

果然,连捷发话了。

"你说清楚点,你昨天晚上看见谁了?"

"朱曼丽。"

"谁?"

"她说她找朱曼丽。"连城显然是被连捷严峻的神态给吓住了。

连捷的脸色越来越难看。

"我听保卫科的人说,今天早上发现的女尸,介绍信上写的,就是朱曼丽。"刘冠霖唯恐天下不乱地补充一句。

"我知道。"连捷截住刘医生的话,审视着连城,追问,"你说,你看见,看见女鬼了?她是朱曼丽呢?还是她找朱曼丽呢?"

连城嗫嚅地说:"她说她找朱曼丽。其实,她就是朱曼丽,她是自己找自己。"

"我怎么越听越糊涂了。"连捷说。

"你让他慢慢说,你瞧你那副黑脸包公相,吓着他了。"刘冠霖说,"你坐下来,听他慢慢说。"

配合有效,连城想。

连捷一肚子狐疑,顺手拉了把椅子坐下,对连城说:"你慢慢说,说明白点。昨天晚上到底怎么一回事,你怎么就见了鬼了?"

第二章 军工重地

连城就老老实实地从昨天晚上停电开始讲起,一直叙述到今天早上自己所感知到的一切,包括自己床下还有一只上了锁的皮箱,以及自己隐隐约约听到了一首旧上海的老歌,他都竹筒倒豆子一五一十全说了。

连捷仔仔细细听完了连城的话,他的脸色变得凝重起来,以他多年担任侦察员所积累的观察经验来看,他这个"弟弟"说的是真话。

"你看清楚那女人的脸了吗?"连捷问。

这是一个很重要的问题。

"不,不记得了。"连城费劲地想着,"昨天停电,楼梯上黑乎乎的,烛光又弱,还有,还有就是……她那身衣服,让我感到不舒服,我不敢看。"

他是有点害怕,所以不敢正面直视那女人。连捷想,情有可原。

仅凭连城所叙述的线索来分析,昨天晚上的确有个女人去招待所找过一个叫"朱曼丽"的女人。

今天早上在准备挖掘沉淀池的地方,的确挖出了一具女尸,介绍信上写着,此人叫"朱曼丽",而这个女人,据公安局派来的法医检验,已经死了一个星期了。

事情复杂了。

如果,连城说的全是事实,那么不排除有"敌特"在江城活动的嫌疑。

除非,他想,除非连城有妄想症。

"刘医生,你来一下。"连捷站起来,径直往医务室门外走去。刘冠霖拍了拍连城的肩膀以示安慰,紧跟着连捷出去了。

连捷和刘冠霖站在阳光充足的医务室门口说话,连城很安静地听着,曾经经过残酷而又严格训练的他,耳力不凡。

"刘医生，我弟弟他，不会有什么妄想症吧？"

刘冠霖轻轻一笑，说："想什么呢。我看你弟弟挺实诚的。"刘冠霖凑近连捷，跟他解释："连城就是有点水土不服，加上长途旅行，身心疲惫，导致夜来失眠，再加上受了点惊吓，血糖降低，所以才晕倒的。他这个病不碍事，稍加调养，就行了。"

连捷说："那好，那我就放心了。"

"至于他说的那个女鬼，你可以去你弟弟住的房间看看，看看他床底下是不是有他描述的一只锁着的皮箱。如果有，证明他说的是实话，如果没有，我们再来找找原因，看看他是不是因为胆子小，过于紧张，产生某种幻觉。"说到这儿，刘冠霖突然停顿下来，对连捷说："你弟弟人生地不熟的，身体又弱，性格看起来也蛮内向的。你们怎么第一天就把人撵招待所去了？"

连捷听这话有点儿不舒服。

"谁撵他？……这不，家里住不下嘛。"

房间里，连城突然剧烈咳嗽起来。刘冠霖和连捷对视一眼，赶紧进去。连城一边咳嗽，一边从床上下来。

"你干吗？"连捷问。

"我今天得去研究所报到，我可不想第一天就迟到。"连城说。

"你行吗？"

"行。"

"你介绍信带了吗？"

"在招待所。"

"那不如一起去。"连捷说，"我顺道看看你房间里那只皮箱。"

"我陪你们一起去吧。"刘冠霖说，"如果有什么事，我还能帮帮忙。"

连捷表示赞成。

连城有着一双细腻而敏感的眼睛。他能感觉到自己这个"大哥"很信任自己这个新"上司"。这只能证明一点，刘冠霖仍是一颗"闲子"，是从来没有参与任何行动的"沉睡者"。他们乐意揭发与己无关的"敌特"分子，在谍战场上，有"闲子"就有"弃子"，除掉"弃子"，换来"闲子"的绝对安全，并确保"闲子"不闲。

三个人很快就来到招待所。

就在他们走上楼梯的时候，二楼走廊上飘来一阵靡靡之音："好花不常开，好景不常在。愁堆解笑眉，泪洒相思带……"

没有任何思想准备。

也没有人喊"一二三，跑"。

三个人都突然加速跑起来。

连城跑在最前面，咣当一下推开门，三个人前后脚地跑进来。

房间里空荡荡的。

桌子上放着一只皮箱，皮箱是敞开的，箱子里端端正正地摆着一架老式手摇唱机，靡靡之音就是从这里来的。

"……今宵离别后，何日君再来。"唱片欧的一声卡住了。连城的心禁不住扑通乱跳，有些情况是他自己也无法预料的。他小心翼翼地走过去，没敢动，指了指唱机，怯怯地对连捷说："我早上听到的就是这首歌。"

连捷上前，仔细看了看唱机，粗粗翻检了一下皮箱，箱子底有两三张旧报纸，像是用来包唱机的，他把皮箱关上，回头问连城："是这只皮箱吗?"

"是。"连城点头,"可是,今天早上,它还放在我床底,而且,还上了锁,而且……"他恍然大悟地一拍脑袋:"我知道了。有人趁我早上出去,偷偷地进来,打开了这只皮箱,不仅打开了皮箱,还放了音乐。我这房间的窗子正对着后院在挖的沉淀池,所以,我早上的的确确听到了这支曲子。"

"为什么呢?"连捷喃喃自语。

"是啊,为什么呢?"连城下意识地重复了连捷的话。

"甭管为什么,这件事都挺蹊跷的。"刘冠霖说,"我建议,你马上带着这只箱子去一趟公安局,看看这个箱子里的唱机会不会跟早上那具女尸有什么关联。"

"好,我马上去。"连捷说。他看了看连城。连城条件反射地往后退了一步,说:"我就不去了,我得去报到。还有,我今天就想搬到宿舍去住,我一天都不想在这儿待了。"

"这倒不难。你人一报到,工会就会马上分配给你一间宿舍。"刘冠霖说,"不如这样,连捷你带皮箱去公安局,我带连城去报到。"

"你进得去吗?"连捷说。

"我进去干吗?"刘冠霖说,"我把他带到研究所门口,让他们所里派人领他进去就是了。这么简单的一件事……你把他交给我,还有什么不放心的。"

连捷走后,连城和刘冠霖都下意识地重新审视了一下对方。

他们的谈话简洁而又直接。

"刘医生是江苏人吧?"

"我是湖南常德人。"

"哦。湖南常德有句谚语,叫作,一塘鱼,一仓谷,三代不用读诗书。"

"你错了。是:正月泥,二月蒿,三月四月当柴烧。"

暗号对上了。

"我们路上说。"刘冠霖沉稳地说了一句,"走吧。"

连城和刘冠霖走在通往研究所的大路上。大路两旁绿树成荫,阳光从枝叶茂密的树丛里穿透下来,零星碎亮的光片争先恐后地在平坦的马路上留下色彩绚烂的光斑。树荫浓密处阴凉,枝蔓扩散舒展处光线充足,好一个阴阳分明。

"长官。"连城低低地叫了一声。

刘冠霖低着头,低低地说:"叫同志。或者叫我刘医生。在这里,你最好把从前的称呼和习惯都改一改。"

"是。"连城答,"您需要我做什么?"

"我要你先把自己藏起来。"

"藏?"

"对,你的首要任务,就是先把自己藏好了,藏得越深,我们才可能有一线生机,活着,才能干活儿。对吧?"

刘冠霖说话的语气温和,态度慈祥,与杜旅宁那种咄咄逼人的气势不同,他眉宇间充满了一种忧郁。

"大环境的变化,可以让人忘记一切。"

连城静静地听着。

"他们派你来是对的。"

连城停下脚步。刘冠霖继续说:"非常之事,必须托付给非常之人。"

连城浅笑，说了句："刘医生，谬赞了。"

"你能在一瞬间判断出昨夜的'见鬼'和今天的'女尸'有密切关联，并选择毫无保留地把所见所闻都一一告诉连参谋。你明知这些人有可能是另一条线上的'秋后蚂蚱'，你却冷酷无情地选择'出卖'他们，保存自己，为自己争取足够的时间和空间，以及信任。我说的没错吧？连城同志。"

"没错。刘医生。"连城脸上带着笑意。可是这一抹笑意在听到刘冠霖下一句话的时候，瞬间凝固了。

"三天之内，找到'蝴蝶'。"

连城手脚僵硬地杵在原地。

"这是命令。"

"您才说让我'藏'起来。"

"'藏'起来与找'蝴蝶'并不矛盾。不然，你千里迢迢地冒着生命危险到这来干吗？你以为你是来'考察度假'，还是寻觅旧爱，期待破镜重圆？"刘冠霖盯着连城的眼睛，说，"记着，'蜘蛛'是有毒的，而'蝴蝶'是残忍的。镜子是碎成一地的，尖利的碎片可以随时割破你的喉咙。"

关于这一点，连城是默认的。

"你确定'蝴蝶'在江城吗？"

刘冠霖向前面一指，说："更确切地说，她就在里面。"

"为什么这么肯定？"

"我曾经发现过'蝴蝶'的蛛丝马迹，很多疑点都指向W新型材料研究所。苦于我的身份，我没办法进去。只有靠你了。"

"你有枪吗？"连城问。

刘冠霖倏地转眼看他:"干吗?"

"我需要安全感。"

刘冠霖左右看看,一字一顿地说:"你记着,在这里,没有武器最安全。记住了!"

连城看着刘冠霖,点点头。

"你跟你大哥长得很像。"刘冠霖说。

"是吗?"连城笑笑,"干这行,有时候也要靠运气的眷顾。"

两个人继续向前走,刘冠霖不时地给连城介绍脚下道路的名称和来历。

"我们现在走的这条大路,原来叫'踏水路',你别看现在是水泥路,一百年前,这里是一片荷塘,后来被填平了。江城沦陷后,不,是江城解放后,这条路,就改名为'解放路'了。"

"解放路往南五百多米,就是光明路,那是街坊闹市,有城乡合作社,买米、买油都在那里。附近还有布店,裁缝铺。有空去走走。"

"我们脚下的这座小桥,原名'落魂桥',过了这座桥,是原来的刑场。很多被执行枪决的犯人,过了这座桥,三魂七魄就落在桥面上了。现在改名了,叫作'建设桥'。因为,前面千亩荒村、刑场、坟地,已经重新修建成了一个新世界。"

刘冠霖说这话的时候,那神情居然充满了敬佩和感慨。

"新世界。"连城在咀嚼这话里的含意。

"你的新工作岗位,W型新型材料研究所设计师助理。"刘冠霖补充了一句,"一会儿,我们到警卫室去打电话,有人会接待你,从今以后,那里,就是你的新战场。"

"他们在搞建设,我们去搞破坏?"连城说。

刘冠霖神色凝重起来,说了句:"你是去找'蝴蝶'的,记着。国防部奉命潜伏在江城的所有'留置人员'的性命都在你手上握着。"

"是。"连城收敛了一丝不羁。

W新型材料研究所的大门一点也不起眼,乍眼一望,像一个很普通的加油站。门口有两名背枪的战士站岗,大门左侧有一个小房间是接待室,门房里有一个解放军做接待工作。

刘冠霖把连城指引到研究所大门口的门房,就跟连城握手告辞了。连城拿了介绍信给接待室的接待员。

接待员让连城稍等,他说:"我打个电话,让你们单位的人来接你。"

连城应声,坐在接待室老实地候着。一刻钟后,有一个穿中山服的中年男人走进了接待室,很热情地对连城伸出手来。

"连城同志,你好。"

"您好。"连城礼貌性地跟他握手。

"我是W研究所设计组的组长,我叫吴满意。口天吴,满意不满意的满意。家父取名的时候,取凡事无不满意之意。"

这开场白,让连城对这个中年人一下起了好感。不装不做,不傲慢,平易近人。要知道,在W研究所设计室工作的人,都是留美、留苏的大才子们,哪一个单拎出来都不是泛泛之辈。

"吴先生好。"连城说。

"你叫我吴师就好。"

"哦,吴师傅。"

"吴师,吴师。"吴满意客气地说,"按道理,所里的工程师可以叫某某工,敌人简称'吴工',不过'吴工''蜈蚣'太过相似,所以,你叫我吴师就好了。"

"是,吴师。"连城是恭敬不如从命。

"来,坐坐。"吴满意招呼着连城。接待员起身要去给吴满意倒杯水,吴满意立即婉言谢绝了:"不客气,不客气,我马上带他进去。现在研制工作很紧张,我就几句话,马上要回去的。"

接待员就不坚持了。

"连城同志。"吴满意对着连城突然正襟危坐起来,连城也赶紧换了一种郑重的姿态。

"我现在代表W所,对你进行入所的保密教育。你不要紧张,这是例行公事。"

"是。"

"你是共产党员吗?"吴满意问。

"不是。"

"是共青团员吗?"

"不是。"

"以后,你要多读读马列主义的书,多学习,追求进步,积极向党组织靠拢。"

"是。"

吴满意站起来,说:"连城同志,请起立。"

连城起立。

"请跟我一起读一遍W新型材料研究所的保密条例。"

"是。"

"不该说的机密,绝对不说。"

"不该说的机密,绝对不说。"

"不该问的机密，绝对不问。"

"不该问的机密，绝对不问。"

……

"不在公共场所和家属、子女、亲友面前谈论机密。"

"……不在普通电话、明码电报、普通邮局传达机密事项……"

连城机械地复述着每一句保密条例，一直复述到"献身国防，严守机密，甘于寂寞，勇于牺牲"。

吴满意脸上终于绽开了原有的笑容。

"好了，连城同志。我们去设计室吧。"

"这么快？"连城有一丝诧异。

"你以为呢？"吴满意笑起来，"我们毕竟是研究所，你以为这里是安全部啊。"

吴满意带着连城坐上了一辆吉普车，吉普车进入研究所。

连城一路观察，吉普车穿过曲折蜿蜒的小路后，黄色飞尘下，一条水泥大路在眼前恣意地伸展开来，路径四分，岔道口都挂有"严禁烟火""军工重地"的牌子。车子驶过的路两旁都是清一色的粉红色四层红砖楼房，四通八达的厂房，视野开阔。厂房高高的烟囱上，袅袅升起缕缕青烟，飘散在天空。

红、黄、绿、蓝各色管道高高盘旋在厂房的上空，弯曲的管道通往厂房各个楼道，油漆明亮，色彩鲜明。

连城注意到，每一个厂房的入口处都有一名持枪的解放军站岗，出入人员都佩戴有不同颜色的通行证，管理严格，进出有序，而且，每一辆汽车经过哨卡都必须检查后备车厢，无一遗漏。

"我们到了。"

就在连城静心默数各个厂房的排列和出入口的时候,吉普车停下了。吴满意招呼连城下车。

连城下车,看见一座四层欧式大楼,大楼一百米开外有一排五米高的平房,里面机器声音轰鸣,连城初步判断,应该是机加车间。

"走吧,我们进去。"

吴满意领着连城进入大楼。

楼梯口,有一名解放军战士持枪站岗。吴满意上前出示工作证。"这是新来的助理工程师连城,他现在用的是临时通行证,他的工作证正在办。"吴满意对战士说。

战士检查证件后,放行。

吴满意带着连城走上楼,连城专心致志地走着、看着,记着。他们上了二楼后,并没有进入二楼楼道,而是直上三楼。吴满意对连城说:"我们的设计室在三楼,工作范围也在三楼。"

"我们平常不去二楼吗?"连城问。

"二楼有同位素,你想去吗?"

连城摇头。同位素具有放射性,辐射强,对人体有一定伤害。

"你也别怕,同位素车间有防护服。如果我们需要去的话,经过申请,批准,还是可以去的。"吴满意一边说一边推开三楼楼道的门,门口依然有警卫。

吴满意出示证件,连城也出示了自己的临时工作证。

"可以进去了。"警卫说。

第二道门打开了。

映入眼帘的是一排排木头柜子,一个很宽大的换衣间。有一名工人拿了一把钥匙给吴满意。

"吴师，这是新助理的鞋柜钥匙。"工人说。

"好的，谢谢。"吴满意拿过钥匙，看了看钥匙上粘的白色胶布，上面写着109。吴满意把钥匙递给连城，说："109号，是你的鞋柜，里面有你的工作服，两套，一白一蓝，布鞋一双，你点一下，换上衣服和鞋子，我们就进去了。"

连城应声。

连城找到自己的鞋柜，开了柜子，果然，里面整齐地摆放着两套工作服，连城回头看看吴满意换上了白大褂，他也就照葫芦画瓢，吴满意怎么换，他就怎么换。

连城和吴满意一起走出换衣间，楼道里竖着一块牌子"军工重地"。

走廊上弥漫着重重的油漆味道，墙分上下色，上白下蓝，楼道不仅幽深，而且内部结构蜿蜒，多通道，多迂回。

连城仔细观察，发现墙壁都是用铁皮包裹的，走廊的两侧都是工作间，每个房间门口都挂着牌子。"第一实验室""第二实验室""排气间""波导系统室""高低温实验室""氮气管理室""氢气炉操作间"等，无一遗漏的全被连城默记在心。

工人们在过道里进进出出，连城眼前一片梭织往来的白大褂，让人一不留神，以为进了医院。

连城刚走到"设计室"门口，就听见里面有人争论。

"C3材料根本不可能经受住八千伏的高压。"一个中年人说。

"你又没试过，没试过，你怎么知道？"一个三十岁出头的设计师在反驳。

第二章 军工重地

吴满意悄悄告诉连城："那个中年人叫陈果，留苏的博士。另一个叫史云帆，哦，也是所领导经研究后，指定的你的师傅，你以后就跟他学习研制工作，他可不得了，是我们研究所的'宝贝'，国宝级的，从美国回来的。"

争论并不因为连城和吴满意的到来而停止，或者说，争论的人眼里根本就没有其他的人存在。

"你知道C3材料有多贵吗？那么轻易地就拿去实验，出了问题谁负责？还有，国外的理论数据表明……"陈果说。

"又来了，又来了。你就像一个二道贩子，不是像，你就是一个十足的二道贩子，成天在故纸堆中钻营，了无新意。"

"了无新意？"

"去真存伪！"

"去真存伪？"陈果的脸色黄了，"你懂不懂尊重专家？"

"专家嘛，一贯如此，没有对科学负责的自觉性。"有人插话，不酸不苦的，话里有话。

陈果怒了："说谁呢？啊？你们标同伐异！"

"是党同伐异。"插话的还补刀。

"在这个办公室里，所有的研究成果都可以共享。不过，你知道，有时候大家研究同一种金属材料，会得出不同的研究结论，结果，就会演变成今天这样。"吴满意对连城解释。

"明白。"连城说。

"你别介意，他们患有典型的工作周期综合征。"吴满意说。

"就像女人的经期综合征。"那个插话的继续插话，还瞟了一眼连城，"新来的？"

连城说:"是。"

陈果此刻生气地坐回自己的位子上去了。

连城仔细地看着房间里的人,统共六个位子,一个是陈果的,一个是史云帆的,一个是那位插话的,一个是吴满意的,还有一个位子上坐着一位女士,剩下一个位子,应该是给自己预留的。

吴满意向大伙儿引见连城,他把连城带到每个位子前去寒暄一句。

"这是新来的连城同志,这位是陈果,陈师。"

"陈师。"连城说。

陈果点头致意。

吴满意带连城转向那个插话的人。"这位是方程,方师。搞物理研究的。"

"方师。"连城问好。

方程客气地欠欠身。

"姜海涛。我们设计室的女博士,你瞧这名字多有气魄。"吴满意笑着说。

"姜师。"连城继续问好。

姜海涛笑笑。

"史云帆。"吴满意指向史云帆。

连城脱口而出:"史师。"

办公室一下安静下来,空气凝固了。连城陡然顿悟,自己叫错了。

第三章 阴极中毒

史云帆一脸不屑,傲慢不羁地笑起来,自嘲地说:"僵尸也就算了、连死尸都喊出来了。怪不得设计室死气沉沉,出不了新东西。还是新来的同志看得准,口才好,骂人都不带脏字。把我们设计室的现实状况,一言以蔽之。"

连城站着,有点尴尬。

吴满意说:"连城同志是新来的,口误,口误。"他转而对连城说:"史云帆同志是你的师傅,你直接叫他师傅就成。"

连城叫了声:"师傅。"

"先别这么叫。"史云帆说,"在这个研究所里,前前后后有六个人给我做工艺师,每一个人都没有坚持到三个月。"他看着连城,"你认为你会是一个例外吗?"

"我会努力的。"连城说。

吴满意回到自己的位子上去了,大家也都开始低头做事。只有连城还站在史云帆的面前。

"你写过工艺吗?"史云帆问。

"写过。"连城答。

"写过几年?"

"两年。"

"用材料如用兵,写工艺讲调度。你,在这里跟着我做事,没有任何投机取巧的捷径可走。"

"您放心，我习惯走大道。"

"那最好。"史云帆看着连城，继续问，"你俄语怎么样？"

连城踌躇了一下。

"怎么了？"史云帆问。

"我英语不错。"连城答非所问了。

房间里很安静，大家都在听这对新师徒的问答。

"我问你英语了吗？"

"我正在学习俄语。"

"那就是不会了。"史云帆从鼻子里喷出一股冷气来，"德语呢？"

"仅限于翻译资料。"连城答得很实在。

史云帆在自己办公桌上一堆文件里挑出几份德文资料来，顺手把文件扔给连城，那力度和速度几乎是从连城鼻尖上倏地飞落到连城手上的。

"这些都是有关C3材料的德文资料，你把它翻译出来。再依据这些资料，分析一下W型武器的技术和使用的金属材料，研究它们内部的结构，然后，你记着，是然后，剥离出适合我们研究所的合理技术方案。"

连城低头应声。他拿着资料要走，史云帆叫住他："你哪儿去？"

"我到自己的位子上去。"连城指着那个空位说。

"这儿没你的位子。"史云帆说。

吴满意瞬间站起来，解释说："连城同志，你的办公桌还没有批下来，那个位子是黄博士的，她最近身体不好，请病假。要不然，你就先坐她……"

第三章 阴极中毒

"他坐我这儿。"史云帆黑着脸说,"我去生产线。"

吴满意还没反应过来,史云帆已经起身了。

史云帆大喇喇地甩手出门,他走得急了一点,被门口的垃圾桶给绊了一下,身子一歪,手扶住了门,生气地踢了一脚垃圾桶,这才离开办公室。

连城坐在史云帆的办公位子上,开始翻译资料。

方程侧了侧身子,朝连城说:"连城同志,你别跟你师傅一般见识,他就这德行。在这个行当里,所谓:煎炸蒸煮,各有手艺。你把工艺做好了,也顶半个设计师。我就是打一个比方。你明白吧?"

"明白。"连城表示虚心受教。

吴满意想了想,还是特意站起来,走到连城身边,拍了拍连城的肩膀,说了句:"不急。万丈高楼平地起。"算是安慰连城,鼓励后进了。

连城一整天都在翻资料,写文件。除了跟吴满意一起去食堂吃了中饭,回办公室就没挪过窝,埋头苦干。

下午五点钟左右,史云帆才回到办公室。连城就像小学生交作业一样,把自己计算好的公式和写好的文件交给史云帆过目。

"嗯,不错,速度快,见识独到。"

连城以为得了师傅夸奖,刚松了一口气。紧接着,史云帆说:"不过,说老实话,连城同志,我从未见过你这种奇特的公式堆砌法。你是做设计工作的,什么是设计工作?你必须有创造性,创造性。我不是让你来给我堆公式的,我是让你来替我减轻一些工作负担的。你懂不懂?"

连城有点委屈。

办公室里的人都不吭声。

方程促狭地说了句:"我倒觉得连城同志挺适合这种基础性工作的。"

办公室里的人都有点忍俊不禁。

连城有点不知所措,史云帆瞪了方程一眼。方程笑着说:"我开玩笑,开玩笑。"

"知道他们为什么笑吗?"史云帆转脸问连城,连城摇头。

"因为这种基础性的工作,毫无意义。"史云帆瞬间给出答案。

办公室里的人终于笑出声来,方程笑得尤为放肆。

连城觉得自己被史云帆讥讽的手脚都迟慢了。

"连城同志,你可以选择不跟我干。"史云帆开始点题了。

连城明白了,史云帆根本看不上他这个助理工程师,根本不想带徒弟。他一定是受到某种高压后,勉强答应"收"徒弟的。史云帆想让连城知难而退,不要自讨苦吃。

吴满意咳嗽起来。

"这里有好多老师傅都比我适合做你的师傅,譬如,啊,吴师,那可是留苏的高才生啊。还有姜师,涉猎广博,才华过人。还有方师,通晓五门外语,天生的俄语、德语大辞典。"

连城看了看办公室几副"颜色",说:"我回国是支援祖国建设的,工作岗位也是服从组织分配。也许你不是最好的,可是,师傅不是我选的。"

话说得不卑不亢,人自带几分孤高自赏,连城的气场镇住了史云帆的气势。

"好,那咱们就走一步看一步了。"史云帆说。

下班的军号声响起,楼道里,工人们下班的脚步声、姑娘们的笑声，一片嘈杂。

设计室里的人也纷纷关了台灯，收拾了一下桌面，下班了。唯有史云帆和方程站在墙边嘀咕。

"你不是已经答应带徒弟了吗？何必出尔反尔。带不带，人都已经来了，何苦得罪他，不，是得罪他背后的领导。"方程说。

"我这不是已经让步了吗，我巴不得他厌恶我，让领导给他另外找师傅。总比我老跟领导犯冲强。"史云帆说。

"对。"方程刻意地点了点头，"你不糊涂啊，还有救。"

史云帆不说话。

"凉拌他，未尝不是一个缓解现阶段矛盾的好办法。你从来就没有尝试过讨好领导吧？"方程压低着声音说，"失败啊，老弟。好好地反思一下。"

方程刚说完这一句，一抬头，就看见连城站在他们背后。方程脸上有点挂不住："你，你怎么又回来了？"

"我忘了拿资料。"连城说，"我想带回去看。"

"哟，这可不行。"方程说，"保密教育的条款没背熟吧？"

连城一下反应过来。

"这里所有的文件资料都不能带出研究所。想加班，晚上来。"方程说。

连城点头，多问了一句："晚上来，我能进来吗？"

"能啊。"方程说，"晚上加班的人多，不止你一个，你师傅每天晚上干到夜里十一点。不过，自主加班可没有加班费拿。"

连城笑笑，他要的就是这句话，晚上可以自由出入研究所的大门。

"记得叫吴师给你配一把设计室的钥匙。"史云帆面无表情地说了一句。

"是，师傅。"连城应声，"先走一步。"

连城走了。方程扯着脖子斜着身子往外看了一眼，回头对史云帆说："他可能听见了。"

"什么？"

"咱们刚才说他。"

"听见了。听见了又怎么样？"史云帆说，"他爸要不是总工程师，他哥要不是军管会的军代表，就凭他的专业资历，他能到咱们设计室来？"

连城对史云帆和方程对自己的议论，一点儿也不放在心上，他的关注度高度集中在下班的女工们身上，他关注她们的背影、侧影、声音、高矮，试图捕捉到"蝴蝶"的踪影。

一群女工说说笑笑地经过走廊。

她们穿着统一的白大褂，短发，布鞋，不施脂粉，天然的一张张红扑扑苹果脸，红得好看。若真讲究起相貌，只能用"平庸"二字，偏这"平庸"里竟能撑出一种蓬勃向上的朝气，这难得的"朝气"就是青春。

她们也好奇连城这个新来的工程师，年轻、英俊、身姿挺拔，笑容干净。每每有女工回头看连城。连城对于这种暗藏钦羡的回眸，总是报以微笑。在连城看来，这些女工们个个都很美好，好就好在简单、快乐、干净、不染尘埃，人人都有积极努力的面貌和欣欣向荣的美好姿态。

如有选择，连城想跟她们换。跟她们把身份、来历都换了。

连城突然就想做一个单纯普通的工人。但是，他也知道自己是无从选择的，他从一出生到现在，都是被选择的。

一时间，他竟然从内心可怜起自己来。

下午六点钟左右，连城在工人食堂里吃了晚饭。

因为晚上，很多工人都回集体宿舍去做晚饭，所以，食堂里空荡荡的，只有几个零星单薄的人影。

令连城感到意外的是，吴满意满头大汗地跑到食堂来找自己。

原来，吴满意到工会去跑了一趟，给连城拿来了一把钥匙，告诉连城，工会分给他一间单身住房，七街坊，属于职工医院的集体筒子楼，11平方米，带厨房。离三街坊很近，方便连城回家看望父亲。吴满意说，这是考虑到设计师需要良好的休息环境，破例分给他的。其他单身的工人和工艺师住在四街坊，灯光球场附近，而且都是四人合住一间房。连城要请吴满意一起吃晚饭，吴满意说，家里已经做好饭了，叫连城吃完了饭，赶紧去招待所把行李取了。

连城一迭声"谢谢啦"。

吴满意很满意地走了。

食堂里的大喇叭一直循环播放着斗志昂扬的歌曲，从"咱们工人有力量"到"解放区的天是明朗的天"，让连城感觉到这好似他七年以来吃得最振奋的一顿饭。

与连城正好相反的是，连捷的晚餐吃得很"沉重"。

一个从上海到江城来工作的女学生离奇地死在了研究所的沉淀池附近的洼地里，单位里没有不口口相传的，更别说连捷听了连城关于昨晚"遇鬼"的遭遇，他心里早就打着鼓，脑子里飞速旋转着各种各样稀奇古怪的念头。

上午，连捷拎着那只来历不明的皮箱，气喘吁吁地跑到公安局刑侦科，刑侦科的处长言明远是连捷的战友，所以，连捷不客气地一把把言明远抓到小会议室去了。

两个人单独谈话。

连捷先竹筒倒豆子地把关于自己弟弟昨晚的离奇遭遇告诉了言明远。言明远听后也觉得事情过于蹊跷。

言明远叫刑侦科的人来，把皮箱以及唱片机拿去技术性检查一下，看看有没有遗留下来的指纹，以及与早上的女尸有没有实质性的关联。

连捷关心地问起朱曼丽的验尸报告有没有结果。

"有了。"言明远说，"是钝器打击，确切地说，是一把锄头直接挖到了她的脑干上，强烈的打击力度导致脑干受到严重伤害，当场死亡。"

"死亡时间呢？"

"一个星期了。"

"一个星期了？"连捷在思索。

"她的财物都没有丢失，手上还戴着一枚蓝宝石戒指。身上没有淤青，也没有受到性侵犯，面部完好无损，看上去，面貌姣好。"言明远说。

"面貌姣好？这足以证明，凶手并不是见色起意，或者抢劫财物。凶手就是要一击即中，置她于死地！"连捷在分析。

"不过……"

"不过什么？"

"我们检查了朱曼丽身上的证件和介绍信，她是刚刚从上海化工学院毕业的学生，年龄是十八岁。"

第三章 阴极中毒

"嗯。"

"但是这个女死者的骨龄有三十多岁。"

连捷的眼睛瞪大了。

"有两个可能哈。一是朱曼丽瞒报了自己的实际年龄,二是,死者根本不是朱曼丽本人。"

"也就是说,朱曼丽有可能是另有其人。"连捷说,"'女鬼'为什么会找上我弟弟?连城刚到江城,不是知情人,根本不可能知道招待所里住着一个海外归来的华侨。……更何况,招待所是我们家里人临时决定让他去住的。"

"这个好解释。有敌特在江城搞阴谋活动,他们之间一定是失去了某种联系,在找什么人。而W内部招待所是一个外地人到W新型材料研究所来工作的集中暂住地。他们在那里找自己需要找的人,等于盲人骑瞎马。"

"还有一种可能,有人对我这位同父异母的海归弟弟,十分感兴趣。那个人无时无刻不盯着我,或者是盯着我的家人。"

这样一想,连捷有点紧张。

"为什么呢?"他想。

有人敲门进来,告诉言明远和连捷,那只皮箱上有死者朱曼丽的指纹,也就是说,招待所连城住的房间里,的确有人提前去过。

这只皮箱和这个唱机及唱片,都是有人刻意摆放在连城的房间里的。

"为什么呢?"轮到言明远也困惑起来。

整整一个下午的时间,言明远和连捷都蹲在小会议室看有关朱曼丽的文件资料,言明远也向上海市公安局请求支援,请他们协助调查朱曼丽的家庭情况。

连莲知道大哥来公安局了，专门去食堂打了饭菜，给连捷和言明远端到小会议室里。连莲要回家给父母做晚饭，连捷也没有留她。

"你弟弟多大？"言明远一边吃饭一边问。

"二十六岁。"

"成家了吗？"

"没有。"

"你对他的直觉是什么？"

"直觉吧，"连捷想了想，"懂事，会做人，柔顺，友好，适应能力强，好像是那种什么事都可以做得好的人。当然，这只是一个初步印象。"

"什么事都可以做得好，只有两种可能，一种就是从小吃苦，有独立精神，懂事早；还有一种，受过特殊训练。"言明远不动声色地下了一个结论。

连捷听了这话，仿佛骨鲠横喉，接话也不是，不接话也不是，饭也吃得郁闷，心思沉重起来。

"还有一件事。"言明远的声音很自然地放低了，尽管会议室只有他们两个，他还是习惯性地左右看看，说，"上面说，有一个特务头子自首了，供出了在江城有一个国民党保密局搞的'留置计划'，有个特务头子隐藏在江城，代号'蝴蝶'。"

连捷十分重视地倾听着："蝴蝶？"

"嗯。"言明远说，"上面已经派专案组到江城来了，负责接应专案组的人，就是你。"

"我？"连捷有点意外。

"当然是你，你做过六年的侦察兵，又是W新型材料研究所军代表，兼着保卫科的科长,有着对敌斗争的丰富经验,不是你还会有谁?"

"专案组会进驻W新型材料研究所?"

言明远点点头,说:"老哥,你放心,有我呢,我负责给你看好大门。"

两个人会心一笑。

连捷明白了。

朱曼丽之死,只是拉开了江城反特斗争的序幕,更大的危险和看不见的战线已经盘根错节地交织在一处,天网已经悄无声息地在黑暗中展开了。

不是鱼死就是网破。

初到一个城市,一个完全陌生的城市,连城最感兴趣的一件事就是"逛街"。

连城先去招待所取了行李,到七街坊的筒子楼里找到了自己居住的房间,顶楼,11平方米,带厨房,有个"假"凉台。

为什么说是"假"凉台呢?

这凉台只有一个人的脚印那么宽,连城站上去,凉台就满了。四层楼的高度,俯视下去,有宽阔的马路和一片小树林。房间里有一张床、一张桌子,没有衣柜,连城简单地清扫了一下地面,就出门逛街了。

光明路,一路光明。

沿街的小吃店和布店、粮油店、城乡合作社一派烦嚣,电线杆子很显眼地矗立在街面上。汽车停下,连城下车。正是初春天气,乍暖还寒。路上的行人都穿着厚厚的毛衣,偶尔有一两个穿花布春装的女子经过,都会有一点儿回头率。

连城迎着清扬的微风，走在宽阔的街道上。他走过临街每一个店铺，都没有少顷的停歇，就是那种一气呵成地向前走，但是，他的眼睛记录下每一个店铺的名称，甚至用余光扫过营业员的面孔。

突然间，他回眸了，微微一停顿。那是一家裁缝铺，玻璃橱窗里挂着一件大红色苏绣蝴蝶旗袍。淡黄色的路灯下，玻璃橱窗里有一双眼睛正透过玻璃窗在看着连城。

正如诗中说的那样，你站在桥上看风景，看风景的人在楼上看你。

连城挺拔的身材很快从玻璃橱窗边掠过。

连城没有走远，他在离裁缝铺大约五十米处的布店门口停下，推门而入。

五十米开外，连城深信，有一双眼睛正在背后盯着自己。一个会做苏绣蝴蝶旗袍的裁缝，他会是谁呢？

明晃晃的白炽灯，灯光耀眼。

连城一踏进布店的门，人顿时来了精神。布店上空铁丝交错，收款员在收款台上居中高坐，算盘打得啪啪响。两名营业员在柜台上码布匹、扯布料。

几十匹布料都分类裹在长一米，宽约四十厘米的木板上，一溜并排地矗立在柜台上方。

几名顾客在那里左挑右选，其中两名小姊妹之间依然在小气地算计着做什么才不那么费布料。连城刚走到柜台前面，耳边嗖的一声，他下意识地一侧身，就看见一个铁夹子顺着高悬的铁丝滑到了收款台上收款员的手中。一阵算盘响过，收款员把找的零钱和票据用铁夹子夹好，对准柜台方向，用力一送，又是唰的一声，铁夹子又回到营业员手中。营业员把找的零钱和扯好的布用牛皮纸一包，递给顾客。

"同志，你买布吗？看中哪一款了？"营业员问连城。

连城用手一指一匹天蓝色缎面的布料。营业员立即把那匹布拿下来，一抖布匹，问："要多少？"

连城想想："一米六。"

营业员拿尺子丈量了一下布料，用彩色粉笔画了一个印迹，准备用剪刀先绞一个口子，正要绞，突然回头看了连城一眼，问："有布票吗？"

"布票？"连城一愣，"暂时没有。"他想解释，就看见营业员已经把剪刀放下了。

"我付现金，可以多付一点钱。"

营业员的脸一下拉下来："同志，你怎么说话呢？什么叫多付一点钱？布料是国家的，收了钱也是国家的，布票是国家发的，我们不会多收你一分钱，也不会少收你一寸的布票。懂吗？"

连城平白无故被人抢白几句，脸上挂着一抹淡淡的难堪。

"下一位同志。"营业员已经开始招呼其他顾客了。

"我来替他给布票。"

连城转头一看，是今天在设计室刚认识的设计师姜海涛。

"姜师、傅。"连城迟钝地喊了一句。

"就叫姜师吧，没那么多讲究。"姜海涛笑笑。她从口袋里掏了布票出来，递给营业员，营业员看了一眼连城，连城会意，赶紧把钱掏出来递过去。营业员把票和钱用铁夹子一夹，嗖的一声，铁夹子从连城头上飞过。

营业员拿剪子在画好的粉笔处剪了一个小豁口，双手对准小豁口一撕，嗤的一声，布料被整齐地撕开。

又听得唰的一声,头上铁夹子飞回来。

营业员动作熟练地包好布料,把找的零钱和布料一起递给连城。

连城问姜海涛:"您买布吧?"

姜海涛笑笑,说:"我是来闲逛的。"

营业员鼻子里哼了一声,嘀咕了一句:"她的定量都给了你,拿什么买布?"

连城的脸一下红了,很不好意思。

姜海涛说:"你别听别人闲言碎语,你下个月发了布票,还我就是了。"连城一迭声地道谢。两个人就势一起出来,他们背后是一片铁夹子穿梭声,在连城听来,这声音不但不嘈杂,反而很有人情味。

连城在特殊环境下感受到现实的生活。

连城和姜海涛沿着来路往回走,边走边聊天。

"您住这附近吗?"连城问。

"我住七街坊,职工医院的住宅区,清静,我们设计组的人基本住那儿。算是福利吧。"

"那我们以后是邻居。"连城说。

"我晚上喜欢散散步,不过,最近听说有人死了。"

姜海涛停下脚步,连城跟着她也停下了。两个人不偏不倚地停在了裁缝铺的橱窗玻璃下,路灯昏黄,电线杆子上人影斑驳,玻璃橱窗里的大红蝴蝶旗袍直挺挺地挂着,画面有点瘆人。

"说是一个刚毕业分配来的女学生,不明不白的死在沉淀池附近了。"

连城没有接话,他只是很配合地神情凝重起来。

"所以,想想,还是有些害怕。"姜海涛说。

"您现在去哪儿?需要我送您吗?"连城说得很直接。

第三章 阴极中毒

"我回七街坊。你呢？"

"我回设计室，晚上想在那儿多看看资料。"

"真用功。"姜海涛夸了连城一句。

"反正顺路，我送您。"连城说。

"你不用跟我这样客气的，您啊您的，多别扭，叫我姜师就行，我也叫你连师，慢慢地，就不生疏了。"

"好啊。"

一路上，姜海涛跟连城说了很多设计组的情况。据姜海涛说，她原来是吴满意的工艺师，后来出师了，自己做了设计师，但是，很多吴满意设计的图纸，都是她在写工艺，所谓，习惯成自然。设计组还有一个黄燕燕博士，是跟陈果做工艺师的，还没出师。小组里来新人，方程很想升位做师傅，谁知，领导把连城分给了史云帆，方程为这事私下怄气。史云帆是一个工作狂，喜欢独立创造，脾气大，两年里换了六个工艺师，来一个走一个，不是被他骂跑的，就是被他气跑的，所以，姜海涛很同情连城，跟着史云帆做工艺师，有的是苦头吃。

连城只是静静地听，有时候也附和着姜海涛说几句，大多时候，连城都是做一个安静的倾听者。

"你买的布料，不是给自己的吧？"姜海涛终于把话题扯回到布料上了。

"是。是买给妈妈的。"连城说到"妈妈"这个词的时候，声音稍微变了一点调，他还不太适应"妈妈"这个称呼。对于连城来说，"妈妈"相当遥远。

"你可真会做人。"姜海涛这句话，比较直白。她不说他真孝顺，而说他真会做人。看起来，连城的身世在单位里早就被"八卦"得尽人皆知了。

其实连城也很清楚，搞设计这一行的人，多半还是单纯的，讲话直接，不太修饰，哪怕一句话就可以把人得罪了。

还是应了史云帆的那句话，得罪了就得罪了，得罪了，又能怎么样？

晚上九点左右，连城回到办公室。

史云帆还在生产线，他书桌上的台灯还亮着，一堆白图搁在桌面上。几本俄文书散乱地摊开着，一支长铅笔横放在图纸上。

连城没有碰史云帆的桌面，他回办公室的第一项工作，就是浏览每一个设计师桌面的玻璃板下压的黑白照片。

人世间千姿百态，唯有一种姿态是比较普及的。就是，追求自己的理想，或者把自己理想化；爱自己的家人，把生活理想化。所以，选择压在办公桌玻璃板下的照片，或多或少，把自己的私人秘密不经意地透露出来。

玻璃板下通常会压着家人、亲密恋人的照片，抑或是毕业照，值得自己回味珍藏的记忆，还有"荣誉照"，譬如"先进工作者"，胸前一朵大红花的，自豪又威风的英姿，小组合影，等等，都不是连城感兴趣的，连城认真地扫视完设计组设计师们玻璃板下每一张照片，都没有捕捉到自己需要的信息，自己期待的那一张面孔——"蝴蝶"。

亲爱的"蝴蝶"，你在哪里？

夜晚，是宁静的，但是研究所楼道里依然会有机器的声音，比如超声波清洗机，每到夜里，它发出的声音更具有穿透力。

声波告诉他，这是一个三班倒的研究所。

噪声告诉他，这里是一个二十四小时有人上班的地方。

第三章 阴极中毒

连城的记忆力惊人，过目不忘。

他能瞬间记住所有的内部电话号码，每一个工作间的位置，他能想象出每一个电话通往的对应的房间，甚至强迫自己记住每一个房间里的每一个人的面孔，他们的言谈举止，他们的工作服口袋上，别钢笔还是插着铅笔。

他仔细观察每一个出入通道，站岗的解放军战士看连城的神色是戒备的，毕竟连城是一副生面孔。拿单位里老前辈们常说的一句话来说：地皮还没有踩热的人。

而他要做的第一件事，就是每到一个地方，找到三个不同的出入口，所谓狡兔三窟。各走廊出入口，都有战士站岗，每四个小时集体换班。按理说，换班的不到岗，值班的不离岗。可这毕竟是工厂内部，战士们有时候会在楼下集体换班。中间间隔一分钟，连城可以直接穿过空岗，上四楼，到天台，或者下二楼，进入同位素车间。一分钟内，整栋大楼是空岗。

这短短的一分钟，对连城这种受过特殊专业训练的人来说，足够了。

但是，对于刘冠霖"三天找到蝴蝶"的命令，连城是心中惴惴的，三天？连城没有十足的信心和把握。

不过，命令就是命令。作为一名军人，服从命令是天职。

第二天一上班，连城就表现出极大的工作热情。

连城开始出现在研究所2号楼第三层楼的各个角落。他是新来的工程师，他有极好的借口去熟悉每一个工作间，去认识每一个工人师傅，他有良好的技术素养，肯帮助人，无论是在工作间搭一个波导系统，还是在包装间灌胶，活儿都做得干净利落。

连城发现有工人推着沉重的仪器设备直接进入货梯，而这个时候，站岗的战士是不会上前检查证件的，也就是说，只要你推着这些设备进入货梯，你可以到达任何一层楼，而那层楼的战士也不会上前检查证件，因为，战士们认为你推着设备，无非是推到你需要去的工作间，至于你的目的地在哪一层，他们也无权过问。

连城试着一个人拎着很沉的苏制示波器到货梯口，不用他开口，站岗的战士就帮他按停了货梯，还帮连城把示波器放进货梯，连城微笑致谢，关闭电梯门。

他一个人站在货梯里，想了想，直接升到顶楼去。

顶楼货梯门打开，没有守卫，守卫在四楼换衣间的大门外，四楼安全。

他再按电钮，下到一楼，门开了，一楼的货梯门正对着守卫，一名背枪的战士看了他一眼，跑过来，说："新来的吧。"

连城说："是。"

战士说："旧设备存放室在地下室，这里是一楼，你要按一个'0'键，底下还有一层。"

连城应声致谢，顺手关闭货梯门。

地下室到了。货梯门打开，没有守卫。连城拎着示波器往地下室走，地下室空空荡荡，连城眼前呈现一个丁字路口，他目测了一下方向，左和右都是在2号楼范围内，但是，正前方呢？已经超出了2号楼的大门了，他选择了向正前方继续走，走了一会儿，看见对面过来几个穿防护服的工人，他们都戴着口罩和眼镜。连城跟他们对穿而过，忽然，有人回头喊他："嗳，师傅，新来的吧？"

连城应声："是。"

那人说："走错了，前面出去是我们埋废同位素的地方，你看，你又没穿防护服，别被辐射了。虽说有铅盒子封着，还是不要大意。"

第三章 阴极中毒

连城赶紧点头,说:"好的。"

连城不再往前走,而是跟着这几位师傅走到地下室的右手边,那里居然有一个更衣室。师傅们都脱了防护服,换上蓝色工作服,然后,从货梯走了。

连城把示波器放在更衣室,换上一件防护服,戴上口罩、眼镜,向原路而去,一路向前,路很宽阔,头顶上有镂空的长方形铁盖子,有阳光从镂空处照射进来,地下室一片光明。再往前行,连城看见不足一米宽的楼梯,他感觉这是地下室以外了,他沿着楼梯上去,有一道铁门,他推门出去,天啊,竟然是一小片荒地,底下挖了很多坑,连城知道,坑里都是埋着用铅盒子装的废同位素。更令连城意外的是,荒地是用篱笆围筑的,篱笆墙不高,连城试着一跃而上,翻过篱笆墙,外面是林荫覆盖的街道。连城太惊喜了,地下室连着大街,这就意味着,任何貌似严密的工作场地,都会有疏漏之处。

连城顺着原路返回,脱了防护服,拎着示波器,从货梯抵达顶楼。他从四楼的扶梯走向天台。

连城站在2号楼的天台上,俯瞰整个厂区。无数条小径和宽阔的大路瞬间突破树荫和楼房从连城脑海里涌现出来,层次分明,路线清晰。

连城甚至能清晰分辨出每条小径可迂回到达的各个厂区通道。

2号楼的天台和3号楼的天台隔得很近,连城目测,几乎可以断定,自己可以飞身跃过去。

连城就这样辛辛苦苦地来回奔波在每一条看似无路却有路的隐形道路上,他不放过每一个微不足道的细节,也不放过每一个毫不起眼的角落。他要看到整个单位的布局,把错综复杂的路径予以细分,保证自己随意来去,路路畅通。

道路如此，人亦如此。

连城在脑海里不停地刷着在单位看到的每一张面孔。

只剩下两个盲区了。

一个是金属材料管理室，里面存放着工业用的、纯度极高的黄金白银等贵重金属，属于严格军事管理区，加了专岗。连城无法看到里面的工作人员。还有一个是超净间，里面有一群戴着口罩、帽子的女工。连城只能勉强看到她们的背影、侧影。她们下班的时候也是一窝蜂，轰得像刮地风一样，来去如飞。

连城想，自己必须另谋他途。

金属材料管理室在走廊的尽头，属于死胡同，里面的人一般很少出来，不过，人有三急，连城想，洗手间是每一个人都要去的地方。

连城把机油悄悄洒在走廊拐弯处，这是从金属材料管理室出来去洗手间的必经之路。这损招，很快就奏效了。

"哎哎哟——""噼里啪啦"协奏曲之后，金属材料管理室的管理员摔得鼻青脸肿。连城和几名工人闻声赶来帮着扶一把。

连城还问长问短的："哎哟，怎么这么不小心。""啊，这里怎么会有机油，大家都小心点哈。"这一摔，也惊动了金属材料管理室里其他的工作人员，大家都出来看，纷纷谴责洒机油的人太不道德了，连城也就趁机饱览了关在门里的"几副颜色"，没有任何收获。

这世上哪有侥幸偶获的好事。

连城对自己说，别灰心，还有一天的时间。

单位食堂的伙食朴素而又简单，通常中午都是白米饭，十几大盆的素菜，肉少油少。有家庭经济条件稍好的职工，可以加单锅小炒，也是大众系列，比如青椒肉丝、小炒肉。你要想吃点鸡鸭鱼蟹之类的，就得

第三章 阴极中毒

到外面大街上去吃。午饭时间，连城特意站在换衣间门口等着超净间的女工们出来。

女孩们是分群相处的。一个小组里，总有几个是要好的朋友，所以，吃饭的时候，谁叫谁，谁帮谁打饭，谁和谁就是亲密小伙伴。四个女孩子嘻嘻哈哈地出现在连城视野里，连城主动过去，跟她们打招呼。

"各位师傅好。"

四个女工笑起来，也向连城道好。

连城说，刚才听姜师说，食堂里的菜不新鲜，是昨天剩下的。自己想出去吃，但是初来乍到的，不太认识附近的路，也不知道哪家馆子好，想请四位师傅指点一下，为表示新来的同志对工人师傅们的尊重，他声称请大家下馆子。

四个女工互相看看，先是客气地推让了一下，经不起连城诚意邀请，大伙儿就同意了。

他们一起从厂区出来，女工们引连城从3号楼背后穿过去，那里有一个小矮楼，大伙儿都往楼上跑，连城纳闷，问这是哪儿。

女工们告诉他，这是通往外面街道的捷径。走正门要花二十分钟，走这条路，只需要五分钟。

连城紧跟她们的步伐，走上二楼，发现是一个理发室，有师傅在给人洗头，姑娘们并没有停留，而是噔噔噔地直接跑下楼。理发师傅早已习以为常，连头都不回。连城又找到一条不需要任何证件，就可以出入自由的路径。

厂区内的理发室和厂区外的理发室是相通的。只不过，一楼分内外而已，二楼就是一个分水岭。

这也算是意外惊喜吧，连城想。

连城跟她们一起下了楼，就上了大街。

厚厚的红砖墙内是研究所，墙外是一个小型农贸市场。穿过农贸市场，就到建设桥了。

建设桥对街是一溜齐的小馆子，挂着各种各样的名小吃招牌，有麻婆豆腐、甜水面、一根面、香香鱼等。

连城特意挑了一家吃鱼的馆子，请姑娘们大快朵颐。

四人一桌，临时多加一个座位。五个人团团围坐，四个穿花布袄、梳两条齐齐整整长辫子的姑娘衬得小饭桌花团锦簇的。

连城点了菜。

一盘咸鱼，一盘煎带鱼，一盘凉拌笋子，一盆水煮鱼。一人一碗鸡蛋羹，一大罐子米饭。

人心是经不起美食的诱惑的。姑娘们眉开眼笑地吃着，气氛非常欢乐。

鱼也鲜。

人也甜。

饭也香。

四个女工叽叽喳喳地互相嬉戏，她们不设防的打趣、嬉笑，在连城耳中竟成一种奢华。

生活多美好。

连城有时候自己会犯一点儿迷糊。

自己在做什么？什么才是自己想要的生活？

他不知道，也不再想了，因为思想改变不了他的处境。

一顿午餐，大伙儿吃得心满意足。然而，等到了下午，研究所就出大事了。

第三章 阴极中毒

阴极中毒了。

这里，有必要跟大家解释一下，什么是阴极中毒。

阴极是电化学反应的一个术语，指的是得电子的极，也就是发生还原反应的极。阴极是N多电子设备、电子武器所必须用到的电极。阴极中毒，是电子管氧化涂层发生的一种氧化现象，而鱼腥味中的某种物质在一定的环境下会影响电子管氧化涂层上的物质，导致阴极中毒。

超净间里一片愁云惨雾，阴极没有发射了。

史云帆和方程两个人黑着脸走进设计室，连城正在听吴满意给他分析工艺，就看史云帆怒气冲天地脱下工作服往自己办公桌上扔，愤然骂了一句脏话。

设计室里一下就安静下来了。

"把所有超净间的工人都叫过来！"史云帆说。

大家都站着。

"我说，把所有超净间的工人都叫过来！"史云帆吼了一声。

大家都看连城，连城手忙脚乱地说了句："我去。马上去。"

五分钟不到，超净间所有女工都来到设计室，姑娘们都有点垂头丧气，很自然的挨挨挤挤站成一堆。

"站一排。"史云帆说。

大伙儿站成一排。

"把口罩都摘了。"史云帆说。

姑娘们开始摘掉口罩，一张张平凡、青春的面孔带着些许不安、惊惶。

"谁吃鱼了？"史云帆压抑着怒火在问，"谁？谁中午吃鱼了？"

中午跟连城出去吃鱼的女孩们吓坏了，面面相觑。

"你？"史云帆走到一个神色慌张的女孩面前。

"我。"连城主动站出来了，"我，我今天带她们出去改善伙食……"话音未落，史云帆飞起一脚就向连城踹过来，吴满意手疾眼快，一把抱住连城，被史云帆结结实实踢了一脚。方程和陈果就势抱住史云帆，叫他不要胡来，伤着人了。姜海涛护着吴满意，一屋子的女孩们作鸟兽散。

紧接着，连城就被吴满意和姜海涛给"保"出来了。

整个办公室都能听到史云帆咆哮的声音："是哪个混蛋放他进来的！！！"

阴极中毒事件，"真凶"落网。各个小组的组长都紧急开会，告诫职工们吸取教训。除了设计组没法开会，吴满意怕一开会变成"武术散打"，打着谁，都没法交代。

吃了鱼的四个女孩，红着眼睛，闷声不出气地干活儿。

连城躲在库房的犄角旮旯里，用几件白色工作服把自己从头到尾裹起来。乍一看，就像是库房里堆放的一大堆工作服。

大家都认为，连城是想一个人静一静。

只有连城自己一个人知道，吃鱼，并非他的疏忽。

他是有意为之的。

只有这样，他才能把所有在超净间工作的女工面孔都看一遍，不放过任何一张脸。

然而，连城失望了。

数十名女工里并没有他想要看到的那张脸。

"蝴蝶"，你到底在何处呢？

情报有误吗？

但是，我真的很想见到你。连城每每回忆起"蝴蝶"来，都难忘那临刑前最后一曲《好花不常开》。

下班的时候，连城故意迟走一步，免得碰到史云帆尴尬。他从2号楼门里出来，有工人对他指指点点，连城知道，单位就是一个小世界，你一海外来的工程师，一上班就捅这么大的娄子，没人说闲话都不正常。

他只顾低着头，径直往前走，突然一转念就走到3号楼背后，这里正好有一个花圃挡着拐弯处的视野。他一边走一边回头看背后有没有人跟着，再一回头，砰的一声，他撞到人身上去了。

不，是有人撞到他怀里了。

是个女人。

连城闻到女人身上的香气。

女人手上拿着一沓文件被撞飞了，她蹲下去，捡文件。一阵春风吹过，文件资料散落开来，连城看清楚了，是一地蓝图。

"我帮你。"连城蹲下去，俯拾地上被风吹得七零八落的图纸。

"谢谢。"女人的致谢声特别温柔，女人的声音一入连城的耳，仿佛有某种穿透力，连城顿时就怔住了。连城的心突然怦怦乱跳，他屏住呼吸轻轻一抬头。

"蝴蝶"。

美丽的"蝴蝶"。

连城恍如隔世。

此刻，她就这样微笑着、温柔地甚至还有些羞涩地看着自己。连城感觉到她近在咫尺的温度，她明眸皓齿的笑容。

踏破铁鞋无觅处，得来全不费工夫。

第四章 吸血蝙蝠

第四章 吸血蝙蝠

四周嘈杂的环境顿时静止了，至少，这一刻，在连城心里、眼里，世界是静止的，时间是静止的，连城的世界宛如遇到一个紧急刹车，他彻底愣在那里，傻乎乎地看着自己日思夜想的女人。

整整七年光阴，七年存放在脑海里的影像，七年挥之不去的心痛，连城愿生死相随的女人，就这样在一个平凡的下午，平平淡淡地不期而遇了。

"你好。"她的声音清晰而亲切，同时，她也感觉到了眼前男子的异样，她低下头，回避他的目光。连城陡然醒悟过来，他恨不得此刻有一束强光打过来，好映射在她的脸上，让自己更清晰地读到她的心。

"我来帮您。"连城以最快的速度恢复了残存的理智，赶紧替"蝴蝶"捡起地上的几份蓝图。

"真不好意思。"连城说。

"没事，是我自己不小心。"

"您，知道我是谁吗？"连城小心翼翼地试探着。

"知道。"她回答很干脆，不似要回避什么，或者隐晦某些话题。

"您知道？……我是……"

"你是新来的大学生连城，从新加坡回来，支援祖国建设，在2号楼三楼设计室工作，你的师傅是史云帆。史云帆设计师承担W重点科研项目的开发研制，你是他的新助手，负责写工艺流程。我说的没错吧？"

她脸上泛着得意的光泽，着装朴素，语意流畅，笑意洁净，眼睛清澈。没有丝毫的迟疑、停顿和不安。

她真没说错！

连城想，是自己错了？

"那，您是？"

"我叫安小静，是研究所3号楼秘密图纸档案室的管理员。你以后写工艺查图纸资料，尽管找我好了。"她友好地主动向他伸出手来，一脸阳光。

连城握住她的手，感受着她的温度，她的气息，她藏在自己心底的那份爱。

"很高兴见到你。"连城说。

其实，他想说："很高兴你还活着。"

安小静淡淡地一笑，说了句："再会。"

一阵微寒直侵连城的肺腑，她不认识他了。

"蝴蝶"忘了"蜘蛛"。

看着安小静平平静静，波澜不惊，一掠而过的身影，连城禁不住鼻子一酸，眼泪落下来。她怎么会忘了自己？忘了从前，忘了生死相依的恋人？而连城早已爱入骨髓，心落悬崖，原想着，找到她，一定是相拥大哭，一定是相互倾诉……总之一定不会像现在这样，形同路人，模糊了心迹。

连城心里难过，凭直觉，他知道"蝴蝶"不是故意的，"蝴蝶"已经酣眠太久，从前过往，万千情爱，犹如千帆过海，渺不可寻。

与"蝴蝶"的邂逅，由于事发突然，连城来不及细想，下了班就直接找到刘冠霖家里来了。

第四章 吸血蝙蝠

"刘医生，刘医生……"

刘冠霖打开门，一脸的热情："是连城同志啊。"

"刘医生，不好意思，又来麻烦您，我偏头痛犯了，过来拿点药。"

刘冠霖左右看看，把连城让进屋，警惕地关上门，然后赶紧跟着连城进来，说："出什么事了？"

"我累了。"连城说，"忙了一天了。有吃的吗？"

"有。"刘冠霖说。他从柜子里拿出一个漂亮的铁壳饼干盒子，打开铁盒，拿了几块饼干给连城。

连城坐下，刘冠霖拿了玻璃杯去给他倒水。

"有进展了？"刘冠霖问。

"我找到'蝴蝶'了。"连城说。

刘冠霖拿热水瓶的手颤抖了一下，显而易见，他很激动。

"太好了！"刘冠霖走过来，"她叫什么？在哪个车间？掩护身份是什么？"

"她化名安小静。在研究所3号楼秘密图纸档案室做管理员。"

"安小静？"刘冠霖在脑海里急速搜寻着这个名字，"我好像有点印象……我要去查一下去年的职工体检表。很好，你很能干……"

"可是……"连城打断了刘医生的话。

"可是什么？"

"'蝴蝶'有问题。"

"有什么问题？"刘冠霖把水杯递给连城。

"'蝴蝶'……不认识我了。"连城说。

"她当然不会……"刘冠霖停顿了一下，问，"什么意思？"

"意思就是,'蝴蝶'要么疯了,要么装疯,要么,失忆了。"

刘冠霖审视连城,连城不顾他咄咄逼人的目光,只顾自己低头吃饼干,喝开水。

"我也很意外。"连城说,"我,我无法接受这个事实。"

"什么事实?你所看到的并非就是事实!"刘冠霖说。

"除非……"连城犹豫了一下。

"你想说什么?"

"除非,'蝴蝶'有一个孪生姐妹。"

"不可能。"刘冠霖想了想,说:"你跟她在一起生活过,你应该最熟悉她的一切,她的声音,她的习惯,甚至,她的气息。"他说"气息"这两个字的时候,神情略显微妙。

连城明白他话里的含意。

"你跟她上过床。"刘冠霖开始单刀直入。

连城瞪着眼睛看他。

"所以,你不可能分辨不出她是不是真'蝴蝶'。你想为'蝴蝶'开脱?放她一马。"

"我为什么要这样做?"

"因为'蝴蝶'不想干了,你骨子里也一样,你也不想干,对吗?"

"我有七年没有见过她了,七年,七年意味着什么,你知道吗?混蛋!"

"可是七年来,你从未忘记过她,不是吗?连城同志。"

连城被他堵得无话可说。

"你为她杀过人!杀过我们自己人。"

"就事论事。"连城不想牵涉过去的种种事情,"一码归一码。"

第四章 吸血蝙蝠

"说得好,一码归一码。"刘冠霖刻意重复了连城的话,"站起来!"

连城一愣。

刘冠霖双手交叉放着,坐在椅子上,面无表情地对着连城重复了一遍:"站起来。"

连城站起来立正,标准军姿。

刘冠霖慢条斯理地问:"你多久没有杀过人了?"

连城答:"有六七年。"

"你心肠软了,是吗?"

连城没答话。

刘冠霖:"回答我。"

连城答:"我不是铁石心肠。"

这也算答案。

刘冠霖哼了一声,也没有驳斥,大约觉得连城对自己从接头到现在,态度还算恭敬,说的也都是实话。

"你觉得'蝴蝶'是真的不认识你了吗?"

"是的。"

"你今天见到她,你第一感觉,她是真的一点也不认识你了?"

连城有点犹豫了,说:"我,不敢肯定。我想……"

"你想……你有合理推论了?"刘冠霖追问连城。

"有。"连城答。

"说。"

"'蝴蝶'曾经遭遇了什么?她是一个死而复生的人。她不记得自己是谁了。前生的记忆没有了,抑或是,她放弃了,扔掉了,关闭了。"

刘冠霖说:"也有可能是故意的,她故意要忘记这一切。她想脱胎换骨,重新做人。"

连城没接话。他亦有同样的想法。

"敌人和战友,往往只有一线之隔。每一个潜伏下来的特务,都有可能被大环境、大时代所影响。新社会的宣传和'思想改造'是一把无形的利器,可以让我们从积极变得消极,从消极变得沮丧,从沮丧开始怀疑,直至动摇。人一旦动摇,就会希望一切都结束掉,彻底结束。我们有的人甚至希望在某一天某一刻,自己的上线、下线统统死掉!自己就彻底变成一个普通人,一个自由自在的人。我说了这么多,你该懂了吧?"

连城说:"你认为'蝴蝶'有意隐藏自己,她想临阵脱逃?"

"不是吗?"

"我们并没有百分百的把握,证明'蝴蝶'的身份。我说过,这世上也许有面貌相似的人……"

"'蝴蝶'受过枪伤,只要看看她左胸,一切就真相大白了。"

"啊?"连城被刘冠霖突如其来的一句话惊住,"怎么看?"连城问出这句话的时候,觉得自己好蠢。

"单位里每个星期三和星期五,都会开放公共洗澡堂。"刘冠霖说。

去女澡堂偷看?太冒险了。连城想。

"派个女人去。"连城说。

刘冠霖眼光悠悠地盯着连城。连城被他看得心慌,说:"你别这样看着我,我就不相信,你手下没有女的。"

"迎难而上,连城同志。"

第四章 吸血蝙蝠

"你来，来，我让给你，刘冠霖同志。"连城站得军姿笔挺，表面恭顺，眼睛里透出一丝鄙夷来。他目光轻蔑，言语带着讥讽，嘴角挂着一抹自得的笑意，尽收在刘冠霖眼底。刘冠霖不急不躁地站起来。他站在连城面前，眼底透着寒光，嘴角亦挂着一抹莫名的笑意。

刘冠霖对连城慢吞吞地说："这个星期以内，不管你用什么方法，必须确定'蝴蝶'的真伪。"

连城机械地答："是。"

"事情本来就很难了，我们需要对彼此绝对信任。……我知道你有些来历，而且我行我素惯了，也曾经为了'蝴蝶'杀过组织里的人。所以，我把丑话说在前头，千万不要在我面前故技重施，玩弄小聪明。否则，我会毫不留情地宰了你！"刘冠霖的眼睛盯着连城的脸，他嘴角隐隐挂着一抹冷酷的笑意。

连城知道他的顶头上司说的是真话。

绝非恐吓。

只是，连城并不惜命。他唯一感到宽慰的竟然是，刘冠霖只说要宰了自己，他没说要了"蝴蝶"的命。

"蝴蝶"才是"蜘蛛"的软肋。

"轰隆隆"一列火车飞驰而来。

车轮滚滚，碾压得四周山脉各种声音都安静了。

老金安静地坐在"蝙蝠"对面，两个曾经的死敌现在坐在一处，风景依旧，二人的身份已经彻底颠覆了。从前的"捕猎者"变成了现在的"猎物"，而以前的"猎物"现在变成了"捕猎者"，事情就这么简单。

"蝙蝠"是几近绝望才自动现身的。

他并不是什么良心发现，或者是认同当今天下，他是被逼无奈，被自己人逼上梁山的。而这正是老金所想所求的。

"就快到江城了吧？""蝙蝠"说。

"是的。"老金说。

"蝙蝠"眼睛里透着一丝黯淡的光。

老金看着"蝙蝠"，说："你性子很急啊。"

"蝙蝠"一愣。

老金说："你在怕什么？"

"怕？""蝙蝠"笑起来，他把一双戴着手铐的手重重地摔在长条形桌面上，头微微往前倾，直面老金的眼睛，说："你知道吗？我还有一个绰号叫'吸血蝙蝠'，我曾经吸过你同事的血，我曾经令你和你的同事闻名丧胆。"

"错。你只能令意志薄弱的人胆寒！而不是我和我的战友。"

"蝙蝠"感到一丝没趣，缩回去坐好，说："我只是想确认一下。"

"确认一下，我是不是你曾经的对手？"

"对，漫漫旅途，总得找一点乐趣。"

"说说'蝴蝶'吧。"老金从包里拿出一盒香烟，扔在桌子上。"蝙蝠"用戴铐的手去拨弄开烟盒，取了一支烟，衔在嘴上，示意老金帮他点烟。

老金不帮，扔了一个打火机给他，"蝙蝠"托着一副戴手铐的手，很利落地点燃了香烟。

"'蝴蝶'？"

"对，简洁地形容一下。"

"'蝴蝶'很凶猛。"

第四章 吸血蝙蝠

"没了？"老金追问。

"有魅力。""蝙蝠"说。

"什么样的魅力？"

"杀人的魅力。""蝙蝠"说这话的时候，眼睛里闪烁着奇异的光。

"'蝴蝶'是男的？还是女的？"

"你猜？"

"蝙蝠"话音未落，老金腾地一下，伸手掐住了"蝙蝠"的脖子，老金用力一掐，"蝙蝠"顿时气紧，眼珠子鼓起来，嘴里衔着的烟瞬间咬断，烟灰落在"蝙蝠"的双手上。"蝙蝠"用力挣扎着。

老金咬金嚼铁地说："我不是来陪你玩的！你记住了！你是一个双手沾满共产党人鲜血的刽子手！而我，是决计不会跟一个刽子手谈判的！！"

"蝙蝠"瞪着一双死鱼眼，老金松开了手。"蝙蝠"呛得一阵剧烈咳嗽。

"在这个行当里，每一个人都有自己的生存技巧和才能，找到'蝴蝶'，挖出隐藏在江城的匪患，你才能苟延残喘。你记住了。别跟我谈条件，也别跟我套近乎，更不要时时刻刻提醒我你的过去，否则，我怕你还没到江城就被我虐得连灰都不剩了！"

"蝙蝠"一直咳嗽着，同时，他的身子也蜷缩起来。

老金站起来，给"蝙蝠"倒了一杯白开水。

"蝙蝠"接住了水杯。

老金悠悠地说了一句："我原来以为'吸血蝙蝠'是一个女人。"

"蝙蝠"抬起头，悠悠答了一句："原来你也有犯错的时候。……人嘛，是人就会有弱点，是人就会犯错。无一例外。"

列车轰鸣着穿越山脉，来势凶猛，飞速向前。

程月如手里拿着天蓝色缎面衣料对着穿衣镜比试着衣料上身的效果。这是连城特意送来的，说是给妈妈做一件旗袍。

程月如身材姣好，肌肤白皙，人虽然老了，但是仪态姿容保持得很好，连城想，她年轻的时候一定是个美人。

细软的衣料贴在身上，程月如感觉到人心的温暖；这心一暖，普通的一块衣料也变得有温度了。

"谢谢你，连城。"程月如说。

连城俊脸微红，说："妈妈喜欢就好。"

"当然，当然喜欢。儿子买的，没有什么比儿子的心意更让人欢喜的了。"程月如收起布料，招呼连城坐。

连城坐下，四处望望。

程月如说："你爸爸在书房看书，你大哥和连莲最近忙得不得了，天天加班，要很晚才回来。"

连城笑笑。对于连城来说，父亲是疏远的，母亲是客气的，哥哥是热情中透着怀疑，妹妹对自己时刻警惕着。这不是一个家的感觉，这只是一个临时客栈。

"我去叫你爸爸。"程月如大抵看出连城有些孤寂的心思，主动要去叫连颢然出来。

"不，不用了，妈。"连城说，"爸爸工作忙，不要耽搁他。我……"他站起来，略微一停顿，"儿子就想跟妈妈一起坐坐。"

"好，那好。"程月如笑着，伸手握住连城的手，她的手很冷，连城的手很暖，程月如握住连城的手就舍不得松开，她就这样紧紧握着

"儿子"的手，坐到沙发上。连城只有靠着她，才不至于被她牵扯住胳膊。

程月如和连城并肩坐着，手握着手。灯光下，连城自己都觉得有点不可思议，"妈妈"的心底大约还是疼他的。

"你看起来有点疲惫，是为了工作吗？"程月如说。

"对。工作，还不太适应。"连城说。

"工作嘛，总是做也做不完的。顺其自然就好。厂子里面人多嘴杂，好话坏话都会有，你都别往心里去。你只想着，好不容易回家了，跟着家里人，好好地过生活，比什么都强。"

连城点头。

"你不知道，我跟你爸爸，从前在上海做秘密工作的时候，曾经生过第二个孩子，也是个男孩，可惜，那孩子一生下来就死了。所以，妈妈看见你，就会想起那个失去的孩子。"程月如的眼泪蓄在眼眶里，蓄满了眼眶的泪珠，一个不争气就滚出眼眶，直接砸在连城的手背上，一大颗晶莹透亮的泪珠顿时把连城的心锁砸开了一半。

"妈妈。"连城真心实意地说，"您别难过。儿子好不容易，跋山涉水地过来，能见到妈妈，跟妈妈在一起，像现在这样，安安静静地坐着，说说话，儿子心愿已足。"

"你这样讲，我反倒觉得自己可怜。"程月如微微叹息着。

连城脸色苍白，不知哪句话触动了"母亲"敏感的神经，竟然下此结论。

"儿子嘴笨。"连城说。

"笨有笨一点的好处。"程月如说。

程月如的话耐人寻味，连城不敢接话。

程月如以为连城不开心了，于是转圜一下："这段衣料我很喜欢，打算星期天去裁缝店做旗袍，你要有时间的话……"

"有，有的。"连城说，"儿子陪妈妈一起去。……只不过，不知道哪家裁缝店的手艺好。"

"光明路上有一家裁缝店不错，听说制衣师傅是从苏州请来的，一手苏绣的绝活，手艺好得不得了。"

连城脑海里顿时闪过光明路上那家阴森森的裁缝铺，大红色苏绣蝴蝶旗袍掩护下一双泛着青光的眼睛。

尽管心里千回百折地打问号，嘴里却应承得快而乖巧。

"行啊。我一定陪妈去。"

"那就说好了，星期天去。"程月如满足地笑着。

"妈妈很喜欢苏绣吗？"连城仿佛不经意地问。

"是啊。不瞒你说，我最喜欢南方城市了。我在苏州也住过大半年呢，真的是非常喜欢那里的景致。可惜你爸爸的工作关系，终究不能那样安适地生活下去，一年总要搬上几次家。"

连城点点头。

"你在国外有心仪的女孩子吗？"程月如问。

"啊？"连城一愣，程月如的家常话，弯转得太快，连城有点猝不及防的感觉。"我还没有，没有女朋友。"

"没关系，厂子里啊，优秀的姑娘多的是，改天，我去找工会主席帮忙，给你介绍一个。"

"啊？！"连城"真"的急起来，"不用，妈，不用。您……身体不好，不要为了儿子的事情操心。"

"连城，你别总是跟妈妈见外，既然你肯认我做妈妈，我就真心实意拿你当亲生儿子看。妈妈知道你一个人住在外面孤独得很，妈妈希望你能够找到一个好姑娘，好妻子，一个真正了解你的人。等你成了家，有了孩子，妈妈这心啊才算真满足了。"

连城很感动。很久没有人这样掏心掏肺地跟自己讲这些话了，他眼眶有点湿润。

找到一个真正了解自己的人，谈何容易啊？

连城低下头。

"你一定会幸福的。"程月如说。

"真的吗？"连城低声喃喃自语。

"当然！"程月如说，"你会有一个美好的未来。"

有没有美好的未来，连城不得而知。他只知道，自己来路不善，去路不明。连城坐了半晌，看大哥和连莲都没有回家的迹象，就主动告辞回去了。临走的时候，连颢然才从书房出来跟小儿子碰了碰面。父母一起送连城出门，才发现外面下雨了。程月如回身去替连城拿雨伞，这档口连颢然才悄悄地对连城说："我是故意躲着没有见你，我是想着，让你跟你妈妈多亲近亲近，多走动走动，我在场，你们反而会拘束。你妈妈跟你说过了吧？"

"说？"连城显得口舌笨拙。"妈妈说，你们从前失去过一个孩子。"

连颢然点点头，说："你妈妈神经上有毛病，有很严重的神经衰弱，你要多担待。"他从口袋里掏出几十块钱和几张布票塞给连城。

"爸爸，我有。"

"你有是你的，这是我给你的，拿着。"连颢然的口气和动作都不容连城推托。父子正说话，程月如拿着一把雨伞出来，连颢然给连城使了一个眼色，连城立即把钱和布票都揣裤袋里了，程月如把雨伞递到连城手上，嘱咐他星期天回家吃饭，一路小心。连城都应着，打着伞走出家门。

细雨蒙蒙，路灯昏暗，连城走出来五十多米，回头看了看连家的小楼，灯光柔和，窗帘已经拉上了，很显然，父母要休息了，而此时此刻，大哥和妹妹都还没有回家。他们到底在忙什么呢？连城想。

连城打着伞，一只手插进裤袋里，摸到了父亲塞给自己的钱，心头一暖。想起一句话：可怜天下父母心。

夜色深沉，大雨突袭。

江城火车站的站台上，灯火通明。长长的水泥走廊上，站着一排解放军战士，荷枪实弹，严阵以待。

氤氲的水汽弥漫在空气里，冷雨夜风，站台外树木萧萧，树枝摇曳，树叶瑟瑟作响。

江城市公安局刑侦科科长言明远和W新型材料研究所保卫科科长连捷表情严肃地站在站台前，连捷时不时地看看手表。

言明远说："路上不好走，火车可能要误点。"

连捷点点头，说："你说我们这么高的规格就为了接一个特务头子？"

"嗯。上次不是跟你交了底吗？这个特务头子揭发了一个隐藏在江城的'留置计划'，是专门来抓'蝴蝶'的。"

"'蝴蝶'。"连捷"哼"了一声，说，"这代号，够风雅的。"

言明远轻轻地说："今天咱们接的这个特务头子，代号'吸血蝙蝠'。"

"嗯,我们这是跟昆虫干上了。有'蜘蛛'吗?"

"跟你说正经事呢。"

"说正经的。"连捷笑着说,"正经地跟言科长汇报一下。我在研究所3号楼给专案组腾出了一层楼的房间,住的、吃的、用的,都有,还有两间审讯室。"

"为什么选3号楼?"

"3号楼原本就是研究所的秘密图纸管理室、人事档案管理室的所在地,警卫森严,双岗,二十四小时卫兵带枪巡逻,安全。另外,专案组要是调取人事档案,就不用派专人送给他们看了,直接坐在档案室看就成了。四千多职工档案啊,光是看都够他看十天半个月,别说一个一个地查了。"

"工作量的确大。听说这个'吸血蝙蝠'解放前可是上海保密局一个王牌特务,经他手抓捕了我们很多的地下党,也掌握了很多他们保密局内部人事资料。准确点说,'蝙蝠'投案自首,对破获江城留置大案大有用处。"

"代价小,折腾少。"

"对。"

"他为什么叫'吸血蝙蝠'呢?当真吸过人血?"

"说明此人的残忍吧。我看过他一部分材料,有血债,枪毙十次都不亏。"

"我觉得他是虚张声势,其实不堪一击,名不副实。"

"你别掉以轻心。"言明远说,"这些人都不是泛泛之辈。对了,你把他们安置在3号楼,岂不是要把3号楼跟其他车间隔离开?"

"不,我跟你说啊,我想好了。我不隔离。我对内说的是来了两个苏联专家，帮我们解决一下技术难题，就在3号楼秘密图纸管理室上班。谁要是对这两个苏联专家感兴趣，只要他一露头，我就抓人。"

"依你的意思，研究所里有敌特？"

"我没这个意思。"连捷笑笑，"我的意思是张网捕鱼，愿者上钩。"一股风卷过来，横扫了些落叶滑落在站台的走廊上。

"朱曼丽的来历有确切结果了吗？"连捷问。

"查了。上海公安局昨天给了回复。很诡异。"

"诡异？"连捷有些不明白。

"上海市化工学院毕业的学生里，根本就没有朱曼丽这个人。"

"那，她的介绍信谁开的？还有，W新型材料研究所的人事科招工办是怎么回事？招一个不明身份的人进入国家保密单位工作？不可能啊，都是要调档案的。"

"要不我说这件事诡异呢。"言明远说，"我也是这样去质疑的。上海公安局那边的负责人说了，上海化工学院毕业的学生里没有叫朱曼丽的，可是，有一位老师叫朱曼丽，今年二十七岁。1947年就在该校任职，记住，是1947。1949年的春天，因为身体不好，就回家养病了。她的个人档案一直留在学校里。新中国成立以后，有部分老师留用了，还有一部分员工辞职了。而这个朱曼丽至今没有露过面。"

"也就是说，也许朱曼丽本人还活着。有没有请求上海公安局协查此人呢？"

"正在写请求协查的报告。我还在想，要不是我们这边出了'蝴蝶''蝙蝠'这档子事，实在是应该去一趟上海。"

"嗯，咱俩想到一块去了。"连捷说。

"如果说，死者朱曼丽的身份是假的，那么她的档案也有可能是伪

第四章 吸血蝙蝠

造的。"言明远说。

"对。你想啊，江城是一个小城市，又奇缺科技人才。去上海招工，那就是来者不拒。学校的档案是一块送来的，中途要经过多少环节？双方的人事科、档案科、经办人员、复审人员，有一个环节出了错就让敌人有机可乘！我是说，有人故意塞一份以假乱真的档案进来，有名有姓，有照片有简历，有优秀的毕业成绩，啊，女同志，肯吃苦，愿意放弃大上海到小城市，招工办的人还不是求之不得？但是，你听着。"连捷加重语气，"纸是包不住火的！假档案总归会被发现的，敌特这样做的目的，很显然不是为了长期潜伏，而是要到江城来，利用这个假身份办一件很重要的事！而且，必须是速战速决。"

"有道理。"

"还有那个留声机，对了，留声机是一个重要细节。为什么这个假朱曼丽跋山涉水地来了江城，什么都不带，带一台留声机，一张老唱片，一段靡靡之音？她想干什么？"

"一切都不合常理。"

话音未落，只听一声汽笛长鸣，火车轰隆隆穿山越岭而来，一时间，雷频雨骤，站台上的白炽灯照得整个走廊都惨白惨白的，斑驳凌乱的光影下，列车进站了。

咣啷啷一声，列车门打开，有一排战士陆续从火车上下来，整齐地列队。老金和"蝙蝠"一起从火车上下来。

"蝙蝠"面带贪婪地大口呼吸新鲜空气。

"他们来了。"远处言明远对连捷说。

连捷注意力集中地看过去。

这一看他有点小失望。老金是一个干瘦干瘦的中年男子，长相平庸，个子不高，顶多一米六五，眼神疲惫，也不太注意形象，头发有点乱，跟连捷想象中的专案组领导差距何止十万八千里。

而戴着手铐的"蝙蝠"长了一张国字脸，脸上也没什么血色，不过，比老金耐看点儿，头发梳得整齐，好像还用了凡士林。他像是憋着气，一路跟老金絮絮叨叨地说话，多半是讲，路上太累了，要好好休息，火车上的饭是冷的，菜也是冷的，吃得人胃疼，不舒服。坐的什么火车，简直就是一个货车，慢得像乌龟爬。自己好歹也是来帮助政府做事的，弄得像长途押解的死刑犯。投案自首给出路，纯粹就是宣传。

老金一言不发，只顾往前走。走着走着，突然嫌恶起"蝙蝠"没完没了的抱怨，回头一拳砸在"蝙蝠"的肚子上，骂了句："住嘴！"

"蝙蝠"疼得龇牙咧嘴，蜷缩着回骂："混蛋。知不知道优待俘虏！说一套做一套。"老金伸手抓住他的衣领，连拖带拽地往前扔过去，"蝙蝠"一个趔趄，摔在水泥站台上。老金看也不看他，径直往前走去。有战士跟上，押起"蝙蝠"。

"就这德行，还，还吸血？蝙蝠？"连捷从心底就看不起这贪生怕死的货。

连捷的话虽然说得很轻，但是，在夜风的传送中，依然一字不落地吹进了迎面走来的老金和"蝙蝠"的耳朵里。

"我是江城市公安局刑侦科科长言明远。"

"W新型材料研究所军代表兼保卫科科长连捷。"

言明远和连捷主动跟老金握手，做自我介绍。

"我是负责江城'留置计划'专案组组长金澍。叫我老金就行了。"老金说，"犯人安全押到，麻烦言科长和连参谋跟上海公安局的协助押送人员做一个交接。"

第四章 吸血蝙蝠

"好的。"言明远说,"这次交接工作主要由连参谋负责,专案组也将入驻研究所。"

连捷马上跟随老金一同来的押送人员办交接手续。

"蝙蝠"站在那里,一声不响地盯着连捷看,他的眼光怪异,看得连捷心头发毛。老金也开始注意到连捷。

言明远也觉得犯人的眼神有些特别。

"看什么看!"办完交接手续的连捷终于沉不住气,大声呵斥了"蝙蝠"一句。

"蝙蝠"忽然开颜一笑,喉咙里发出一声奇怪的问候:"原来你在这里。"只这一句话,老金以迅雷不及掩耳之势拔枪相向。

乌黑的枪口对准了连捷的眉心。

第五章

铤而走险

第五章 铤而走险

连捷就像是条件反射一样，迅捷拔枪。只是他的动作还没有到位，老金已经冲过来，一股凌厉的劲风穿透连捷的耳膜，连捷还没有完全反应过来，老金一只手已经死死地扼制住他的咽喉，他被压制到了一根光秃秃的电线杆子上。连捷感觉上身倾斜，下身不稳，很被动地被老金用枪顶着脑袋！

与此同时，上海专列上下来的所有的战士，所有的枪都对准连捷。

连捷气得脸红筋胀，闷声说："你疯了！"

言明远用最快的速度冲到两个人面前，说："有话好好说，都是自己人，自己同志！"

老金并没有收手的意思，他沉着一张黝黑的脸，说："是不是自己人，你说了不算。"

连捷冷笑，说："自己人说了不算，敌特说了算？"

老金说："现阶段，是。"他喝了一句："你过来。"虽然没头没尾的一句，但是，大家都清楚他在叫"敌特"。果然，"蝙蝠"笑嘻嘻地走过来。

"告诉我，他是谁？"老金问。

"蝙蝠"没回答，而是径直走到连捷面前。"嗳，刚才你不是说我，就这德行吗？""蝙蝠"问连捷，"怎么你现在也这德行？"

老金听了这话，手中的枪口高抬一寸，喝问"蝙蝠"："你到底认不认得他？"

"蝙蝠"阴阴一笑，说："我刚刚远远地看他眼熟，以为是原先的一位故人。走近来仔细一看，也只有三四分相似而已。"

"你到底认不认识他！"老金厉声再问一句。

"我……不认识。""蝙蝠"说。

老金瞬间松开手，连捷喘了一口气，言明远顿时松了一口气。

"对不起，连参谋。"老金说。

连捷恨恨地看着老金。

言明远赶紧打圆场，说："误会，误会。都是自己人，都是自己人。"

"都是自己人，开弓可就没有回头箭了。""蝙蝠"幸灾乐祸地笑着。他的笑还没绽放完，衣领就被老金一拽，整个人像提线木偶一样"飘"起来。

"我看错了而已，你至于吗？不就看错了吗？我自己会走，能不能斯文点……是你自己沉不住气。……我是来帮你们的，帮你们匡扶正义。"

连捷铁青着一张脸："匡扶正义？他只是在用从前同僚的命来换自己的狗命！"

言明远劝着他："别这样，你跟老金还要一起共事呢。走吧，走啊。"

"你别说，这个老金貌不惊人，下手真黑，有真功夫。"连捷下意识地摸了摸自己的脖子。言明远笑笑："你不记仇就好。"

"谁说我不记仇？总有一天，我会让他还回来。"连捷愤愤地说，"还有，你看这个人表面上凶残，其实内心很懦弱。"

第五章 铤而走险

"你说'蝙蝠'？"

"我说老金。"连捷说。

"是懦弱？还是不强大？"

"你觉得'不强大'比'懦弱'好听是吧？"

言明远"嗯"了一声。

连捷有意无意地说了一句："你见过一个高级别的特务，喋喋不休的吗？"

"你是说，'蝙蝠'不像个合格的高级特务？"言明远说，"那你说，合格的特务应该是什么样的？"

"像你这样的。"

言明远笑起来，拉了连捷一把："走吧。"

两个人一起走出站台。他们穿过候车厅，走下高高的石阶，火车站外面停着一辆吉普车，一辆军用卡车。

雨一直在下，不但没有消停之意，反而大有加强之势。一排解放军战士穿着雨衣，踏着雨靴，握着枪，在风雨中执勤。

"蝙蝠"和老金站在雨地里，看样子在等车开过来。"蝙蝠"看见连捷和言明远出来，举起戴着手铐的手跟他们友好地打招呼。

当然，不会有回应。

连捷和言明远上了吉普车，把车开到老金和"蝙蝠"的跟前，二人上车。紧接着，一排战士列队，鱼贯地上了卡车。

吉普车和卡车同时驶离火车站。

连捷开着车，心中有些堵，也不像以前接了什么领导、外地同事，一路上总会欢歌笑语，一路讲讲江城的风土人情，加强彼此联系什么的。此刻，连捷黑着一张脸，一言不发。坐在副驾驶上的言明远原本就寡言少语，他看连捷心情不好，索性闭目养神。

老金眯着眼睛，缩着头，像是在打瞌睡。倒是"蝙蝠"兴致很好，一路上自言自语，说江城路况好、空气好，而且下雨天行车，也适合作诗。

老金鼻子底下呼气，哼了一声。

"屋角新添雨后丝，辛勤编织待晴曦。可怜蜂蝶频投网，尽在高飞得意时。""蝙蝠"一个人在车里吟诗。

言明远的眼睛一下就睁开了。

老金不动声色，观察着。

连捷终于沉不住气了，问言明远。

"他说什么？"

"蜘蛛。"言明远说，"他在说'蝴蝶'最终会落入'蜘蛛'的网里。"

"连参谋，""蝙蝠"说，"你干这行时间不长吧，你以前干什么的？"

连捷大声地说："卖'杀虫剂'的！"

老金的脸上浮起一丝笑容，言明远笑出声。"蝙蝠"算是吃了瘪，不吭气了。

半夜三点，押送"蝙蝠"的吉普车和卡车抵达W新型材料研究所。

连莲和几名公安已经布置好了会议室、审讯室和优待室，连莲还烧了几壶热水，供专案组的人一到3号楼，就有热水用。连捷很满意，夸妹妹能干。连莲跟大哥说，一会儿等他工作完了，一起回家。

连捷安排老金和"蝙蝠"在研究所3号大楼第四层的双岗管理区住下。老金跟连捷说，一路旅途劳顿，他想先好好睡一觉，明天中午吃完饭开始工作。

第五章 铤而走险

"是开始审讯吗?"连捷问。

"不,开始看职工档案。"老金说,"我需要研究所所有职工的完整档案。第一步,看照片,第二步,审档案。"

"看照片?"连捷愣了一下。

"有问题吗?"

"没,没问题。"连捷说,"保证完成任务。"

"好。"老金没有多余的话。

"那个,照片都是一寸的免冠照。"

"没问题。"老金说。

"那好,那金组长您就先休息吧。"

"叫我老金就行。"这是连捷第二次听到老金说这话了。老金看连捷有点不太理解,解释了一句:"老金这个称呼,是自我保护。"

连捷懂了,他点点头,附和了一声:"嗯,不错,有隐蔽性,符合保密规定。"

"刚才,对不起。"

"啊?"连捷一下反应过来,说:"没事。"

"我有点风声鹤唳,草木皆兵了。"老金说。

连捷微微一笑,说:"老金,你这样讲,我就不往心里去了。你要知道,这一路上,我就像肚子里吞了一只苍蝇一样,反胃。"

老金拍拍连捷,问:"言科长呢?"

"负责查岗去了。"

"明天见。"老金说。

"明天见,做个好梦。"连捷说。

"好花不常开，好景不常在。愁堆解笑眉，泪洒相思带。今宵离别后，何日君再来……"一阵阵绵绵的歌声如细针般侵袭着安小静的神经，幽深的走廊，仿佛看不到尽头，安小静能模糊地看见自己脚下穿的一双红色的高跟鞋……红色的旗袍，血色的蝴蝶，黑暗中，安小静发现黑乎乎的墙壁上延伸出一个大的透明镜子，镜子里有一个穿着大红旗袍的女人，女人面目模糊不清，唯有红唇似火，清晰到能看见她嘴角的血丝。

雨声，外面在下雨。对，楼下院子里下着很大的雨，杂乱的脚步声。一个穿着很奇怪的制服的男人从背后抱住女人。

枪声响了，一股鲜血从女人的胸腔喷出来，鲜血直接从镜子里溅到安小静的身上，脸上。安小静大叫一声"救命"，倏然惊醒。

窗外，雨声如注。

安小静傻愣愣地听着从窗檐滴落的一串串清脆的雨滴声，她抬起眼睛，意念模糊。

安小静坐在床上定了定神，突然掀开薄被下了床，径直走到一面大的穿衣镜前，哗地一下扯开睡袍带，睡袍从肩膀慢慢滑落到胳膊肘，安小静仔细看着镜子里自己的身体，左胸上有一块醒目的伤疤。

一盏台灯下，一个简装的工作日记本摊开了。

安小静简洁的行文如下：

> 两年的光景里，同样的梦做了无数次。
> 我甚至怀疑自己得了某种精神分裂症。
> 我快接近一种疯狂。
> 我是谁？

第五章 铤而走险

我到底是谁？

为什么我两年前会失去一切记忆！！

仅仅是一场车祸吗？

那场车祸，导致我什么也记不起来了，唯一有闪回的就是大雨中的枪声。

唯一剩下的记忆，就是可怜的午夜残梦。

我真的想找回我自己。

悄悄地找回自己。

——必须自己先找到自己。不能假手旁人，亦不可操之过急。

安小静微微合眼，合上日记本。

她与生俱来的沉着冷静、内外兼修的一流特工素养已经牢牢地铭刻在了她的心底。无论何时何地，她都能应对自如。

谁都知道，撕开愈合的伤口会有剧痛。

真相就在那里。

有人想揭开谜底，有人就想掩盖秘密。无论你想做什么，都必须要有一个通畅的情报渠道。掌握了先机，才能一招制敌。

雨过天晴，朝霞浸润着白云。曙光初放，清气漫天。一夜风雨将街边两侧的梧桐树清洗得干净清爽，树叶上还挂着雨珠，遇风一垂首，叶子上饱满的水珠儿一颗颗往下滚，落在晨跑锻炼的人身上，湿漉漉的感觉裹挟着缕缕清透的晨光让连城倍感舒适。

晨跑，是连城每日必做的功课。一来锻炼体能，二来熟悉街道。

他深谙"狡兔三窟"的道理，把每一次的晨跑都当作一次行动路线的演习。他总是换着不同的路线，不同的岔道口，把每一个可行的通道当作将来用的逃生走廊。

在晨跑的同时，连城也享受着普通人的闲适生活，他喜欢看沿途的风景，看那些沿街而居的老人们拿把竹椅坐在街边的梧桐树下喝早茶，看小孩子嬉闹，看食堂职工骑着三轮车去街坊门口摆早市，三轮车上架着好几层铁皮蒸笼，里面装满了热气腾腾的馒头。看很多街坊里的男女老少排队买早点。有时候，连城真的很想做一个简单快乐的庸人，而不肯做这种所谓智力满盈的特务。

三街坊门口，刘冠霖、陈果、姜海涛等人排队买馒头。连颢然和程月如挽着手散步回来，夫妻俩向认识的人们打招呼，点头微笑。

陈果看了看连颢然夫妻回家的背影，转对姜海涛，感慨地说："他们看上去真的很幸福啊。"

姜海涛说："被幸福。"

陈果一愣："什么？"

"连总工的爱人有严重的失眠症。"

"所以呢？"

"他们的甜蜜，一点也不真实。"姜海涛说。

刘冠霖安静地听着二人谈话。

"你错了，不是不真实，而是很现实。他老婆不靠他的背景，能生活得那么滋润吗？"

"女人干吗要靠男人，妇女能顶半边天。"姜海涛突然发现刘冠霖在看自己，转而问道，"刘医生，您说是吗？"

刘冠霖"啊"了一声，说："你们啊，只说对了一半。婚姻是鞋子，穿在自个的脚上，合适不合适，只有自己知道。别人，没有发言权。"

陈果附议："没错，没错。"

姜海涛也点头同意。

刘冠霖问陈果："连城是在你们设计室吧？"

陈果说："没错。"

刘冠霖问："他怎么样啊？"

"人不错，跟着史云帆，见天受气。不过，放心啊，史云帆啊，也不敢把连城怎么样，连城毕竟是连家的人。"

姜海涛对陈果说："嗨，别这样瞧不起人。"

陈果狡黠地一笑："你又做起好人来了。我那句话，不带任何贬义词啊，连家，在厂里是领导阶层，是褒义，对吧，刘医生？"

刘冠霖笑笑。

"不是贬义词，只带上附加条件而已。"姜海涛说。

刘冠霖没来得及表态，轮到自己买馒头了，眼见大铁皮笼里只剩七八个馒头了，他举着饭盒喊起来，"我买六个馒头，六个，对——"

陈果急了："刘医生，这笼快没了，我们还要买……"

姜海涛对陈果喊："陈师，你得给我留一个……"

刘冠霖当没有听见，继续喊着："六个！六个！"

连城在树荫底下看到他们的情态，止不住暗暗发笑，忽然，一个纤细的倩影从他身边飘过。微风中，连城感觉到那一丝熟悉的女人香。

是"蝴蝶"。

连城万万没有想到，失忆的"蝴蝶"竟然保留了晨跑的习惯，她依旧是灵动且美丽的。连城紧跟上去，他们跑的是一条通往灯光球场的笔直大路，路上，有很多运动爱好者，他们或背着羽毛球拍，或抱着篮球，一路小跑，青春、动感、纯美的画面，是W新型材料研究所的一道经典风景线。

"嗨。"连城故意加速跑到安小静的面前，一边保持小跑姿势，一边跟安小静打招呼。安小静一愣神，也冲他笑笑，说："早。"

"安，安小静同志，是吧？"连城微笑着跟着她的步伐。

"连城同志，有什么事吗？"安小静说。

"我觉得，我好像在哪里见过你。"连城看着她的眼睛说。

开门见山，是具有一定风险性的。但是，连城愿意试一试。

安小静看着连城，眼眸里竟然有一丝温柔，他的声音，他的身形，都有一点点让她温暖的感觉。

安小静心中陡起波澜，表面却波澜不惊。"好多人都这样跟我套近乎。"安小静说。

"我不是。"连城说。

"我没说你是。"安小静说。

"我真的好像在哪里见过你。"

"我们昨天见过。3号楼下。"

"不，我是说我们从前在哪里见过。"连城刻意加重了语气。

"从前？"安小静停止跑步，她的眼眸里仿佛浮现出一层疑惑，"你，确定？"

"我……"连城一个"我"字还没有说完，头上就被人恶作剧一样敲了一下。方程不知什么时候站在了连城身后。

"我，我，我，我什么啊我。"方程说，"小毛孩子，刚到所里，地皮子还没踩热，就敢追安大美人。"

"什么美人,胡说什么呢。"安小静嗔怪了一句。

"是同志,是我亲爱的革命同志。"方程嬉皮笑脸地说。

安小静不理方程,继续向前跑去。

方程追上,喊:"今天晚上灯光球场办舞会,你来不来?"

安小静不搭理方程。

连城追上去,加速,跑到安小静身边。安小静再加速,甩开连城,连城较劲了,再加速,往前跑,小跑变成了赛跑。

方程叉着腰,跑得龇牙咧嘴,大汗淋漓,一路怪叫。

就在连城超越安小静的瞬间,安小静心头像过电一样,激灵了一下,修长的双腿,熟悉的身影,挺拔的姿态,不服输的回眸。

安小静的奔跑速度减缓了。连城也相应慢了下来,他们回头一看,方程早就被他俩抛过几条街了。

"今晚有舞会。"安小静说,"灯光球场,你来不来?"

连城愣住:"当然,来。"他反应过来了,"蝴蝶"居然主动约他,七年前在上海,他们曾经相识、相爱,每一次约会,都是连城主动出击,时隔七年,"蝴蝶"肯屈尊相约,破天荒第一回啊。"我一定来。"连城强调了一句。

"好,我等你。"安小静说完这句,向前跑去,连城耳边响起那曾经熟悉的命令口吻,"别跟来了。"

"不见不散。"连城说。

连城目送安小静似一缕清风一样远去,那么远,曾经碧落黄泉,那么近,唾手可得的旧爱。连城心中百感交集,时光也许真的能够抹去记忆,但抹不去曾经的美好。

不过,连城美好的心情,很快就被刘冠霖的到来给破坏殆尽了。

连城在灯光球场的水泥台阶上休息,刘冠霖手里拎着一个饭盒走过来,连城看着他,有点意外。

"吃过早饭了吗?"刘冠霖问。

"没有。"连城说。

刘冠霖靠着连城身边坐下来,打开饭盒,里面有两个馒头,刘冠霖递给他一个馒头。

"吃吧。"刘冠霖说。

"特意给我送早点?"

刘冠霖点点头。

"我才来研究所不久,你就跟我走这么近?"连城说。

刘冠霖笑笑:"正因如此,反而不会被怀疑。要真是特务,能不避嫌?我跟连家关系不错,偶尔遇见连家的人,打个招呼不为过。不要忘了,你才来W研究所的第一天就成了我的病人。"

"对了,忘了问你,你到底会不会医术啊?"

"医不死。"刘冠霖说。

"找我有事?"连城边吃边问。

"情况紧急。"刘冠霖说,"长话短说。我们内部有人反水了。原保密局行动处一名骨干,同时也是在上海的'留置人员',向共产党自首了。"

"谁?"

"蝙蝠。"

"吸血蝙蝠?"

"你见过?"

"怎么可能,我级别不够,我听说过。"连城一边吃早餐,一边观察球场上打球的孩子们。

"他昨天晚上到了江城。"

"他来干吗?"

"找'蝴蝶'。"

"找谁?"连城一愣。

"找'蝴蝶'。他答应共产党的'江城专案组',帮他们找到'蝴蝶',要把江城所有'留置人员'一网打尽。"

连城说:"前景不妙。"

"嗯,昨天夜里三点半左右,专案组就在你大哥连捷的安排下,直接进驻到W新型材料研究所3号楼第四层。门外双岗,门内流动巡逻。'蝙蝠'将从今天中午午饭后,开始工作。他将翻阅整个研究所所有在职人员花名册。"

"看照片?"连城一愣。

"看照片。"

3号楼的档案室里,连莲和两名侦查员正在档案管理员爱小田的配合下,取出一沓沓职工档案,放进一个手推小车里。

"小田同志,所有档案都是按拼音字母排序的吗?有没有按入厂时间排序的?"连莲在请教小田。

"没有,都是按汉语拼音字母来排序的,这样的做法是简单易查,你看啊,从A字打头,姓爱的,姓艾的,姓安的……"

"还有姓爱的?"

爱小田笑着:"是啊,我就姓爱,爱情的爱,爱小田。"

大家笑起来。

爱小田一边工作，一边跟大家讲解："这个'爱'姓啊，源于少数民族的汉化姓氏。据传，在唐代西域，有个回鹘国，这个小国呢，成了唐朝的附庸国，国相爱邪勿，来到中原。唐朝皇帝赐他姓爱，其子孙遂以爱为姓氏了……"

连莲的手上正好有一本"A"字打头的档案，翻开第一页，上面写着：安小静，并配有一张黑白照片。

爱小田一边配合侦查人员的工作，一边侃侃而谈："这百家姓啊很奇妙的。六车间的副主任，姓郑，大伙都喊他郑主任，郑主任，没有喊郑副主任的。三车间的主任姓付，大伙都喊他付主任，付主任……"

侦查员们笑起来。

"就像我，姓爱，大家都叫我'小田同志'，没人叫我'爱同志'。我也喜欢别人这么叫我，无论年龄多大，我永远都是'小田'。"

一名侦查员突然喊了一句："咦，这里还有个姓'母'的。"

"用不着大惊小怪，还有姓'狂'的，姓'丧'的，姓'尸'的。"

"这也太晦气了。"侦查员说。

"嗳，公安同志，这我可就要批评你了。我们中国共产党都是坚定的唯物主义者，不搞封建迷信。"

侦查员连忙称是。

"中国的姓氏，跟家国有关，跟先贤有关，跟战乱有关，也跟避祸有关。"正说话间，连捷走进来，对连莲说，"把那个朱曼丽的档案也放进去。"

连莲一愣："啊？她不是死了吗？"

第五章 铤而走险

连捷说:"看他的反应。"

灯光球场上,连城吃完了早餐,一抹嘴,笑着对刘冠霖说:"你完了。你的级别能够着'蝙蝠',他大约见过你吧。"

"老弟,实话跟你说,你我现在就像海上的船,只有帆,没有一根锚。'蝙蝠'一旦招供,堤溃水淹,三军船覆,就只剩一片汪洋了。"

"我的任务?"

刘冠霖转脸看看连城,他欣赏连城的机敏和干脆,没有多余的话,直接问你要做什么。

"杀了他。"

"怎么杀?"连城转头看他。

"你是专业人士。"刘冠霖说。

"我单枪匹马。"

"那是你的事。"

"他身边一定有很多公安保护,我不可能近距离刺杀他。"

"自己想办法。"刘冠霖说,"只有你在里面,我没法帮你。"

"我要一把狙击步枪。"

"就地取材。"

"你说什么?"

"我说,就地取材。你守着军工厂,那么大一个军械库,你怕搞不到一把枪?我告诉你,时间不多了,如果'蝙蝠'活过今晚,明天,就会有我们的兄弟被捕,包括我、'蝴蝶'和你。"

"老师跟我说,除了我,没有人见过'蝴蝶'真面目了。"

"他的话你也信?他还跟我说,已经替我扫清了所有障碍,这就是他扫清障碍后遗留下的最大隐患。"

连城把馒头吃完了，有点口渴，打了个嗝，自己拍拍胸。

"'蝴蝶'约我今晚舞会见面。"连城嘟囔了一声。

"什么？"刘冠霖心头一喜。"安小静？她约你？"

连城点头。

"她想起来了？"

"不知道。"连城说，"希望能够有惊喜吧。"

"一定会有惊喜。"刘冠霖说，"不过，第一个惊喜，是由你来完成的。"他看看手表，说："现在是上午七点半，你八点半准时上班。争取在中午前进入3号大楼，或者是找到对3号大楼第四层人事资料档案室实施狙击的最佳狙击点。必须在晚上七点左右舞会开场前，解决掉他。"

"我很好奇。"

"什么？"

"你的情报来源？"连城说，"太精准了。我都要怀疑我大哥是自己人了。"

刘冠霖嘴里哼了一声，说："别套我的话，做好自己的事。"

"你得派个人来帮我。"

"我唯一能帮你的，就是在研究所后门附近，第六棵梧桐树下，给你准备一辆车。"

连城瞅着刘冠霖，皱着眉头。

"你就这么信任我？"

"你战功赫赫。"

"我七年多没执行过任务了。"

第五章 铤而走险

"你现在肩挑江城整个'留置计划'人员的性命,是力承千钧的支点,千万别低估自己的力量。"刘冠霖说,"想想'蝴蝶',你要是失手了,我们下一站就是监狱,不,是刑场。"

"我总觉得'蝙蝠'反水,这事怪怪的。"连城说,"老师够绝的。他放了两条线在江城,预备拿一条线出来做幌子,掩护另一条线。他就没想到,做幌子的也有脚踩两条线的,'蝙蝠'一旦翻脸,两条线都完蛋。"

"现在来不及分析了,行动吧,你的时间满打满算只有十一个半小时了。"

"舞会上见。"连城说。

"舞会见。"

连城站起来,望了一下天空,蓝天白云,旭日如金。

由于阴极中毒事件,史云帆对连城的态度冷漠到令人发指,横挑鼻子竖挑眼,脸上几乎是没有温度的。连城在工作上处处都表现出委婉温驯,大有柔顺求全之意,设计室里的人看在眼里,谁也不肯再为难他。所谓"不忍之心,人皆有之"。

吴满意为连城从总务科领来了办公桌和藤椅,姜海涛也帮着连城搬桌子,只有方程缩在一边,冷眼看着。

连城收拾完办公桌,吴满意就笑盈盈地走过来问他:"连城,你愿不愿意牺牲一点业余时间,去给工人扫盲班上课?"

"当然——"

"不行!"史云帆堵住了连城的话。他面无表情地对吴满意说:"他跟我干活儿,不可能再有业余时间。除了一日三餐和睡眠,他的思想和身体都属于图纸、工艺、生产线！"

办公室的人都不再言语，各自打扫自己的一角，忙着泡茶。

方程对姜海涛说："我自己炮制的水果茶，尝尝？"

姜海涛点头："尝尝。"

吴满意挤过去，把白瓷茶缸伸过去："我也来一点。"

方程对史云帆说："你呢？"

史云帆在找自己的茶叶筒："不要，我喝苦丁茶。"

方程给连城茶叶："便宜你了。"

连城给史云帆的茶杯泡茶，自己泡上方程给的茶叶。

水果茶甜甜的，糯糯的，含着一股水果的清香，连城喝了一口，感觉不错，方程凑过去，问他，"味道怎么样？"

"好。"连城的唇上沾了一层绿色的沫，"是苹果吗？"

"有苹果，也有青芒。"方程回眸看姜海涛和吴满意，姜海涛一举杯："好到胃。"吴满意补充："好到家。"

陈果气哼哼地进门了。

方程问陈果："你来不来点？好东西。"

"我现在吃什么都不好。"陈果说。

"怎么了？"方程问。

"老师一大早就跑来告状了。"

"孩子调皮了？"方程说。

姜海涛笑笑，"调皮的孩子聪明。"

"聪明，带着几个小孩跑到食堂去溜冰，没有冰，就把鸡蛋给扔地上了，然后糊了一地蛋清……"

大伙听了都笑起来。

第五章 铤而走险

史云帆说:"好创意。"

"创意,罚钱!"陈果的鼻子里都在呼气。

吴满意赶紧过来支招:"陈师,我觉得这个事罚钱是应该的,但是,要看罚谁的钱。"

陈果一愣,事有转机:"啊?——吴师,你给我说说。"

吴满意说:"学校对孩子有监管教育的义务,对吧?那孩子是怎么溜进食堂的呢?学校的食堂是怎么管理的呢?这是小孩子拿几个鸡蛋'溜冰',要是别有用心的人混进去了,会造成什么严重的后果呢?——食品安全,重于泰山!"

陈果被"点"醒了,他点点头:"吴师,我记住了。我知道怎么说了。"

史云帆吩咐连城:"去检查一下金属材料柜,记得每个材料柜都要有明确标记。……还有,这次R3-7的长度超过了设计的要求,你把R3-7的初样和设计图做一个详细的比对。注意不要忽略了R3-7的厚度,这个很重要。"

连城拿着一个小笔记本认真地做记录。

"去实验室看看冷冻机修好了没有。——要是还没修好,就去机修科催一催。"

连城点头。

方程插话了:"大多数的军工厂,都有人专门维修维护工作台和设备,偏偏我们这里,什么事都要亲力亲为……"

"我们设计师还要兼职描图的活儿。"姜海涛说。

"一专多能嘛。"吴满意说。

"术业有专攻。"姜海涛显然不满意地顶了回去。

陈果对姜海涛说:"劳动锻炼,是知识分子的额外福利。叽叽歪歪的,你不想进步了?"

史云帆也不管他们拌嘴,继续给连城布置工作。

"我知道,你或多或少地受限于自己的基础,记住了,在这个地方,学无专攻就没有你的立足之地。明白了?"

"明白。"

"还有,研制武器新型材料是一种真真正正的开创性工作,你不要太死板,我需要你灵活一点,开动脑筋。"

这好似变相指责连城太蠢。

连城点头。

"师傅,我想去3号楼借阅0-33图纸。"连城一边说,一边还在小本子上画草图,连头都没抬。

"去吧。"史云帆说。

"需要您开一张2号楼的出门条和3号楼的进门条。"连城说。

史云帆伸手就把连城的小本子拿过来,用钢笔唰唰唰写了两张条子,刺啦一声,撕下来给连城。

"这本子不能撕。"吴满意看见史云帆的举动,禁不住出声制止,"说过多少次了,工作笔记本不能缺页。"

史云帆"嗯"了一声,回头对连城说:"用完了,粘回去。"

连城称是。

吴满意生气地说了一句:"你这什么态度。"

整个设计室都很安静,大伙都觉得史云帆霸道。可是,有什么办法,在科技领域,谁有能力谁就霸气,不服气也没招。

方程慢慢地站起来,对连城说:"连助理工程师。"

第五章 铤而走险

姜海涛感觉方程在挑衅。

连城就像一个老实巴交的孩子,张着嘴"啊"了一声。

"你这办公桌也太霸气了点,你瞧,大家都是横着放,你偏偏竖着放。你把光线都给我挡完了,你以为整个设计室就你一人会干活儿啊?"

吴满意和陈果、姜海涛都听出方程话中滋味了。吴满意微微嘴角上扬,感到满意,群众还是向着自己的;陈果想,这史云帆太过骄狂,连平素里跟他关系好的方程都看不下去了。史云帆抬起头,只顾看连城,心想,这傻徒弟,没准说出什么没水准的话来。

其实,连城刚开始搬桌子的时候,的确是横着放的,搁在史云帆背后,史云帆一进来看见背后堵着一个人,不太舒服,叫连城把办公桌竖过来放。史云帆的办公桌和方程的办公桌是面对面,连城这张办公桌竖起来放,正好跟史云帆和方程的桌子拼到一处,类似一个"品"字形状。至于挡光,纯属欲加之罪。

连城看整个办公室的师傅们都在关注自己,只能正面迎"敌"。

"我可以跟你换位置。"连城说。

大伙都忍住了笑意,包括方程。

"当然,也可以根据光谱,给办公桌画一个有效半径。"连城说。

"有效半径可以无穷扩张。"方程说。

"那你给一个正、负范围。"连城开始胡说八道了。

史云帆又好气又好笑。

方程清了清喉咙,说:"说到正与负!凡事呢,正数上升,负数就会堕落。我现在不问你什么发射光谱,我只问你,连城你是正数还是负数?"

连城知道,自己选"正",方程会讥笑自己桌子竖放,来路不正。

自己选"负",自甘堕落,有负本职工作。他低头想一想,抬头风度翩翩地答了一句:"我是有理数。"

众人忍俊不禁。

连史云帆都被连城那一点"薄薄"的机智给逗笑了。他有点欣赏连城的有教养,精明中透着谦逊和不失礼貌的刻薄。

"好了,别贫嘴了,干活儿去。"史云帆喝了连城一声,算是给方程一个体面台阶下。方程讪讪地坐回自己的位置。

连城想,当然要干活儿,今天的"活儿"可不轻松。他站起来,要走。史云帆叫住他。

"手上有伤口吗?"史云帆问。

连城举手看看,说:"没有。"

"小心氧化皮。"

"嗯。"

"记着,无论有没有伤口,都必须戴手套。有毒有害的材料,更要加倍小心。"

连城受教,点头。

"师傅,我们有劳保拿吗?"连城问。

"有。"史云帆答,"一个月八毛,一个季度发一次劳保。"

"有劳保有什么用,真要得了职业病,还不是自己倒霉。"姜海涛嘀咕了一句。吴满意咳嗽起来,大约觉得女徒弟讲话不妥,思想落后。

"把手表摘下来,搁抽屉里。"史云帆对连城说。

"为什么?"连城有点懵懂。

"3号楼,秘密图纸管理室旁边有一个磁钢室,小心手表停摆。"

"哦。"连城懂了。他把手表摘下来,打开抽屉,犹豫了一下,因为他是新领的办公桌，没配锁。这要丢了怎么办？设计室里的人都是知识分子，连城还不能表现出怕表被偷这种阴暗心理。他偷眼看了看史云帆，史云帆在画白图，他只好关上抽屉。就听史云帆说了句："手表给我，我先替你收着。"

正中下怀。

连城把手表递给师傅。

史云帆把连城的手表搁到自己抽屉里，连城起身走了。

连城先去实验室，按照史云帆的吩咐，看看冷冻机修好了没有，正巧遇到机修师傅在做开机调试，连城看看，觉得没问题了，正要走，被机修齐师傅叫住了。

"哎，你，你不是2号楼设计室新来的那个——，那个——"

"连城，我跟史云帆的。"连城说。

"是的是的，就你，上次来过。我姓齐，机械车间的，经常跟你们设计室打交道。"

连城赶紧说："齐师傅好。"

"你这是要走了？"

"是啊，我就是来看看冷冻机的。"

"那你稍微等一下，我去拿手枪，你顺便把枪给陈师带过去。"

"手枪？"连城一股血直冲脑门，什么意思？我正要杀人你给我递手枪？自己人？还是另有缘故？

事实证明，连城想多了。

齐师傅拿出了一把做工精巧的木头手枪在手上把玩着。

"怎么样？柯尔特，漂亮吧。——陈师的女儿喜欢枪，小孩子'打游击'玩。你瞧，我还做了枪膛，枪膛是活动的，还有啊，可以卸'子弹夹'。"

连城把木头手枪拿到手上，推弹上膛，真心赞叹："真是巧夺天工。"

连城替陈果谢了齐师傅，就下楼梯了。齐师傅在他身后说："连师，回头跟陈师说说，我托他让玻璃工给我吹的一套酒具，拜托他抓紧点。嘿嘿，我老婆快过生日了。"

连城回头，应着声："好嘞，您放心，一定带到。"

连城低头，看了看手中的"枪"，自嘲地说："很容易啊。"

材料库是单独一栋小楼，连城也算轻车熟路了，一进门就跟保管员寒暄起来。保管员看了史云帆的条子，很配合地帮助连城打开了金属材料库门。

连城很认真地检查金属材料柜里存放的样管，他戴着口罩和手套，小心翼翼地分门别类地对不同样管的材料属性进行甄别。库房保管员起先还跟着他一起测量，不到两个钟头，保管员就开始学黄花鱼溜边了。

溜边是溜边，不过眼睛的余光还是不断地扫着连城。革命的警惕性是每一个军工厂职工所独有的特质。

连城镇定自若地开始行动了。

他在检查管子里吸附的金属材料粉末。他个子高，肢体动作大，巧妙地挡住了管理员的视线，一只手灵巧地提取了一些氰化钠，白色粒状的粉末，落在连城预先准备好的一个小纸袋里。

姜海涛来取液体材料。保管员走过去开柜子。

连城关上柜门。听姜海涛和保管员说话。

第五章 铤而走险

"怎么电镀车间不来取?"保管员说。

"他们马上就过来,我先来看看材料。"姜海涛说。

连城面不改色心不跳地走过去跟姜海涛打招呼:"姜师,忙着。"

"嗯。"姜海涛跟保管员在看液体瓶的批号,"批号是去年6月的。"

"对,氰化钠电镀用得少了。这个是氧化铝,批号是今年的。"保管员还在看标签,连城已经推门而出。

连城身上揣着剧毒,径直走进洗手间。他走到厕所的格子间里,把小纸袋塞进自己有夹层的衣领里,因为氰化钠会有一丝淡淡的苦杏仁味,所以,他特意揣了一小瓶香水,喷在衣领上和耳根后。再把小瓶子扔进垃圾桶。做好这一切,连城才慢慢地走出金属材料库的楼道。

楼道上有两名战士执勤,按规定,例行检查,连城毫无障碍地通过了,不过,连城明显感觉到小战士对他身上的香水味十分反感和鄙视。对于一个海外归来的华侨来说,身上有点资本主义的香风臭气也属正常。

枪,连城是彻底放弃了。

据他观察,战士们的营房都在机加车间附近,加双岗,职工根本不能靠近。而且,枪声会让自己行刺后难以脱身,他必须另觅他途。

3号楼,一如往常。

连城很顺利地进入了3号楼第四层的秘密图纸管理室,接待他的不是安小静,而是连莲。连城的表情非常吃惊,他一点也不掩饰这种讶异之色。

"今天不能查阅图纸。"连莲说。

"不是,我是工作需要。"连城看着连莲穿了一身职工的工作服,显得云里雾里,"不是,你不是公安吗?你怎么在这儿?"

连莲说:"你别问了。这两天3号楼有特殊情况,所有的办公室都暂时被我们接管了。"

"有特务?"连城害怕起来。

"有我们在这里坐镇,不用怕。"连莲说,"你回2号楼的时候,有人要问你图纸的事,你就说安小静生病了……"

"安小静生病了?"

"不是。我们放了她两天假。你回去,就照我说的做。"

连城点头,说:"那我走了。"

连莲说:"登个记再走。"她哗地一下翻开了一本登记簿,上面稀稀落落都是来借阅图纸的人留下的笔迹。

"我不是特务。"连城说。

"是不是都必须登记。"

"我是你哥。"连城说。

"你是我爸也得登记,仔细看看,最上面。"连莲用手指戳了一下登记簿最上方,有一行流利的正楷钢笔字"连颢然"。

连城释然,于是老老实实地来签名,又嫌弃蘸水钢笔不好用,特意签了一个漂亮的连笔签。

3号楼第四层每一个房间都被控制了,每一个试图进入3号楼的人都必须登记在册。连城想,如果,今晚成功刺杀了"蝙蝠",这份名单就是"嫌疑犯"的名册。

渔翁撒下天罗网。这种刺激会像条件反射一样,诱发出"蜘蛛"的毒性。难度越大,精神愈集中,完成任务的欲望就愈强烈。

连城走出秘密图纸管理室,门对门就是人事档案管理室。他来的目的,就是"踩点、定位",找到正确的方向和预定坐标。

如果刘冠霖给自己的情报精准无误，这扇门里不到两三个小时，"蝙蝠"就会现身。果不出其所料，连城看见巡逻的战士们已经开始传话了："今天中午十二点以后，3号楼内部戒严，不再放人进来了。"

连城不再停留，迅速离去。

连城回到办公室跟史云帆简单说明了一下，史云帆顺手把手表还他，还跟他说，表不太准，帮他校正过了。

连城一个下午都在废弃材料室待着，说是利用废弃材料做点科学实验。新人总是对各种材料属性充满探知欲。设计师们认为，这是研发新材料的必经过程。

为了不被人打扰自己的工作，连城把废弃材料室的门给反锁了。有人来敲，他也不开门。人们都说，史云帆就是这副德行，带个徒弟，也这德行——我行我素，自高自大。

一根木头，一根弹力十足的橡皮筋，一根废旧钢筋被工具打磨成箭头。一个下午的时间里，连城就地取材，做了一支弩弓。

利用废弃的光学镜片做了一个简易望远镜。

把氰化钠的粉末融进水里，将液体均匀地涂在了箭头上。这一箭射出去，只要射中"蝙蝠"，无论是不是要害，见血封喉。

通过2号楼第三层的窗口探视对面3号楼的第四层每一个房间的窗口，连城隐约观察到人事档案管理室的窗口一直有人在踱步，连城判断是保护"蝙蝠"的人。

行动需要有人配合，连城坚信刘冠霖能够得到如此精准的情报，自己此次行动就绝不会是孤军奋战。

下班铃声响了。

连城没有走。

他在等上正常班的人下班，上二班的人去食堂吃晚饭，他在等待一个卫兵交接班的时间差。

时间掐得很准。

六点二十五分。连城把自制弩弓和望远镜放在一个黑色背包里，推门而出。走廊上空无一人，卫兵在交接班。连城迅捷地穿过走廊，进入货梯，直接升到四楼。

四楼货梯内侧没有守卫。连城直接进入一间电源控制室，门口挂着"高压"和"非工作人员免进"的警示牌。

连城反锁了门。

他穿着一双布鞋，戴着手套。警觉地观察了一下地形。电源控制室的小窗口正对着3号楼人事档案管理室。

对面楼上居然开灯了。

有人打开窗户透气。

连城用自制望远镜侦查对面的情况。

他看清楚了。

"蝙蝠"坐在一张办公桌旁，翻阅一沓档案。有人陪着他坐着，也有人在吸烟。连城仔细观察，蝙蝠虽然在认真工作，但是，手上居然戴着手铐。尽管翻阅档案令他很不舒适，但是连城感觉得到，"蝙蝠"立功心切，这种"钻狗洞以求活命"的末技，最令连城不耻。

机不可失，时不再来。

连城把弩弓拉起来，箭在弦上。

窗口上不停有人走动，来回遮挡住连城的视线。连城在不断瞄准"目标"，突然，"目标"站起来，要抽烟。有人去拿烟灰缸——

连城几乎能够清晰地听见自己擂鼓般的心跳。

第五章 铤而走险

开弓没有回头箭!

嗖的一声,箭头飞射出去。

一箭射中"蝙蝠"的身体,"蝙蝠"嗷的一声倒下去。

连城一箭射出后,把弩弓扔进背包,身体像脱兔一样敏捷地飞奔而出,从货梯直下地下室。连城计算着,对面楼上公安反应的时间,叫人、封锁大楼、奔袭2号楼、追逐、判断逃跑方向。够了,时间足够他逃离案发现场了。

地下室里漆黑一片。

连城几乎是以百米冲刺的速度在地下通道里狂奔。

他一边跑一边开始脱工作服,脱口罩,脱手套,把脱下来的衣物塞进背包。他完全凭感觉找到那不足一米宽的楼梯,飞奔上去,推开铁门。

前面是埋同位素的一片荒草地。连城脱了工作鞋,换上提前准备好的皮鞋,把工作鞋也塞进背包,再把背包塞进一个空的废铅盒子里,使尽浑身力气将铅盒扔进一个废弃同位素的大坑。

此时此刻,连城听见研究所内部拉起了警报。

连城飞越荒地,越过篱笆墙,动作敏捷,一气呵成。

篱笆墙外就是临街的一片林荫道,研究所的后门隐约可见。他想着,刘冠霖给他预备了一辆车。应该就在这儿了。

第六棵梧桐树下的确有一辆车,是一辆自行车。

"该死!!"连城连谩骂的力气都没有了,抓起自行车,骑上就跑。

连城骑车一路飞奔,一上大道,他就从心底笑出声来。

从职工食堂吃完了晚饭的单身汉们,有骑自行车载着姑娘的,有骑单位的三轮车载着几个人的，有拍着篮球一边追逐一边跑的，好家伙，一个千人研究所，这档口，跑出上百个单身汉去参加工会举办的露天舞会，简直太顺理成章了。

车如流水马如龙，连城想，多么美丽的一幅画面，如果不是刚才杀了人，该有多美妙的心情去赴一个超越生死的约会。

"蝴蝶"你安全了，连城默默地对自己说。

没有什么能够间离我们的爱。死亡亦不可以。

"蝙蝠"死了，就死在老金的面前。

一箭封喉。

一股淡淡的苦杏仁味道弥漫在房间里，一大沓人事资料滑落在地。事发的时候，连捷正在走廊上跟言明远谈话，就听得扑的一声闷响，房间里有人叫。连捷和言明远冲进去的时候，"蝙蝠"已经咽气了。

老金瞪着一双眼睛在吼叫，也不知吼什么，档案室的管理员小田此刻吓得面如土色，缩在一边喊："死人了，死人了！"

连捷从心底骂了声"该死"，他只想到有敌特会混进3号楼，伺机行刺。但是，绝不会用到枪。因为进研究所大门会有例行检查，出入各个大楼，进入每一层会有登记。枪支管理尤为严格，营房加岗，任何职工都不能靠近营房。所以，他基本确定，行刺不会用到狙击。唯一的可能是在饭菜里下毒。他根本就没有想到，有人会用这么拙劣的手段，用最原始的工具进行刺杀。

言明远反应最为敏捷，他说了句："马上封锁2号楼。关闭厂门，任何人不得出入。"

连捷也迅速反应，说："他应该还在2号楼。"

第五章 铤而走险

老金一下拉住连捷的衣领，说："带我去。"

所有的公安都跟着连捷、老金、言明远跑出3号楼。

连捷说："大家先别乱。听我说，我们兵分两路，一路去2号楼搜索刺客，由我和老金一组；一路去研究所大门和后门实施戒严。"

言明远说："我去。"

"还有，大家一律统一口径，就说是3号楼丢失了一份重要的科研资料，所以，必须进行全面搜检。"连捷看看手表，说，"今晚工会七点半举办露天舞会，如果杀手已经逃出厂门了，一定会融入人群。"

老金说："别废话了，赶紧找。"

两路人马开始带领公安干警、保卫干事等人对重点地带进行地毯式搜索。

当然，一无所获。

灯光球场，热闹非凡。

场地上空挂着数十盏明亮的白炽灯，通明耀目，照得整个广场亮如白昼。四周台阶上坐满了单身小伙子们和姑娘们，职工们平日里上班都穿着工作服，也只有在露天舞会上可以自由绽放自己独特的风格和光彩。

姑娘们穿着花花绿绿的衣服，梳着长长的辫子，辫子末梢打着不同花色的蝴蝶结，挤在一处，笑嘻嘻地打闹，吸引了一大波青工的注意，高音喇叭里不停地播放着革命舞曲，也兼放苏联的舞曲。

连城在找安小静，刘冠霖从他背后走过来。

"你看起来精神不错。"刘冠霖说。

"我差点迟到。"连城说。

"我在职工食堂吃的晚饭。"刘冠霖左右看看，说，"我没听见枪声。"

"我很低调。"连城答。

"怎么做到的？"

"原始设备，一箭封喉。"

"你确定目标被击中？"

"确定。"

"好，干得漂亮。"

"她来了。"连城说。

安小静穿了一件素色连衣裙，一双黑色上海皮鞋，很安静地站在一个不起眼的台阶上，远远地望着连城的方向。

"她在盯着你看。"刘冠霖说。

"是盯着我们。"连城补充了一句。

"保持微笑。"刘冠霖说，"施展你的个人魅力，去演绎一个完美的爱情故事。"

"这可不是爱情那么简单。特别是在今晚。"连城说。

连城向安小静走去，没有多话，只是静静地看着，微笑致意。

"安小静同志，我想请您跳支舞。"连城温婉地把手伸过去。他略带磁性的声音，很优雅，很有男性的魅力。安小静脸孔染上红晕，伸出手来。

广场上音乐响起来。

很多男男女女都挽手跳起欢快的舞蹈。

连城把安小静往怀中一带，说："一点没变。"

安小静诧异地看着他，满脸疑云。

"我们以前在哪里见过吗？"安小静把疑问抛了出来，她想听到一个答案。不管答案是否真实，她先试一试。

连城浅笑，俯身低语说："你我的人生，原本就充满了各种各样的奇遇。安同志，请您相信我，我跟您一样，也在寻找一个未知的答案。"

熟悉，熟悉的味道奔袭而来。

安小静在被连城揽入怀内的瞬间，潜意识里竟然是莫名的感动。她觉得等这个人已等了很久很久。

她下意识地咬了咬嘴唇，心里想着，快醒来吧。

连城优雅的舞步渐渐消解安小静隐藏的焦虑。她悠悠然仿佛被连城牵引到另一个梦幻空间。闪烁的目光，飘忽的舞步，让连城下定决心，要让"蜘蛛"迷人的魅力所发出的无形信息，对"蝴蝶"进行一次"记忆"回放。

连城搂着安小静的腰，轻轻唱起来："好花不常开，好景不常在。愁堆解笑眉，泪洒相思带。今宵离别后，何日君再来……"

安小静的心突然抽搐了一下，眼前一片模糊迷离的景象。

连城紧紧地搂住她，他周身的毛孔都发出令人心醉神迷的光彩。他风度优雅，尽情舒展着面颊上温婉醉人的笑容。

安小静不知为何，心跳加速了，她脸色绯红，低垂了头。是幻象，是镜子里的幻象，安小静的神经已经绷到了极致。

是时候了。连城想。

他鼓起勇气，铤而走险。

"长官，您还记得我吗？"

一声"长官"入耳，刺激到安小静的神经，仿佛晴空里打了一个霹雳。她就像是被人猛地刺了一针似的，突然睁大了眼睛，瞪着连城。

紧接着——

一记响亮的耳光。

安小静对连城大声怒骂道:"狗特务!!"

第六章 来势凶猛

第六章 来势凶猛

整个灯光球场因为女人的一声断喝而突然安静下来。

因为音乐,很多人没听清骂的是什么,有人小声说:"有特务?"有人呼应:"是特务?"有人好奇:"是什么?"刘冠霖混杂在人群中,心一下悬在嗓子眼。

连城被安小静扇了一耳光,不但没有愣神,反而迅猛地上前搂住安小静的头强吻。刘冠霖看在眼里,心底由衷地赞了一声:"聪明。"

与其被人骂"狗特务",不如让人误会他是"臭流氓"。

果然,安小静手脚并用,大力推开连城,高声怒骂:"耍流氓!"在整个广场安静、揣测的瞬间,"耍流氓"的声音力度具有穿透作用,大伙儿全都听清楚了,明白了。

原来是有人借舞会之机耍流氓,这还得了?!小伙子们都特别愤怒,所有人的目光齐刷刷射向声音来源之处。

连城显得一脸惊愕。

安小静的嘴角被连城咬出了血,安小静的惊愕一点也不亚于连城。连城是装出来的惊愕,而安小静是本能的惊愕。

一声"长官",以安小静所接受的国家安全教育,连城百分百是台湾特务;可是接下来的长吻,虽然是粗暴的,带有宣布主权的霸悍之吻,但让安小静脑海里一片混沌。

她脑子里想的和肢体本能反应发生直接冲突,理智占了绝对上风。

幻想不是真相。真相是，现在有个男的在大庭广众之下强吻了自己。

安小静除了高声怒骂，大力推搡，别无他法。

职工们呼啦一下，把连城和安小静围了起来。有人喊："通知保卫科！还有，报告派出所，有人耍流氓！"

方程第一个冲进了群众的包围圈。他一跃进来，首先保护住安小静："安同志，你没事吧？不要怕，我们都在这儿给你作证。绝不会轻饶他。"

安小静没说话。

方程说："都怪我，我要早点来，他敢吗？"

连城不说话。

"我本来一大早就要来的，不知哪个混账王八蛋，把我的自行车给偷了，我一通好找。"

姜海涛也出现在人群里，很显然，她也很生气。有女工说："姜师，那个人不是跟你一个办公室的吗？你以后可要提防着点。"

安小静低着头就要走。有群众拦着："安同志，你不能走，我们已经报告派出所了，你可是当事人。"

连城也要走。

一群小伙子围上来："嗨，小子。有胆子耍流氓，没胆子担当啊你。"

"谁耍流氓，我们在谈恋爱！"连城大声地说。

安小静倏地一转头，狠狠地盯着连城。

"我们真的是在谈恋爱。"连城的声音低了八度。方程冲到连城面前，拽着连城的衣服说："谈恋爱？你才来几天啊你？走，派出所去，安小静同志不能被你这种臭流氓白白给欺负了。"

围观群众的怒火被点燃了，大伙儿纷纷往前凑，帮助方程控制住这个"流氓"。连城的头发被人抓扯,非常被动地被拉到安小静的面前,连城望着安小静,很诚恳地说:"给我一个证明我爱过你的机会。"

"臭流氓,还敢胡说八道。"方程跳着脚骂,一点也没有了属于知识分子的风度。

安小静脑海里,忽然闪现出一张穿着制服,面孔模糊的脸,同样的声音在脑海里盘旋:"给我一个证明我爱过你的机会,长官。"

安小静快崩溃了。她一下捂住脸,大叫了一声,推开身边的人群,跑了出去。

"快,快拉住她,可不要想不开。"方程喊着,一边不肯松手放连城,一边又怕安小静出事。

姜海涛和几个女工赶紧就去围追堵截安小静了。

刘冠霖挤在人群中,感觉连城对这种突发危机处理得很好,自己不需要出面了。他悄悄地走出人群。

灯光球场上,人头攒动,在一个相对封闭、安静的厂子里,有人耍流氓是具有爆炸性的新闻。很快,派出所的警车就呼啸而来。

等待连城的是严肃教育,甚至拘留审查。刘冠霖想,这次舞会冒险,总算确定了一件事。"蝴蝶"是真的失忆了。

"蜘蛛"尽了全力。

因为在正常情况下,三个"蜘蛛"也不是"蝴蝶"的对手。近身相欺都不可能,更别说扼制强吻了。

至于连城怎么全身而退,刘冠霖一点也不操心。有一个军管会的代表兼保卫科科长的大哥,足以保全一个风流浪子了,何况还有一个谁都得罪不起的连颢然总工程师。

打狗也要看主人面。

刺杀事件发生后，连捷带着老金用最快速度封锁了2号楼，直接进入四楼电源设备控制室。

房间很干净。

窗户还开着。

连捷在观察地面上的脚印，脚印很浅，刺客穿的是布鞋。

"刺客穿的是工作鞋。"连捷说。

"窗台很干净，没有留下任何痕迹，刺客很可能戴着手套。手法老到，训练有素。"老金说。

"一层一层地搜，不要放过任何一个房间。"连捷发布命令。

"搜刺客？刺客进入工作间混在工人中间，怎么分辨？"

"搜弩弓。刺客不可能把弩弓带出车间大门。"连捷说，"所有的二班人员、加班人员一律集中到一楼大厅。他也许还在2号楼，如果我们运气好的话。"

很快，战士们检查完了所有的房间。

二班和加班的人员都被集中到了一楼大厅，由战士们进行第二轮的搜身检查。史云帆也在大厅里站着，一脸不耐烦。史云帆是工作狂，几乎天天加班，所以战士们都认识他，特别友好地先对史云帆进行了例行检查，检查完毕，赶紧搬了把藤椅来，让史大工程师坐着等待。饶是如此，史云帆依旧很恼火，他觉得这简直是在浪费他的时间。

连捷、老金和言明远在一楼会合了。大家多少有点沮丧。

言明远说："研究所的大门和后门在警报拉响后，就彻底关闭了。如果刺客还没来得及走，他应该就在这里。"

"还有一种可能，就是刺客已经在我们拉响警报前，成功逃离了作案现场。"连捷说。

"可能性微乎其微，除非他是长跑冠军。"言明远皱着眉头，不太认可。

"或者，他走的是其他途径呢？"连捷说，"研究所虽然管理严格，内外有别，进出有序，保不住有一些我们忽略了的小路，甚至是……"

"翻墙。"老金接话。

"条条大路通罗马。也许他现在就在街对面，也许他就站在你眼前。"连捷说着说着，目光锁定史云帆。

史云帆烦躁地坐在藤椅上，跷着二郎腿，他脚下是一双拖鞋，穿在脚上晃来晃去。他身边有几名女工在跟他说话。

"等等。"连捷说。

"你有主意了？"言明远问。

"鞋子。"连捷说。

"鞋子怎么了？"老金问。

"如果说刺客没有走正常途径出入厂门，那么，他一定是穿着工作鞋跑的，他的鞋柜里就该放着一双皮鞋。"

言明远、老金都突然洞悉连捷的意图。

"我们忽视了显而易见的事情。"连捷大声喊起来，"叫总务科拿2号楼所有职工的鞋柜钥匙过来，马上一层一层地检查所有员工的鞋柜。快，要快。"

连捷率先跑起来，言明远和老金跟上。

战士们分成两组，鱼贯上楼，控制换衣间。

与此同时，一双涂着猩红指甲的手，迅捷地打开了109号鞋柜，从里面拿出一双皮鞋,放进去一双布鞋。然后,关上鞋柜的门。

109号鞋柜,是连城的鞋柜。

女人离开三楼换衣间,进入三楼工作间。

战士们跑上三楼,守住换衣间。

女人关紧工作间的门。

分秒不差。

对于2号楼的换衣间大搜检,兴师动众,检查出有的鞋柜里放着雨鞋、雨伞,还有的鞋柜里放着私人物品,雪花膏之类的居多。史云帆的鞋柜里光皮鞋就搁了两双,布鞋两双,他人也没离开,穿着双拖鞋在楼下等开工。

言明远说:"看来,知识分子就是不一样,皮鞋都是两双两双地买。"连捷懂他的意思,你就是再搜出谁鞋柜里有双皮鞋,人家也会振振有词地说,"我特意多放一双鞋在这里,我爱厂如家,我愿意"。

搜检结束,毫无成效。连捷的思维兜了一个大圈子,重新回到原点。

到底哪儿出了问题?他在想。

3号楼的案发现场已经打扫干净。"蝙蝠"的尸体已经被公安局的法医运走了,房间里除了滑落在地的一大摞人事档案,就剩下"蝙蝠"吸过一口的香烟了。

人死了。

气息还残存在房间里。

连捷建议开个短会,就三人,老金,言明远和自己。

"'蝙蝠'死了,我们追查'蝴蝶'的线索彻底断了。"老金说,"说实话,几天前,我对'蝙蝠'的身份一直心存怀疑,总觉得哪里不对劲。可是,今天,他死了,被人杀了,印证了他的确是'蝙蝠',进一步说明了，'蝴蝶'就在江城，就在你们W新型材料研究所。"

"敌人如果不是到了穷途末路，不会铤而走险。"言明远说。

连捷一直在端详那支毒箭，箭是废旧钢筋做的，箭尖打磨得很粗糙，尽管如此粗劣不堪的设计，也贯穿了"蝙蝠"的身体。

"今天是谁开的窗户？"连捷问。

"是人事档案科的小田。不过，可能是我吸烟的缘故，小田咳得厉害，就去开了窗子。"老金答。

连捷点点头："先监控起来吧。"

"对小田？"言明远说。

"对。"连捷说，"保护性监控。"

"我同意。暂时不要让小田跟其他人接触。'蝙蝠'遇刺的案件，只有我们几个人知道，连参谋的障眼法做得很好，3号楼戒严是因为苏联专家需要严格保护，2号楼搜检是因为3号楼遗失了一份科研资料，这样做的最大好处，就是封锁消息，不能让军工单位工作的职工们担心厂子里有特务。"老金说。

"这个刺客，应该是非常熟悉研究所各个车间的布局和各条道路的人。他耐心十足，有定力，有手段。腿脚轻捷，臂力过人。"言明远说，"在研究所里行刺，具有极大的风险。甘冒风险的最大原因，就是……"他指着一大摞档案资料对金、连二人说，"'蝴蝶'在此。"

"所以敌特分子不惜暴露自己的身份，也要铤而走险，这只能证明一点，这个'蝙蝠'的确对他们造成了致命的威胁。"老金说。

"刺杀计划，无懈可击，几乎接近完美。"连捷说，"敌特一定有内应。"他走过去，把档案资料全都捡起来，放到桌子上。连捷突然想起一件事。"对了，你们有没有发现'蝙蝠'看档案里照片的顺序？"

"全研究所的人事档案是由职工的姓名、开头字母分类的。从A开始，到W结束。'蝙蝠'非常有选择性地在挑选所看档案，他首选的是Z。"连捷把档案分发给言、金，说，"他看的全是Z字母开头的，他在找的那只蝴蝶，一定是Z字母打头的姓氏。"

言明远嘴角出现一抹笑意。

言明远和连捷异口同声地说："朱曼丽。"

"朱曼丽？"老金很讶异。

"他在找朱曼丽。"连捷重复了一遍。拿起A字母开头的档案，说，"他放弃了某些字母开头的姓氏，他真的是有的放矢。事情已经很明朗了，他没撒谎，他在找那个'女鬼'。"

"女鬼？"老金更加糊涂了。

"事情的经过是这样的……"

连捷和言明远把几天前发生的"朱曼丽"案件给老金讲了一遍。老金觉得事情愈来愈扑朔迷离了。

"朱曼丽本人是否找到了？"老金问。

"正在请上海公安局协查。"言明远说。

"这样，我在上海公安局有熟人，我给他们打电话，请他们立即帮忙找到这个朱曼丽……"老金话还没说完，连捷接话，说："一旦找到朱曼丽，必须马上拘押起来，无论她是否与江城'留置计划'有关，她都是一个与敌特有关联的关键人物。"

老金说："我马上打电话。"

正说着，电话铃声大振。

连捷接电话："喂，找哪位？"

"大哥？是大哥吗？"电话里传来连莲带着哭腔的声音。"喂，我是连莲，我找我大哥连捷。"

"我是连捷。"连捷把话筒往边上侧了一下，问，"怎么了？"

"爸爸，爸爸……"

"爸爸怎么了？"

"爸爸心脏病犯了。"

"啊？现在呢？"

"刘医生刚刚来过了，爸爸现在已经缓过来了。爸爸和妈妈叫你去……去趟派出所。"

"去派出所？"连捷越听越糊涂。

连莲哭着把灯光球场的"臭流氓骚扰事件"给添油加醋渲染了一遍，总之是一边骂连城败坏家风，一边哭着说父母又气又急，叫连捷想办法把"臭流氓"从派出所领回来。连捷听得心头冒火，这都什么时候了，家里还出这档子事。

"那女的，谁啊？"连捷问。

"秘密图纸管理室的管理员，安小静。"

"安小静？"此时此刻，连捷手里就拿着一份"A"字母打头的人事档案，随手一翻，安小静的档案赫然在目。

黑白照片上，是一张严肃、端庄、文静的面孔。

"怎么啦？家里出什么事了？"老金问。

"那个，老金，没您的事，纯粹是家事。您先……"连捷那意思，您回避一下。老金点点头，出门抽烟去了。言明远要跟着出去，被连捷伸腿给拦住了："你哪儿去？"

"出什么事了？"

连捷顺手将安小静的档案塞给言明远，说："流氓滋事，调戏妇女。"

"谁啊？这么大胆？"

"你弟弟。"连捷说。

"我哪儿来的弟弟！"

"我弟弟。"连捷说，"我弟弟是不是你弟弟？"

"连城？"

"啊。"

"连城？流氓滋事，调戏妇女？……嗳，你不是说他懂事，听话，适应能力强，斯文，有礼貌……"

"我认为。这孩子本质是好的，不就是追求女孩子嘛，心急了，太心急。而且他是从国外回来的，思想开放。我爸爸气得心脏病都犯了。人呢关在派出所，你跟我走一趟，帮我把他给弄出来。"

"耍流氓这种事可大可小。我们这里是江城，江城军工单位，这可不是什么灯红酒绿、腐败堕落的花花世界。"

"是是是，他就打那儿来的。"连捷说，"你帮帮忙，这事可大可小，你看我面子，不，看我爸妈的面子，放他一马，我回去好好教育教育他。"

言明远摇摇头，说："这知识分子就是需要思想改造。"

连捷诚恳地点头："对。"

言明远知道连捷，虽说秉性刚直，刚直里或多或少也含有世故甚至圆滑的成分。人嘛，谁没有个三亲四友。只要不太涉及原则问题，这个忙肯定是要帮的。

"他把那女的怎么了？严重不严重？"

连捷凑到言明远耳边，低声说："亲嘴了。"

"典型的资产阶级生活作风。"

"可不,这万恶的资本主义。"

两个人一边说一边出来,在走廊上,连捷跟老金说,家里老父亲心脏不好,他要回去处理一下家事。老金也告诉二人,自己会马上找上海市公安局的熟人,全面调查"朱曼丽"事件。一有消息,即刻通知二人。

连捷开着吉普车,载着言明远一块去派出所。两人一路上商量好了,一个唱白脸一个唱红脸,总之,先把人弄出来再说。

连捷想着,这倒霉弟弟到了派出所,还不得老老实实,痛哭流涕,好好认错、悔改。自己进去,语重心长地批评教育一下,就成了。可是,一进拘留室,他就知道,事情并非他想的那样简单。连城一副倔强、委屈的面孔,一点也没有悔悟的意思。这就难怪执勤民警的脸色不好看了。因为有言明远陪着,民警也不好说什么,只是特别提醒言科长,这小子是个愣头青,犯浑。

连捷跟言明远说,没事,他很快就能解决。

连城看着连捷和一个中年男人一起进来,有民警叫"言科长、连参谋",他基本猜出个八九分。大哥一定是来领自己出去的。

"说说吧。"连捷不慌不忙坐在了连城对面。

"说什么?"连城装闷。

"为什么要流氓?"

连城急了:"我没耍流氓,我喜欢她,我要跟她结婚。"

"结婚?你头昏吧你。"连捷操起桌子上的审讯记录本狠狠地摔在连城脸上,"结婚?你谈恋爱了吗?啊?你就结婚——你就算要谈恋爱,你申请了吗你?"

"申请?"连城两眼迷茫,一头雾水,"申什么请?我跟谁谈恋爱是我的自由。"

"自由！"连捷站起来，举手就要打过去，言明远瞪着他，连捷把举起来的手重重地拍在桌子上。啪的一声重响，吓得连城一哆嗦。

"你瞧你那熊样！就你也敢耍流氓，我真是，真是服了你了。"

"我说过了，我不是耍流氓，我就是喜欢她，我一见钟情。我喜欢她，当然要向她表达，我要不表现出来我喜欢她，她怎么会知道我喜欢她？我相信通过我的不懈努力，她也会喜欢我，安同志，是一个很特别的女人。"

"有多特别？"言明远插话了。

"漂亮。有魅力。"连城说得特别诚恳。

一句"漂亮"，让言明远打消了其他的想法，想着连城也就是一个好女色的资产阶级少爷。

"而且，她对我也不是完全拒绝。"连城说。

"还，还不是完全拒绝？！"连捷气不过，又拍了下桌子，力道轻了点，连城也不怕了，"人家都骂你臭流氓了！你还，还自娱自乐！我告诉你啊，安小静同志如果不追究你，你就烧高香，啊，好好写检查，等待内部处分。安小静要是追究你，你就是犯了流氓罪，不仅工作没有了，你还得去坐牢！"

"这不公平！"连城倔强地抗议，"为什么一切都要取决于女方的意愿？我想追求她，是正当的要求，男未婚女未嫁，凭什么不让我追？"

"我！"连捷又想动手了，看看左右，大家伙的意思是，你不能打人。连捷走到连城跟前，问他："我是你什么人？"

连城不太懂他的意思，答："你是我大哥。"

第六章 来势凶猛

连捷点点头，转脸对房间里的人说："你们都听到了，他是我弟弟。"话音未落，连捷一把把连城拎起来，对准脸就是一拳头。连城"啊呀"一声，没站稳，要栽下去。连捷用力一提他的衣领，对着肚子又打了一拳。

言明远要过来劝。

连捷一摆手，说："家务事。都别插手。"

连城明白了，连捷一说家务事，大伙可不就袖手旁观了。好汉不吃眼前亏，连城也把手一摆，说："好好说话……"

"好好说话，你听了吗？"连捷又给了弟弟一拳。连城开始吐了。

"好了，行了，打出病来，你家老爷子该心疼了。差不多了，回去好好教育教育。这件事，大家都别再提了。注意影响。"言明远说，"好在安小静同志没有追究，她已经委托工会的领导销案了。年轻人在追求爱情方面一定要慎重，决不能霸王硬上弓。要吸取教训，写份检查交你们单位保卫科存档，以观后效。"

连捷和言明远一唱一和，就把这看似天大的事情给摆平了。派出所的人也不愿意得罪这两位，而且连城也被打得鼻青脸肿了，该放人就放人了。

连捷把连城从派出所领出来，连城一直咳嗽，恶心，脸色发灰。

连捷恨恨地看着连城，说："你闯这么大祸，还敢跟我犟！你是不是想在号子里蹲几天啊？谈恋爱？鬼都不信。色迷心窍。真看不出你啊，你还有这能耐，看起来斯斯文文的，行动能力挺强的啊。……你就该受点教训。"

连城咳得更厉害了。他也不管连捷骂他，只顾爬上了连捷的吉普车。

"嗨，嗨，这没皮没脸的家伙。"连捷吼着连城，"我说过我要送你吗？"

"我累了，我要回宿舍睡觉。"连城说，"我答应妈妈明天陪她去做衣服。"

"那是我妈！"

连城低着头，突然就委屈了。

连捷回头看着他，觉得话重了，伤到连城了。连捷索性也上了车，关上车门，就看见言明远也出来了。

言明远朝他们走过来，靠着车窗，对连捷说："回去好好安慰一下你家老爷子，别气坏了身体。"

"嗯，谢谢啊。"连捷说，"对了，那个检查，你帮忙写一下。"

"你什么意思？"言明远瞅了瞅连捷，用眼角余光扫了扫缩在车内一脸憋屈的连城。

"我这，不是忙嘛。他写，他写肯定不过关。"

"我写，算怎么回事？"

"你写，你签字过关。然后，把检查送到我们保卫科存档，我接收，不就完了吗？"

"你弟弟流氓滋事，调戏妇女，你让我写检查？你疯了吧你。"

"呐，这世界上有三种人，一种是敌人，一种是同盟，一种是自己人。你说，你跟我是什么关系？"

"自己人。"

"这不结了吗。"

"这哪儿跟哪儿啊。"

"明天上午，3号楼见。"连捷发动汽车，载着连城离去，言明远望着那远去的吉普车，有点哭笑不得。

第六章 来势凶猛

无风无雨，月朗星稀。

W新型材料研究所，很多人都失眠了。

七街坊到三街坊背靠背的衔接处，有一条长长的花架走廊，周围一片苍翠，有花有鸟，每当夜晚，花影月光交相辉映，是最宜人、最僻静的露天赏花好去处。此时此刻，一男一女在花架下散步，零星散碎的月光透过花架的隙缝洒到两人的身上，有几分浪漫色彩。

尽管这并不是一场浪漫的谈话。

"唤醒失败。"刘冠霖说。

女人微微叹息。

"下一步怎么办？"刘冠霖问。

"下第二步棋，强迫唤醒。"女人说，"我想过了。逼'蝴蝶'苏醒的最佳途径，就是指给她一条回家的路。"

"有点冒险。"刘冠霖说，"她如果不去呢？"

"会去的。她一定会去的。她想探知一切有关自己的秘密，我们就顺水推舟，帮她一步一步走回来。"女人说，"我们时间有限。"

"我在想，如果'蝴蝶'找到回家的路，会不会像上次那个'朱曼丽'一样？"

女人答："如果她真是'蝴蝶'，没人能杀得了她。"

女人说完，与刘冠霖分头走了。他们冷峻的背影很快被花架下的翠叶枝蔓的暗影所湮没。

星期天的上午，宁静，安适。

连城如约而至，陪程月如去光明路的裁缝店做旗袍。对于昨夜的"流氓滋事"事件，母子俩就像有什么默契一样，一字不提。

"哎呀，连太太，好久不来了。"裁缝店的女老板殷勤问候着客人。

裁缝铺里空气不太流通，天花板很低，光线很暗。外面不开窗户，里面不开灯，四周挂着做好的旗袍，颜色多姿多彩。花花绿绿的旗袍杵在一排，显得阴森森的。连城一进门，就颇感压抑。

连城很仔细地观察着女裁缝，身体丰满，脸色红润，很健康壮硕的样子。程月如似乎跟老板很熟络，两个人说说笑笑地互相问候，程月如还把连城介绍给女裁缝，说是自己的小儿子，刚从国外回来，支援祖国建设。女裁缝注目连城，连声夸赞，全是奉承话。

连城就势问候了女裁缝，得知她是从苏州来的，姓刘，大家都叫她"刘一剪"。因为她手艺好，剪裁布料一剪到位，做衣服又精巧，别具一格的苏绣绝活，在江城颇有名气。

程月如跟刘一剪去里屋量尺寸，留连城一个人在外屋踱步。

连城最为关注的苏绣旗袍，就是裁缝铺老板挂在橱窗里那件招牌"蝴蝶"旗袍。现在他隔着玻璃窗，近距离地看那件旗袍，虽然只是背面，他却强烈感受到了某种过去的气息。他把手放在玻璃橱窗上，想象着这只手臂能够穿透橱窗，伸进"蝴蝶"的后腰。

突然，他背后传来一阵阴森森的冷笑。

连城不回头，也知道背后站着一个人。通过透明橱窗的反照，他看到一个披着长发，穿着大红色旗袍的女人。

一股清香的茉莉花味道从他身后弥散开来。

"血淋淋的故事，有什么好回味的？"女人淡淡地笑着说。

连城慢慢转过身去，看清了来人的面目，他不自觉地往后缩回几

第六章　来势凶猛

步，后背撞到橱窗上，很疼，证明不是幻觉。

眼前人，脸色苍白，没什么血色，披肩长发，大红旗袍，红色高跟鞋。不错，就是连城在招待所遇见的"女鬼"。

青天白日撞"鬼"了。

"怎么了？你脸色这么难看？"女人的手肆无忌惮地朝连城的脸颊伸过来。

"别碰我。"连城说。

"放轻松。""女鬼"的头向连城倾斜过来，她的鼻息游动在连城眼鼻之下。恶鬼凶灵，来势凶猛。

连城声音有点发颤："你是朱曼丽？"

第七章 我杀人了

第七章 我杀人了

"朱曼丽是谁?""女鬼"微笑着,靠近连城,说,"你瞧,有光有影,有生气,有声音。"她呼出一口气来,然后就花枝招展,咯咯咯地笑个不停。

笑声惊动了屋里量尺寸的刘一剪和程月如,大约也量好了,她们一起从里屋出来。

连城犹自气息不均,站立不稳。

女人贴在连城耳边说:"千万别说错话,我们还要一起共事呢,连助理工程师。"

"你们认识啊?"刘一剪笑容可掬地说。

"当然认识,我们一个办公室的。"女人回眸,笑得很甜。

"黄燕博士?"连城想起来了。他第一天上班,差点坐了她的位子,黄博士一直在休病假,所以,连城是第一次正式见到这位同事。

"对了。"黄燕说,"你不笨啊。怎么你师傅老是嫌弃你笨呢?"

黄燕刚说完这话,就瞧见程月如半笑半嗔地看着她。她有点被人当场撞破"背后说人坏话"的感觉,讪讪地一笑。

程月如说:"我在里面就听见你的笑了。你这张刻薄的小嘴可要好好地改一改了。"

"是啦是啦,连太太。"黄燕娇滴滴地应着声,"我最近病了好几天,心里就惦着去你家吃口松饼,哎呀,我一想到连太太的手艺,口水都流出来了。"

"瞧你这出息。"程月如满脸疼爱之色。

连城默不作声地观察着,倾听着,脸上也是笑意满满。

"我跟你妈妈是好朋友。"黄燕对连城说,"忘年交。——你妈妈做的红茶配松饼,真是江城一绝啊,你什么时候也跟你妈妈学着做?我好解馋呀。"

程月如笑起来,说:"他可没有做美食的经验。"

"又不是造火箭,学得来呀。"

连城听了这话,微微蹙了蹙眉。

程月如说:"燕子,你的脸色还是不大好啊,贫血病可真不能大意。别为了工作熬夜了,伤身体。"

"嗯。"黄燕点头说,"我不仅不熬夜了,我连烟都戒了。只剩下能喝两口伏特加了。"

"烈性酒也要少喝。"程月如说。

"黄小姐,你上次拿来翻新的旗袍我已经做好了,就挂在橱窗里,我马上替你拿。"刘一剪说。

"谢谢啊,刘师傅。"黄燕甜甜地致谢。

"燕子,我还要去趟医务室,拿点药,我先走了。"程月如说,"你好好养病,给我专心致志地好起来。"

"好的,连太太。"

连城刚要跟妈妈一起走,就听黄燕说了句:"连师,留步。"

程月如在门外,连城在门内。

黄燕轻盈盈地走到连城跟前,说:"我忘了告诉你,你的皮鞋我替你收着了。"

第七章 我杀人了

连城一副天真无邪的表情看着她。

"你总得知道点什么,才不会出去乱讲话,对吧?连师。"

"嗯。"连城笑笑,说,"我听不懂你在说什么。不过,我向你保证,我从来没有闲心去造女人的谣言。"

"好的啊,意见统一,再好不过啦。"

"这事结束了。"连城说。

"这事才开始啊。"黄燕在笑。

"别玩火啊。"连城口气温和,不似生气的样子。

"人家明明是在帮你灭火嘛。"黄燕装痴撒娇。

"我怕一不小心,把你给灭了。"连城倏地附在黄燕耳畔,一字一句地说,"我不想杀女人,除非你逼我。"

黄燕的脸色有点难看了,尽管还是笑意盈腮。

连城已经离开了房间。

黄燕恍恍惚惚地呆立在原地,就看见刘一剪笑嘻嘻地用木头叉子把大红蝴蝶旗袍取下来,红艳艳的旗袍就像一摊血直杵杵地招摇而来。

黄燕一把扯过了旗袍,她一转头,就看见连城隔着透明橱窗向她投来鄙夷的一瞥。黄燕心头压着一团火,回敬连城的是阴森森的笑靥。

彼此无趣。

在一个近似封闭的单位里,有关风化的事,"臭流氓骚扰事件"以不寻常的速度迅速传播开来,甚至牵扯到连颢然总工程师,说连家是"上梁不正下梁歪"——父亲在外面就曾经拈花惹草,弄出个私生子来,野孩子能好到哪里去?

星期天在医务室值班的刘冠霖医生,满耳都是来看病群众的绘声绘色的八卦新闻，大家表面上对连城进行道德谴责，内心何尝不是兴高采烈。

送走一个病人，又来一个病人。刘冠霖打了一个哈欠，就看见安小静安安静静地坐在自己面前。刘冠霖顿时来了精神。"您好。"他看了看挂号单，说，"安小静同志，您哪里不舒服？"

"刘医生，我想我现在真是一团糟。"

"有多糟糕？"

安小静叹了一口气，眼圈红红的，一看就是一夜未眠。刘冠霖一看这种情形，觉得时机到了，倒不如直言不讳了。

"安同志，你别把那些流言蜚语当作一回事。连城同志我也见过，他并不是一个见色起意的人，我看，他对你，也许真的是一见钟情。只不过，他的表达方式，呵呵，我表示不赞同。"

安小静文静地笑笑，说："刘医生，你误会了。我说的一团糟，不是说的那件事。流言蜚语对我来说，并不会造成困扰。"

"那，到底是什么困扰你呢？"

"做梦。"

"做梦？这一点也不稀奇。人人都会做梦。"

"问题是，在我的梦里……"

"发生了什么事吗？"刘冠霖问。

"我梦见自己被……被执行枪决。"安小静努力地让自己情绪平静，她需要医生给自己开一些控制精神的药物。

"听上去很可怕。"

"感觉很真实，仿佛就在眼前。我怀疑，我精神上……"

"不，不。你太紧张了。"刘冠霖说，"你最近看了什么小说？或者是电影？比如有战争场面的纪录片。"

"我看的都是新闻简报，没什么特别的。"

"那，你认为，你看到的是你的过去吗？"

安小静脸色苍白，摇摇头，说："我不知道，一点头绪都没有。"

"知道是哪里吗？"刘冠霖试着启发她一下。

"那墙上，墙上有一行字。"

"什么字？"

"看不见。"安小静说。

"能看见什么？"

"能听见。"

"什么？"

"枪声。"

"最近是不是工作压力特别大？导致你产生幻觉？"

"肯定不是。"

"安小静同志，先不要太紧张，我们从科学的角度来分析一下。梦也许是你缓解压力的一种方式，是否，你在跟真实的自己做决裂呢？"

"我不太明白。"安小静喃喃地说，"决裂是什么？"

"斗争。"刘冠霖保持微笑地说，"我们无时无刻不在跟旧社会、旧传统、旧制度做斗争。同时也跟荒诞不经的梦境做斗争。开个玩笑，有利于你松弛一下神经。"

安小静笑了。

"你能确定你梦中的人就是你自己吗？"

"确定。"

"你想我怎么帮助你呢？说实话，你的病也就是多梦症，我不想用镇静剂来缓解你的痛苦，我怕你将来对药物会产生依赖。"

"我也有这种顾虑，所以，想咨询一下刘医生，如果不吃镇静剂，我该怎么缓解病情呢？"

"我有一个提议，你没事呢，下了班，多出去逛逛，进城走走。看看有没有你似曾相识的街道，梦中出现过的建筑，出现过的人啊，合乎你眼缘的一草一木。"

"有用吗？"

"如果你想弄清楚梦中缘由的话，不妨试试。"

安小静前脚离开医务室，程月如和连城后脚就来了，一进一出，擦肩而过。连城和安小静都有一种异样的感觉。

感觉会出事。

果然，出事了。

安小静顺路买菜回家，刚一进家门，就赫然发现梳妆台上搁着一个大信封。安小静宛如触电般回手锁门。

她记得自己出门的时候，梳妆台上并没有这个信封。

有人进来过。

有人趁自己不在家，就这么大摇大摆的进来，留下一封书信，扬长而去。

安小静迅捷地走过去，拆开信封，里面有一把钥匙，一个教师证，一张信笺纸。安小静翻开教师证，手像被毒蛇咬了一口一样，倏地抽回来，脸色铁青。

证件上照片的位置，贴的是安小静的照片。

姓名一栏，写着：朱曼丽。单位一栏，写着：上海化工学院。

安小静控制住自己的紧张情绪，拿起信笺纸来看。纸上写了一行字。

第七章 我杀人了

"钥匙在手,唤醒亡灵。停下脚步,把破碎的梦修补完成。地址:江城市留香街第3弄27号。"

一张"朱曼丽"的身份证明,一把钥匙,一个地址,一张字条,让安小静神思大乱。谁在暗中窥探自己?

"朱曼丽"的死亡事件,只要是W所的职工或多或少都有耳闻。一个刚从上海化工学院毕业的女学生不明不白地死在沉淀池附近,花季少女,遭此厄运,公安机关还没有破案,如今,又有人指认自己是"朱曼丽",这也太匪夷所思了。

如果说是有人在制造一场恶作剧,那么这个恶作剧也颇具震撼力。

安小静很快做了决定。

既然不可猝解,那就施以突袭。

3号楼的档案管理室里,烟雾缭绕,三个男人在吸烟,烟灰缸里满是烟蒂。言明远、老金和连捷围绕着抓"蝴蝶"这个题目,说事实,做文章。档案室的小田在埋头整理档案,时不时地跟连捷交头接耳一阵。

"我叫小田把档案重新整理了一遍,重点把3号楼和2号楼上班的职工全部登记在册,总共有八百六十七人。"连捷说。

言明远往小田那边瞥了一眼。小田是个五官端正,着装严谨的青年,不善言谈,闷头干活儿的那种人。昨天"蝙蝠"遇刺后,专案组就没让小田回家,让他住在3号楼里,就住在为"蝙蝠"准备的房间里,跟老金住隔壁。

小田服从命令,他连问都不问,让睡哪儿就睡哪儿。这也是军工厂培养出来的职工素质。

连捷把死亡的"朱曼丽"的照片和"蝙蝠"遇刺后的照片搁在一

块，拿图钉钉在一个大的纸板上，一目了然。

言明远说："昨天晚上，我把'蝙蝠'遇刺事件向局长作了详细汇报。局长跟上海市公安局的局长交换了意见，达成一致。第一，解散由老金同志牵头的'留置计划'专案组；第二，成立由连捷同志牵头的'蝴蝶'专案组。专案组主要负责人由我们三个组成，小田同志因为涉密，吸收为专案组办案人员。大家清楚了吗？"

老金的脸上没有任何表情，出师不利，损兵折将，被局长给"撸"下来，也很正常。连捷一副当仁不让的表情，开始介绍案情。

"先来看第一张照片。上个星期，研究所的沉淀池附近发现一具女尸，她的随身行李和贵重物品都没有丢失，从她的证件和介绍信来看，她叫朱曼丽，上海化工学院的学生，为了支援三线，从上海来到江城。后经我们查证，上海化工学院毕业的学生里根本就没有这个人。而且，这位朱曼丽在介绍信上的年龄写的是十八岁，而经法医验定，死者的骨龄是三十多岁。所以，这个死亡的朱曼丽从某种角度来说，并非货真价实。"

小田默不作声地给三个人倒开水。

"上海市公安局给我们提供了另一条宝贵的线索，就是在上海化工学院里的确有一个叫朱曼丽的人。只不过她是一名教员，而不是学生。此人在两年前就已经离开学校，去向不明。我们正在请求上海市公安局予以援助，继续寻找这个朱曼丽的线索，我们希望通过一系列有效的调查，查出这个人的住址、具体行踪，甚至是本人照片。"

老金点点头，说："我昨天一直在等消息，希望上海那边能够尽快找到这个人。"

"第二张死者照片是'蝙蝠'。我刚刚拿到法医的鉴定报告。'蝙

第七章 我杀人了

蝠'是被一箭穿透肺部而毙命的。箭头上抹了氰化钠,见血封喉。敌特不惜在我们眼皮子底下铤而走险,只能说明一个问题,我们与真相其实只隔着一张纸了。"

"杀朱曼丽和'蝙蝠'的,会不会是同一个人呢?"言明远说。

"我们应该这样问,杀朱曼丽和'蝙蝠'的,是同一个敌特组织,还是由不同的敌特潜伏小组来完成的?"连捷说,"还有一个疑点。如果我是'蝙蝠',我认识'蝴蝶',我为什么不直接提供画像呢?为什么要冒着被杀的危险到江城来呢?"

老金要插嘴,被连捷一个手势制止了:"……你听我说完。'蝙蝠'很可能有什么特殊目的,一定要到江城来。他为了这个目的,抛出诱饵,说他认识'蝴蝶',但是,他不提供肖像描述,他的理由一定是,'蝴蝶'百变,就算见到'蝴蝶',也只有百分之五十的把握认出'蝴蝶',事实上,他根本就没有见过'蝴蝶'。他之所以肯到江城来,是他心里清楚,他不会对'蝴蝶'造成伤害,'蝴蝶'也绝不会痛下杀手要他的命。而他有一个提取'蝴蝶'秘密的密码,这密码仅仅是一个名字——朱曼丽。这好似'蝙蝠'的活命密码,他立功心切,不惜出卖同僚,以获苟且偷生。但是,人算不如天算,隐藏在江城的敌特分子,生怕他真的揭发了'蝴蝶',拔出萝卜带出泥,所以,杀之而后快。"

老金说:"你这种推论,是阴谋论。"

"不,我是怀疑论者。"连捷说,"我们现在要做的,就是把我们所掌握的所有信息简单化。"

"我们知道些什么呢?"言明远说,"朱曼丽。……朱曼丽就是我们所知道的一切。有人假冒朱曼丽来江城,被人杀害,'蝙蝠'指认朱曼丽到江城被敌特干掉。仅仅为了一个名字,短短几天,在江城死了两个人，直觉告诉我，如果我们不尽快找到这个真的朱曼丽，还会死第三个、第四个。"

"那么这个朱曼丽到底是谁呢？"老金沉吟。

"据我们现阶段掌握的资料来看，朱曼丽是隐藏的'蝴蝶'可能性极大，这一点从'蝙蝠'选择看'Z'字头档案就基本可以确定。"连捷一边说，一边在白色的纸板上用红色粗头铅笔写字。"第一，'蝴蝶'是女性。第二，她的背景相对干净，没有亲人，独来独往。但是内心极度孤独，内向，心思缜密。第三，与第二条正好背道而驰，她的背景相对复杂，为了潜伏，嫁人生子，表面热情，待人和气，建立家庭，混淆视听。"

"范围太大了。"言明远说，"不过，我倾向第二种。因为在短短两年的时间里，要快速融入一个家庭，结婚生子，困难很大，毕竟她是一个特务，是特务就会有所行动，身边有人会阻碍她的工作。"

"如果她不行动呢？"连捷一边点烟一边说，"我感觉她这两年一直在蛰伏，她在等待时机。"

"我也倾向第二种。"老金说。

"好，那我们先把第二种人从W研究所四千多名职工中找出来，不分男女限制。小田，你来。"连捷说。

"单身女工人，没有亲戚的，没有对象的，有三百多个，青年男工人，同样条件的，有两百多。在3号楼上班的，同样条件的，女职工是二十一个，男职工十七个。在2号楼上班的，同样条件的，女职工六十九个，男职工十一个。"小田说，"他们的档案我都单独整理出来了。能够接触秘密文件和机要文件，符合同样条件的，女性，有安小静、姜海涛、黄燕、朱茵茵、刘澄宇、华美月、林安坤、朱红、鲁敏玉……"

第七章 我杀人了

小田滔滔不绝地说着，房间里烟气弥漫，连捷突然站起来，小田一愣。大家都抬头看连捷。

连捷对小田说："昨天只有老金一个人抽烟，你就咳嗽不止，今天这间屋子里有三根烟枪，烟雾缭绕，你一声也没有咳嗽。为什么？"

小田一下涨红了脸，急促地说："我，不知道。"

"不知道？"连捷追问了一句。

"不知道。"小田说，"我不是特务。"

"没人说你是特务。"连捷笑了笑。

老金一直瞪着小田看。小田心虚了，他吼了一句："我真不是特务，昨天我，我就是嗓子特别痒，特别难受，好像没办法出气一样。"

"昨天负责烧开水的服务员是谁？"连捷问。

"是我们公安局刑侦组的人。"言明远说。

"也就是说，3号楼第四层所有服务员和工作人员基本上都是我们的人。"

"对。"

小田怔怔地看着他们。

"有人在水里掺了什么东西。"连捷说。

"不符合逻辑啊。如果水里掺了东西，老金和'蝙蝠'并没有任何反应。"言明远说。

"小田一定有什么过敏史。"连捷说着看向小田，"你对什么过敏？"

"等一下。"言明远脸色一下严肃起来，"你刚才的意思，我们公安局刑侦科里有敌特？"

老金没说话。

连捷说："最保险的'内应'，就是'内应'不是自己人。"

沉默很久的老金说话了，很简洁的两个字，"同意。"

言明远说："你这话里有话，界定模糊。"

"给我们留下一点想象的空间，同时也给敌特留下足够的回旋余地。"连捷说，"敌特保持住了耐心，就不会一而再再而三地杀人，留一点空隙给我们，让我们做足功课，找出那些企图隐瞒真相的人。"

"下一步怎么做呢？"言明远说，"工作总要落实在实处。"

"很简单，把我们认定的'嫌疑人'集中到上海去接受一次短期的工作培训。"连捷说，"如果，这群人里有'蝴蝶'，故地重游，她一定会有所动作，而敌特分子中，一定有认识她的人。"

"所以我们也要保持住极大的耐心。"老金说。

"还有，针对'蝙蝠'遇刺事件，我们要对2号楼开展一次全面的'群众运动'。由3号楼丢失秘密文件为由头，让2号楼所有的职工写出昨天一天的工作情况，交班记录，下班时一起走的同伴。每一个人都必须说清楚他一天的动向，交叉进行，互相证明，谁说了真话，谁说了假话，谁心里有鬼，谁无法证明自己，那么，这个优秀的刺客就会面临空前的危机。星期一上班的时候，就执行这个命令，一定会有人交不了卷，下不了班。"连捷说完，手用力地敲击了一下桌面。

他刚刚敲击了桌子，桌上的电话就响了起来。

连捷拿起电话。"喂。……上海市公安局。您好……我是江城市W新型材料研究所的军代表连捷。对。老金在我组里，现在我是组长。"

连捷跟对方通完话，搁下电话，说："找到朱曼丽的地址了。"

言明远和老金几乎同时跳起来，异口同声地问："在哪儿？"

"就在江城。"

"在江城？"言明远和老金都有点难以置信。

"说清楚点。"言明远说。

"上海公安局彻查了上海化工学院教员朱曼丽的档案，找到了她在上海租住的老房子，可是据房子的房东说，朱曼丽解放前去了江城。"连捷说，"不过，万幸的是，朱曼丽去了江城以后，给房东寄过一张明信片，上面有朱曼丽在江城的新地址，这张明信片一直被房东留着。"

"我去叫刑侦科的人。"言明远说。

老金迅捷地掐灭了香烟，跟上言明远的步伐。

"马上出发。"连捷一边说，一边开始行动了，"叫3号楼值班的战士全部出勤，开车去。留香街第3弄27号。快，要快。"

江城市留香街。

一条普通得不能再普通的街道。没有一点香气，因为整条街都光秃秃的，连个临街店铺都没有，一色的灰色围墙把道路分隔开来，一排排四横二竖交叉而砌的两层楼房子在灰色的围墙里露出半个头。

安小静走进弄堂里，看见第3弄的牌子，牌子上写着21—28号。

弄堂口有几个小孩在跳橡皮筋，安小静低着头径直走进去。这是一座两层楼的楼房，过道上堆积着一些蜂窝煤，墙面掉漆，看上去有点破败。安小静数着门牌号，一楼是21—24，她顺着楼梯上楼，一步一步走上去，她在感觉沉闷的空气里是否有自己残存的记忆。楼上有一股清香味道，二楼的走廊上相对干净、整洁，公用露台上放着几盆栀子花，花色雪白，开得很盛，安小静眼底总觉得这花看上去像在哭。

27号。

门口很干净。

有人打扫过。

安小静想了想，掏出钥匙来，钥匙插入锁孔，轻轻一转，门开了。

一张肥肥的肉脸一下映入安小静眼帘。

房间里居然有人！

是个中年女人。

安小静不由自主地往后退了一步。这女人的脸对于安小静来说，是陌生的，就像刘医生说的那样，毫无眼缘。

有没有眼缘不要紧，要紧的是中年妇女一眼就认出她来。

"咦？朱小姐，你回来了？朱小姐，你怎么不提前给我发个电报啊，朱小姐，快请进。"中年女人腰上系着围裙，很显然在做家务，她笑容满面，一团和气，"您的行李呢？"

"我，你是？"

"我是替您看房子的李嫂啊，您请进。"女人把安小静让进房间，"您不是去了北京吗？您先生叫我替您看着房子，等您回来。"

"我先生？"安小静更加狐疑。

"您先坐，我去给您沏茶。"李嫂说。

安小静看着李嫂去了厨房，她赶紧看了看房间，房间大约有50平方米，有书柜、衣橱、书桌、梳妆台、一张床。

安小静打开衣橱，里面挂着好几套旗袍，女士西服，一种亲切的熟悉感扑面袭来，她伸手拿出一套旗袍，往身上一贴，长短合适，尺度贴身。她心里暗暗惊诧，把旗袍挂回原处。她走到床头柜边上，床头柜上放着一个相框。安小静的好奇心愈来愈浓烈，她伸手拿住相框，仔细一看，相框里镶着一个英俊男子的肖像照，是连城。

安小静失神地痴痴望着连城的照片，一回头，就看见李嫂笑盈盈

第七章 我杀人了

的脸。

"您想先生了吧？"

"他是我先生？"安小静静静地问。

"您怎么了？"李嫂笑着，有点阴阳怪气，"您不会连自己丈夫都不知道吧？"

"你手里拿着什么？"安小静的声音有些怯怯地，"你不是去倒茶吗？茶呢？"

李嫂始终背着一只手对她说："茶是给主人的，你觉得你是主人吗？"

安小静感觉不对劲，她立定脚跟，说："我是不是这房子的主人，我不知道，可我知道，你只是一个帮人看房子的。"

"我是帮着朱曼丽看房子，请问您是朱曼丽吗？"

"我是。"

"你不是！"李嫂突然凶相毕露，她咬牙切齿地骂着："你是郁恩美！！"李嫂背着的手一下露出来，手上有一把剔骨刀。

刀光雪亮。

安小静心咚咚乱敲，脸色苍白，止不住双手按住胸脯，问："谁？"

"郁恩美你还没死！你这恶鬼，七年了，还没死透！"

"谁是郁恩美？"安小静的表情无比震惊。

"别装蒜了。我认得你，化了灰也认得你。你这个臭婆娘，你不是朱曼丽。"她接下来那句话愈加阴森可怖，"你是个死人！你是郁恩美！"

安小静的脑海里顿时浮现出长长走廊上，幽暗处，有人在喊："郁恩美，过堂。"安小静的心剧烈抽搐起来。

"你是一只恶鬼！！"

安小静恍惚了。

李嫂的剔骨刀瞬间向安小静肚子扎过来。说时迟那时快，安小静一只手迅猛地抓住李嫂的尺骨，控制住她的手腕，另一只手一拳砸在李嫂的太阳穴上。一拳，一拳，又一拳。安小静力道凶猛，李嫂哇哇痛叫着反扑，用力挥刀，安小静被激出惊人的腕力，狠狠一扳，刀尖转了方向，直直插进李嫂的肚子里。

刀深一寸，鲜血直喷。

李嫂瞪着一双死鱼眼，难以置信。

安小静先是呆如木鸡。突然反应过来，自己杀人了，她"啊"了一声，抽手后退。李嫂肚子上插着剔骨刀，露出刀柄，两眼直愣愣地盯着安小静，倏地扑地。

安小静战栗地看着尸体。

"杀人了！我杀人了！"

紧接着，门开了。

安小静的心提到了嗓子眼。

门开了。

房间里空空如也。

连捷、言明远、老金等人带着枪迅速占据了留香街3弄27号房间的各个方位，厨房，小凉台，房间。

连捷打开衣橱，里面空荡荡的，什么都没有，衣橱底有一个斜躺着的衣架。

第七章 我杀人了

小凉台上有两盆栀子花,开得雪白雪白的,散发出宜人的香气。言明远用手摸了摸花盆里的泥土,泥土是湿润的。

"有人浇过花。"言明远回头对连捷说。

"看地板。"连捷说,"地板也刚刚拖过,说明人刚走。"

老金俯身看地板,地板上暗红漆上有不规则的血渍。"是血。"老金说。

"肯定吗?"连捷问。

"肯定。"老金很自信。

"她带着尸体,或者说,她本人受了伤,一定走不远。"连捷说,"留下一组人看房子,其他的人跟我去追。"

"我们分三组,一组进城的方向,一组出城的方向,一组进厂的方向。"言明远说。

"好。"连捷点头。

三个人从房间里一起出来,往楼下走。

连捷说:"从现在的形势看起来,敌特比我们抢先了一步。大家要有思想准备。对手跟我们不是旗鼓相当,而是高出一筹。……我有预感,他们就在附近。"

此时此刻,就在连捷等人边说边走过一楼过道时,连城和安小静就贴在一楼22号门内,附耳倾听着他们的谈话。

连城同时也听到了安小静心脏狂跳的声音。他用力握着安小静的手,安慰她。连城脚边有一只皮箱,箱子里往外渗着血水,一滴、一滴、一滴,积作一小摊。

安小静一低头,看见血水,睁着惊恐的双目。"啊"了一声,瞬间被连城用手捂住了嘴。

连捷已经走过过道了,忽然"咦"了一声,问:"什么声音?"

第八章 无处藏身

第八章 无处藏身

一个圆滚滚的小皮球从楼道上一梯一跳地滚来。

连捷一伸手,稳稳地截住了小皮球的曲线跳跃。一个胖墩墩的小男孩跑下楼。

"叔叔,给我皮球。"

连捷拿着小皮球蹲下来:"小朋友,你住几楼啊?"

"二楼。"小男孩说。

"这里二楼的叔叔、阿姨都有谁啊?——你知道吗?"

"我不知道。"

连捷用激将的口吻,说:"你都这么大了,怎么会不知道呢?"

"我住对面二楼,我是来捡球的。"小男孩从连捷手上倏地拿了小皮球,跑出去了。连捷看着跑出去的小男孩,有点失望地站起来。

连捷和小男孩的对话,提醒了老金。

"我感觉这栋楼里怪怪的。"老金说,"今天是星期天,为什么楼里这么安静?"

"我来的时候查过了,这两栋宿舍楼是小商品百货公司的职工宿舍楼,是实行轮休制的,星期天属于他们正常上班时间。"言明远说。

"这栋楼里所有的职工都必须筛查一遍。"连捷说。

言明远对连捷说,"我马上通知街道办事处的人来一趟。"

连捷点头,说:"秘密封锁留香街。——我感觉敌特还在这里。"

连城和安小静贴着门，倾听了一会儿，楼道里寂静无声，可以确定的是，公安的人马已经离开了，他们暂时安全了。连城的心里松了一口气，他回眸看向安小静，安小静脸色苍白。

"这里就像一个口袋。"安小静说。

轻轻的一句话，像一根微细的刺扎在连城的耳膜，那精准而熟悉的判断，那清澈而微妙的眼神，不经意地揭开二人当年深埋的隐秘。

安小静异常安静地贴上了连城的后背，连城镇定地转过身来。他把她的双手握住，紧贴在自己的胸膛。"我们都做了什么？"安小静仿佛瞬间清醒过来，她的手从连城的手掌中抽离，"我们还，还带着尸体。现在说什么都晚了。我不该听你的，我为什么不当时就打电话报警？为什么，为什么会发生这些事？为什么我会听你的？"

"听着，我们的处理方法是对的。"连城知道她这种反反复复的情绪，是突发的焦虑造成的。

"现在成了谋杀！是谋杀！——我，我从自卫杀人，变成谋杀。"

"会有办法的，你相信我。"

"我一定是被谁给设计了，我被陷害了。W研究所有特务，他们想拿我做替罪羊。"

"安静，安静，小静。"

"我到底经历了什么？"

连城脱口而出："你失忆了。"

"你知道我的过去，对吗？"

连城克制着："我刚从海外回来。"

安小静点点头："对，对的。我忘了。你刚从新加坡回国。——可我不明白。我是谁？朱曼丽？郁恩美？还是安小静？"

第八章 无处藏身

"您会清醒的。"

"是你不清醒!我的命运不再是我自己能够掌控的了,不是吗?"

"对不起,小静。对不起——"连城很想抱住她,但是,他没有动,他只是深情款款地望着她,眼眶里含着一层薄薄的泪光。

"你为什么要内疚?你做了什么对不起我的事?这件事,是不是你安排的?"

"不是。"

"你来得恰到好处,分秒不差。"

"我一直跟着你!"

"你跟踪我?"

"我怕你出事。"

安小静的表情冷漠:"果然就出事了。"

连城深知,表面看上去朴素兼气质忧郁的安小静,身上蕴蓄着一种极其刚韧倔强的爆发力,她顽强且从不妥协。

"口袋"里,漩涡中,一旦荷载彷徨,必定进退失据。

"现在我们在同一条船上,紧要关头,我们应该做的不是争吵、怀疑,而是马上从这里走出去。否则,后果不堪设想。"连城走到一张方桌边,桌子上有一张报纸,"今天是星期天,这家的主人有可能进城了,也有可能去了郊外的公园,也有可能去看电影了。"连城拿起桌上的报纸,"他们的确去看电影了。"

报纸的电影广告"回到自己的队伍来"用很粗的红铅笔画了几道红杠。

"回到自己的队伍来,中午十二点的。"安小静看了看时钟,"现在是下午一点半。如果,他们仅仅是去看电影的话,也许还有十几分钟就会回来。"

现在，怎么脱身？光这样耗着，就是坐以待毙。"我先走，十分钟后，外面没有情况，你再走。"连城决定赌一把。

安小静拉住他。

"不行。外面肯定有人布岗，我们谁也出不去。"

连城讶异她的敏锐。

安小静踌躇了一下，说："我，抱歉，我先前不是怪你，我需要你。"

连城忽觉一阵暖流荡漾在心田："这句话，也是我想对你说的。"

"现在的情形，一是'暗哨'，我们无论谁先出去，都会被跟踪，甩掉跟踪者，我们或许有一线生机，但是非常冒险。二是'明查'，我们无论是一起出去，还是各自化妆、戴口罩、戴帽子，都会遇到警察的盘查，我们没有第二个工作证，一旦说出真实身份和单位，我们就得回答，为什么会到这里来！这是不打自招的死路。"

"如果我们不出去，暂时藏起来呢？"

"你信不信，不出一个钟头，联防、街道、工会，诸如此类的人，就会挨家挨户发老鼠药……"

连城被困住了，"走不了，又留不得。"他这句话一出口，安小静的脸上露出光彩来。

安小静自言自语："有了。"

"有了？"

"还记得一个讲哲学家夜观星象的故事吗？泰利士昂起头观看星象，却不留神脚下，跌落到井里。侍女嘲笑他说，他急于知道天上的东西，却忽视了身旁的一切。"

第八章 无处藏身

连城仔细地听着她富有表情的诉说。她脸上的那种自信的光泽，一下就把自己拉回了七八年前，战时光景。

那是潜伏在黑暗里的"安小静"。

形虽万变，神却一身。

"我听你的。"连城说。

安小静抬起眼睛。

"先把尸体藏起来。"

连莲的注意力非常集中，她细微的神经末梢都紧紧地绷着。

言明远派连莲守在留香街，观察往来的行人，看看有没有认识的熟面孔，特别是留意有没有W研究所的职工出入这片可疑区域。

连莲和一名警察坐在一辆吉普车里，车内弥漫着一股刺鼻的汽油味，不到半个钟头，连莲就有一种想吐的感觉，她克服着，忍着，压制着身体不适给自己带来的干扰，紧盯着留香街的街口，一刻也不敢松懈。

留香街真没什么可看的，光秃秃的路，四四方方的宿舍楼，灰色的墙，有的窗台上放着花盆，有的小凉台上晾着床单，远处篮球场上，有几个人在打篮球，也有坐在水泥台阶上看球的"替补"，巷道里，有小孩子在踢皮球。进进出出的人并不多，少有提着菜篮子站在街边跟邻居寒暄的人。连莲躲在车上，从这个角度她能清楚地看到每一个进出留香街的人，她手上握着一个相机，专注地对准每一个进出巷口的人拍摄。忽然，有人站在车窗前，挡住了连莲的视线。

连莲抬眼就看到一张浓眉大眼的国字脸正笑眯眯地对着她。

"您好，是公安局的连莲同志吗？"

"是的。"

"我是解放路派出所的高峻，"他把工作证递给连莲，"留香街这片归我们管辖。我刚刚接到上级的命令，来协助你们排查留香街第3弄的住户情况。"

工作证上是一张英俊的免冠一寸照片和一枚钢印。

"上车说。"连莲向他打开了车门。

此时此刻，篮球场上有人打出了漂亮的篮板球，欢声笑语，飘浮在空气中。

另一只篮球飞起来，滚出球场。有穿着球衣的人去远处捡球。连莲虽在与高峻寒暄，也没忘监视街道，她的余光掠过捡球人，一回头，高峻把一份文件交到了她手上。

"这是你们要的第3弄所有住户的详细情况。"

"谢谢，办事效率真高。"连莲转目远眺两个捡球人的背影，他们已经带球入场了，她这才把目光回落到文件上。

"我想知道第3弄27号的户主是谁。"

"27号？"高峻替连莲翻了翻文件，"在这儿，——27号，户主，朱曼丽。"

"谁？"连莲的兴奋度突然提高了，嗓音也有点拔尖，"朱曼丽？"她顺着高峻的指尖，看到了一张李嫂的正面免冠照，"她就是朱曼丽？"

"有什么不对吗？"高峻问。

"你们查户口的时候见过本人吗？"连莲反问。

"见过，应该是见过的。"

"能跟我说说这个人吗？"

"这个嘛，我们查户口，几乎都是一面之缘，这片宿舍楼人多，

第八章 无处藏身

我也不是人人都记得很清楚。"高峻看着连莲神情有点沮丧，马上说，"——依靠群众嘛。我们问问她的邻居就知道了。"

连莲点点头，顺着27号住户往下翻了一页，她的嘴唇禁不住颤动了一下。

爱小田。

一寸免冠照。

他就是W研究所档案室的管理员小田。

这个意外的发现，令连莲兴奋且战栗。

如果这个爱小田跟今天发生在留香街的案子有直接联系，如果他一早就认识朱曼丽，如果他就是潜伏在江城的国民党特务，那么"蝙蝠"之死就有答案了。

必须马上向上级汇报这个最新发现。

刻不容缓。

"我要马上给言科长打电话，立刻把小田控制起来。"连莲说。

"需要我做什么？"高峻问。

"离留香街最近的公用电话在哪儿？"

"前面邮局有。"

"你带我去。"连莲说。

二人随即下车。

连莲把照相机交给驾驶座上的警察说："你留在这儿，继续拍，我去打电话。"

安小静和连城脱困了。

几乎是一刹那的事。

当穿着球衣的两个人，不疾不徐地往返捡球两三次后，就一去不回头了。这就是安小静的八字方针，"不走，不留，不攻，不守。"

连城"顺手牵羊"了一辆自行车，载着安小静平安撤退了。

对于安小静来说，安全只是暂时的，事后想来这一切都仿佛是事先预谋的。

安小静站在桥洞里，一团团朦胧的水雾和一阵阵夹杂着水汽的冷风刮得她脸生疼，她凝视着潜流激荡的沙河，想着前前后后发生在自己身上所有的事。

连城机警地走来。

"自行车处理了？"

"是的。"连城说。

"房间里有关你我的线索也都处理完了？"

连城点点头："想想，还有什么遗漏的地方？——应该没有什么差错了。您今晚可以睡一个好觉。"

安小静讽刺地笑笑："你可真贴心。"

连城一愣，因为这一抹笑容是他曾经领教过的"风暴"前的"预警"。

果不其然，连城被她劈面一拳，打得人仰马翻。他是真没防备，重重地摔在了地上。

连城挨了打，条件反射的一个反弹跳起来，很自然地象征性地出拳保护自己，谁知安小静反手一拳就砸在他鼻梁上，真疼啊！

连城被打了一个趔趄。他疼得跳脚，"哇——好力道！"

"那个李嫂家里为什么有你的照片？"安小静质问连城。

"——我也第一次看见。你相信我。"

"你信吗?"

这一瞬间,连城看到了安小静眼眸中闪现的深度轻蔑。

"我知道,事情有蹊跷……"

"别再跟着我,也别想控制我。"

她在警告他。

"刚才你可不是这样说的。"

"刚才我们在同一条船上。"

连城苦笑地说:"原来是协同效应。——我还以为——"

"你没有证据,我没有杀人动机;你背后的黑手奈何我不得!"

"你误会了。"连城想解释。

安小静却不打算听他辩解:"是的,一开始是有点误会,误会你对我有好感,有钦羡,有追求的意思。——我误会你了。你是从新加坡回国参加祖国建设的,换句话说,你有可能从台湾来,从香港来。你是台湾特务。"

"不,怎么可能?"

"对啊,怎么可能一个归国华侨一下子就看上我了?你才见过我几次,你就爱上我了?"安小静的情绪异常波动。

"你认为我接近你,是为了某种特殊目的?因为你掌管着秘密图纸?"

"我不是没有见过世面的小姑娘!你省省吧。"

"我喜欢你,是真心的。"

安小静忍无可忍地怒斥:"撒谎。"

"我没撒谎。——我只是有些事情没有告诉你,不,不是没有告诉你，是没办法告诉你。"

"住口！你一直在暗中观察我，你监视我，你在寻找机会，打击我。你当然不会承认自己撒谎，你也当然没有办法告诉我真相，因为掩盖一个谎言需要制造更大更多的谎言。你显然不具备这个功力。你，只是一颗棋子，一个由人操纵的牵线木偶，一个站在前台的小丑。不是吗？"

连城惊讶她的逻辑理论，她真不像是得了失忆症的人。

"你，"连城望着她，"你到底有病没病？"

"你才有病！"

安小静冷静下来。她克制自己的情绪，她需要全面控场。

"我杀了人，你帮助我处理了现场。我应该感谢你。但是，你知道这意味着什么？这意味着你知道了我致命的弱点。如果，你认为这样就可以对我予取予求，那你就大错特错了。"

他感觉"她"回来了。

"你有没有想过，自己从前的生活？"连城问。

"我想过，真的，有时候解释不清梦境的时候，我有想过。但我没想回头。我不需要谁突然闯进我平静的生活，告诉我我应该是怎样一个人，告诉我我所谓的真面目，我过去的人生轨迹，我不在乎！你听着！谁也不能主宰我的生活！除了我自己！"她从口袋里掏出那把来历不明的27号房钥匙和朱曼丽的工作证，她扬起它们，用尽全力，将它们扔进沙河。

安小静手指连城，眼光如利刃，威胁地说："别碰我，不要再惹我。我要发现你还跟着我，我杀了你！"

连城不由自主地打了个寒战。

第八章 无处藏身

风中,安小静扬长而去。

下午三点半,连城直接去了医务室,因为他知道刘冠霖值班,他的借口是,上午忘了拿头痛粉。

"你挨揍了?"刘冠霖问得直截了当。

连城擦了擦嘴角,说:"话不投机。"

刘冠霖阴阴一笑,"观点有分歧?"

"对,我们在抛尸的问题上发生了一点小摩擦。"

刘冠霖神情一震,噌地站起来,"看门狗死了?"

"对,她死了。"

"安小静杀的?"

连城没做声。

刘冠霖追了一句:"她醒了?"

"她的行动能力醒了。"

刘冠霖坐了回去:"解释一下。"

"你说她失忆吧,她记得还击,拳拳到位,毫不手软。你说她正常吧,她确实不像记得从前的样子。"

"嗯,也许这种自卫的本能超越了生理的掣肘。你要设法令她回忆起从前,哪怕是记忆里的一两块碎片,都能慢慢地击破她现在的思想。"刘冠霖说,"再接再厉。"

"朱曼丽跟'蝴蝶'是什么关系?那工作证真的假的?"连城问。

刘冠霖只答第二个问题:"假的。——你认出'蝴蝶'后,我们找人做的。"

"到底有几个朱曼丽?"

刘冠霖答非所问:"尸体抛哪儿了?"

"蜂窝煤的煤堆里。"连城答。

"谁的主意?"

"'蝴蝶'。"

刘冠霖抬眼看了看日历牌,一抬手,唰的一声,把这页给翻过去了。

"去找她约会。"刘冠霖面无表情地说。

"啊?"连城觉得有点蒙,"我们刚分手——而且她不想跟我们有任何瓜葛。"

"昨天'蝙蝠'遇刺,整个W新型材料研究所很明显的外松内紧,今天又发现了朱曼丽的住所,公安的神经已经绷紧了,'看门狗'的尸体一旦被发现,W新型材料研究所所有的职工都会过筛子,譬如,在过去的某个时间点,你在哪里?你跟谁在一起?谁能证明你就在那里?这种逐一排除法,非常有效,分分钟让人变得透明化——你们杀了人,杀了一个叫朱曼丽的人,你和她都有作案时间,能证明她'无辜'的只有'蜘蛛',能证明你'清白'的只有'蝴蝶'。"

第九章 危险约会

第九章 危险约会

肥肠酸辣粉的味道很爽，色红味美，麻辣鲜香。

辣得连捷和老金都出了一头汗。两个铩羽而归的人，因为中午耽误了午饭，现在甩开膀子狼吞虎咽地补充体力。档案管理室的门被推开了，有些激动，又略显疲惫的言明远走了进来。他刚刚接到连莲通过电话局辗转了几次才打通的电话。

"你吃了吗？"连捷问他。

"有好消息。"言明远说。

连捷和老金顿时就撂下碗，两双眼睛直勾勾地看着他。

"档案室，管理档案的小田，爱小田，就住在留香街28号，他和27号住户是邻居。"

"而27号的住户是朱曼丽。"连捷说。

"对。"言明远眼睛放着光，一股高兴劲。

"爱小田，'蝙蝠'，朱曼丽——"老金说，"那么，'蝙蝠'之死，就是蓄谋。"

"对。"言明远说。

"蝴蝶"就在这儿！

三个人都热血沸腾起来。

"消息哪儿来的？"连捷问。

"连莲通过光明路派出所的同志调查得到的。连莲拿到了留香街第

3弄的户籍本,你猜怎么着?翻过27号,就是爱小田的照片,把连莲也惊出一身冷汗。"言明远说,"连莲去邮局打电话,一连打了几个,我们都不在,这不,一个钟头了,好不容易才找到我。"

"派出所的同志得力。"老金说,"这下总算有眉目了,应该马上控制小田。"

"爱小田的家为什么会在小商品百货公司的职工宿舍楼?他不应该是在本单位分房吗?"连捷说。

"是这样的,"言明远接话,"凡是结了婚的职工,只能分一套房子,男女都在一个单位,单位直接分了,男女不在一个单位,女的分了房子,男的就不享受分房待遇了。所以,这个爱小田住的是他老婆分的房。"

连捷点点头。

"你说,户籍本上,翻过27号,就是爱小田的照片。如果是他老婆分的房子,不应该是他老婆的照片吗?"连捷喃喃自语,突然有些失神。

言明远和老金也意识到了什么。

"我们今天通知的是街道办事处,不是派出所。"连捷豁然。

问题严重了。

"连莲在哪儿?"连捷问。

"留香街。"言明远答。

"把她叫回来吧,她中计了。"连捷说。

"能找到那个派出所的人吗?"老金说。

"这个人,肯定已经消失了。"连捷说,"今天我们最重大的发现,不是留香街27号住着朱曼丽,而是W研究所里住着一个叫朱曼丽的'幽灵'。"

第九章 危险约会

"得把她挖出来。"言明远说。

星期天晚上，3号楼风平浪静。
星期一早上，2号楼正常上班。

连城从换衣间出来，看到了"朱曼丽"。

黄燕纤细的身影从走廊上一闪而过。

她一身白色的工作服，很容易让连城联想到她那一身血色的蝴蝶旗袍。这也算不得异常，泡病号的人迟早都会上班的。

连城好奇的是，这个"女鬼"还能玩出什么稀奇古怪的花样来。

连城的脸有些肿，他也不避讳什么，拖地，打开水，泡茶，准备例会，该干什么干什么，反正星期六的舞会事件还在发酵期。

"哟，连师，你被人揍了？"黄燕大惊小怪地咋呼。

"挨揍是轻的。——这也就是人家上头有人，要换了你，公安才不会打你呢，直接关禁闭，开除公职，回家种田。"方程气哼哼地坐到自己的椅子上去。

"人家农民伯伯欠你的？"黄燕堵了他一句。

姜海涛对连城语重心长地说："以后做事，成熟点。"

方程冷笑，说："这是道德问题。"

陈果泡了茶，回头说："工艺流程的问题。"

姜海涛点头："对，在没有做好全面规划的时候，最好不要冲动地付诸实践。否则一定吃败仗。"

连城笑笑："失败是成功之母。"

方程立即想跳起来反驳，却被迎面走来的史云帆给抢了话。

"说得好。成长路上，多是教训。"史云帆专门给连城弄了一个冰袋，让他敷着。

"哪儿弄的冰袋？"陈果问。

"高低温实验室。"史云帆说，"消炎止痛。"

"咳咳。"吴满意轻咳了两声，这是每个星期一组长开例会前的信号，大家顿时就安静下来了。

"今天例会前，我多说两句题外话。"吴满意说，"星期六晚上的舞会呢，本来啊，是一个特别欢乐，特别放松，各车间各部门联络感情的聚会。结果，由于我们小组的连城同志，啊，处事行为不当，发生了一点点不愉快的小摩擦。"

方程鼻孔里放冷气。

"希望连城同志在此次舞会事件中吸取教训，不管在工作中也好，在生活中也好，亲人间，同事间，朋友间，有些界限是不能逾越的。否则，就会，就会，嗯，付出代价，承担后果。"

陈果对黄燕低声地说："付出血泪代价，承担严重后果。"

"你是说结婚？"黄燕说。

吴满意敲了敲桌面："不要开小会。"

黄燕举手："吴师，请教一个问题。"

"嗯，你说。"

"您说有些界限不能逾越，包括爱情吗？"

吴满意顿了顿，说："——应该包括。"

"七仙女下凡和白蛇娘娘水漫金山，是不是千古佳话呢？"

吴满意"嗯，啊"了一下："工作时间就不讨论神话了。"

大伙笑起来。

第九章 危险约会

吴满意打开记事本，慢条斯理地说："先讲一讲工作态度的问题——"

连城敷着面颊，耳朵里嗡嗡的，有一句没一句地听着。

"请各位保持桌面的清洁和清爽，不要什么都往桌面上堆。"

就在吴满意说这话的时候，全组人员，除吴满意以外，全都把自己桌面上乱堆乱放的文件和书籍迅速扔到各自办公桌的底下。

"也不要'马屎皮面光'地把一些参考书往书桌底下塞，塞的是一个满满当当，自个连个下脚的地方都没有，嗯，很不好嘛。"

方程不自觉地把靠在脚背上的书给挤了挤，恰巧挤到史云帆的脚下，史云帆的脚一钩，把书给弹回原处。

方程朝史云帆瞪了瞪眼。

"没有一个整洁的环境，就没有一个舒适的工作空间。"吴满意讲到这里，抬眼瞅瞅大家。此时此刻，除了他自己的办公桌上一片狼藉，其余的办公桌上都光洁可鉴。

黄燕忍不住咯咯地笑。

"啊，第二点，有关新品研制——"吴满意并没有受到黄燕的干扰，继续讲下去，"史工的新设计图出来了，为了尽快出样品，测试组会拿出三个测试台来配合调试，也方便大家随时掌控进度，好让工作更有效率。"

"是史云帆一个人的工作有效率。"方程说。

一针见血。

大伙安静下来。

"我觉得方师说得对。"陈果表态。

房间里更安静了。

"——等我的新设计开动起来，你们就会更加'痛恨'我了。"史云帆说，"我有这个心理准备。并且，不打算跟你们妥协。工作台就只有那么几个，如同舞台，只能有一个名角在闪耀。"

姜海涛实在听不下去了："史云帆，你是打算把我们全踢出去？我劝你一句，做事前先做人。"

"对，大不了改行。"方程说。

吴满意马上圆场："哎呀，一谈工作台就要吵，要顾全大局，要有全局观念，我这把年纪要是改行去打篮球，也来不及了。"

连城的眼光瞟着吴满意。

"就算新设计定了史大工程师，也没有什么好奇怪的。"姜海涛不服气。

"就是这个理，凭什么一个人要占用三个工作台？"方程说。

"我需要。"史云帆直接顶回去。

"表决吗？"陈果提议。

"你们一条战壕，表什么决？"史云帆不买账。

"连城，你说，你师傅这样做对不对？"姜海涛的意思是逼他讲话，连城和史云帆算是一条战壕的。

连城咕噜了两声，说："我，我是我师傅的徒弟，我师傅错也是对的。"

大伙愣住，片刻，黄燕狂笑起来，笑得花枝乱颤。

"这个，工作台的问题，可以慢慢解决，啊。第三呢，星期六下午的时候，3号楼丢失了一份重要的科研资料，为了协助保卫科的调查，请大家各自填好这份表格。"

吴满意几句不紧不慢的话，穿透了连城的耳膜。

"咦，还要填礼拜天？"陈果看着手上的表格说。

"就凭一张表抓特务？"方程说。

"排除法。"史云帆接话。

"嗯，调查是全面性的，系统性的，科学性的，但是，要落实。落实到每一个人的身上，必须是具体的，实事求是的，找出问题，抓住问题，追根究底，才能辅助公安局和保卫科，尽快破案，大家要认真填啊，马虎不得。"吴满意抬眼瞅了一眼黄燕，"黄师，照实填啊，千万别像上次一样，写什么风和日丽，荷叶田田。"

大家忍俊不禁。

黄燕笑嘻嘻地说："写草长莺飞，蝴蝶蹁跹。"她秋波一转，看向连城。连城皱着眉，敷着冰，不接招。

连城站在厂工会报刊浏览展板前，仔细地阅读《人民日报》，他一点也不着急地等着安小静，因为，这条路是安小静下班回家的必经之路。

"你在等我吗？"

果不其然，安小静此时此刻就站在了连城身后，连城不惊不诧地转过身来，微笑着对接她春风和煦的面孔。

"是啊。"他不避讳，原也无需再隐藏。

两个人就像是事先约好的一样，毫无违和感地走在了一起，步履合拍，形态自然。

"我今天填了一张表格，"连城说，"我填的内容是，星期天在你家，给你赔礼道歉。证明人是你。"

安小静神态安然地走着，不表态。

"不知道，你填的内容，是否和我一致？"连城说。

"你是明知故问。"

"那，就是心有灵犀了。"

安小静停住脚步："你到底想说什么？"

"我今天晚上去你家。"连城说。

安小静倏地变了脸色。

连城赶紧解释："——我去看一下环境，回头有人问起来，我好描述。"

"我口述给你。"安小静说。

"口述有误差。眼见为实。"

"你不是已经去过了吗？"

连城瞬间诧异的表情，被安小静捕捉到了。

"原来那个人真不是你。"她说。

"什么人？"

"一个送信的人。一个诱导我去留香街杀人的人。"

"哦。"连城像是吸了一口冷气。

"六单元，三楼，12号。"安小静说。

"好，我晚上七点到。"

"晚了点。"

"啊？"连城一愣。

"六点。"安小静说。

"好。"

"一起吃饭。"她说得轻松随意。

"——好。"连城有点难以置信，心想，不会是鸿门宴吧？"那个……"他咕哝了一句,"你想过去自首吗?"

"我不知道。"她答得异常平静。

应该是想过,连城想,不然她不会这样波澜不惊。他的心提到嗓子眼,有点战战兢兢:"你不会去告发我吧?"

"不会。"她答得又甜又脆,抬眼微笑着说,"至少,晚饭前不会。"

当连城走进安小静的家门的瞬间,他的心有几分失落感。

这房间的布局很怪。

连城莫名地觉得眼熟,热水瓶,床,窗帘,桌椅,甚至于门背后挂着的雨伞,都有一股扑面而来的亲切感,但是,他始终想不起这是什么地方,而他们在上海的房子并不是这样布置的。

连城终于知道自己的失落感是怎么来的了,他太寄希望于过去的旧时光能浸染在她的脑海里,他希望她的思想虽然暂时脱离了旧时轨道,但依然暗藏过去的生活情景。

他原以为会看到旧景重现,然而并非如此,他看到的是一种亲切但并不属于自己回忆的生活场景。

生活是多姿多彩的,绝不可能程式化。连城想,让安小静永远活在旧时光影里,不过是自己的一厢情愿罢了。

"欢迎参观。"她说。

"不胜荣幸。"他答。

"吃饼干吗?"安小静打开了一个漂亮的饼干盒。

"有糖果吗?"连城问。

"没有,"安小静说,"我不喜欢吃糖。"

连城一怔。

安小静接下来的动作，更让连城诧异。她在他面前泡了一壶碧螺春，两杯茶盏，满盛春色。

一股暖意顿时从脚趾尖漫延到连城全身。

六年前——

他喜欢吃饼干，她喜欢嚼糖果；

他喜欢喝绿茶，她喜欢喝红茶。

六年后——

他的爱好口味潜移默化成为她的喜好，还有什么比活成另一个人更令人动容呢？

"你，抽烟吗？"他问。

"我不吸烟，"她答，"女特务才抽烟呢。"

连城笑起来，仿佛临来之前所有的焦灼，都在这一刹那变成了明快和安闲。

"我们来做一个简单的游戏吧。"安小静迅捷地坐在了他对面，碧螺春的热气还没有消散，拂拂的蒸汽裹挟着一丝丝脆生生的钢劲扑面袭来。连城不敢怠慢，坐得笔直，活像一个小学生面对着他的班主任。

"我们彼此坦诚一点，为了在最短的时间内彼此了解，解开疑团，我们来个问答游戏。"安小静笑眯眯地说，"游戏规则是要讲真话，说了假话，就要遭到惩罚。"

"什么样的惩罚？"

"嗯，为对方无条件地做一件事。"她说。

"好。"连城点头，"那么，怎样才能鉴定对方说的是真话，还是假话呢？"

"直觉。"安小静答。

"我最怕女人说直觉。"连城说。

"你应该害怕，因为女人的直觉十分精准！"她盯着他的眼睛，他躲闪了一下，说："好。"

"是一问一答吗？"他问。

"对，老规矩。"她说得轻快自然，连城却惊疑地望了望她。

"什么老规矩？"他想了想，还是决定问出来，"我和你之间，曾经定过什么规矩吗？"他试图诱导她继续回想。

连城祈求，此时此刻的安小静，是一台停歇了很久的机器，他想象着，她能靠惯性的魔力慢慢启动起来。

"我不记得了。"安小静很快打碎连城的幻想，"我说的老规矩，是我的处事原则。你，听着，不要跟我兜圈子，不要试图让我接受你，不要触碰我的底线。"

"你的底线是什么？"

"实事求是。"

"你做得到吗？"连城反问她。

"当然。"安小静回答得十分爽快。

"你能做到，我就一定能做到。"连城表态。

"好！"安小静很满意。

连城刚说出口，其实就后悔了。他跟一个失忆症患者玩实事求是，他不是欠揍吗？

安小静喝了一口茶，满口余香。

她开始问了。

"你是谁?"

"我是连城。"话音未落,"啪",一记清脆的耳光,连城顿觉脸上火辣辣的疼,"为什么打我?"

"你撒谎!"

"我没撒谎!"

"连城肯定是你的化名,你是个特务!不是吗?"

"就算你对,你也不能打人啊。"连城委屈了,"不是,事先说好了,答错了,为对方无条件地做一件事吗?"

"对啊,我叫你无条件做的一件事,就是我打你,你不准还手。"

"啊?"

她俏皮的口气,活泼的神态,令连城哭笑不得。

"第二个问题,我是谁?"

"你,"连城看看她,"说实话,对吗?"

"当然。"安小静鼓励他。

"你是我老婆。"

轰地一拳!

连城有防备,往后一缩,但也不敢让她拳落了空,给她一点空间,凛凛拳风从他额上掠过。连城一迭声地故意咧咧叫。

"停!停!"他大声叫道。

安小静心不甘情不愿地收手。

"不行,这不是什么问答游戏。"他说。

"是聊天。"她说。

"双方无平等对话权的,不能叫聊天。"

"不叫聊天,叫什么?"

第九章 危险约会

"审讯。"连城说。

安小静安静了。

"你到底想谈不想谈?"连城问。

"想。"

"那你,保证自己不再打人。"

"好。"她答得云淡风清。

"那么,为保证公平起见,一人一题。"

"你就是想审我!"她目光透着狡黠。

"不敢。我的……"他很快闭嘴。

"你问吧。"她一副无事不可对人言的潇洒样子。

"你中过枪吗?"连城问得直截了当。

"流弹算吗?"

"算。"

"有,中过。"

"哪里?"

安小静倏地抬头,"一人一题,该我问你。"

连城马上低头喝茶。

"你结过婚吗?"

连城喝到嘴里的茶,一下吞进去,呛得喉咙痛。他大声咳嗽起来,好让气管舒服些。

连城抬头看着安小静,安小静早就站起来了,她身体倾斜度足够"压抑"连城,她一脸冷漠地逼视连城。

"有——没有。"他说。

"有,还是没有?"

"没有。"

安小静的身体瞬间撤退，窝回到自己的椅子上。

"你知道自己是谁吗？"连城问。

安小静看着他："我想问你同样的问题。"

"你还没有回答我。"

"已经回答了。"

"解释。"

"如果你知道自己是谁，我也就知道了自己是谁。反之，同理。"她说。

连城安静了。

安小静看似轻松，却是一刃到底！

"你知道吗？像我们这种人，活着，忘记了从前，就等于风筝断线，漂泊天涯；活着，不能忘却过往，就永无宁日。"连城心底十分难过，"我们有无数种死法，最痛不过心死。"

两人咫尺，何啻霄壤。

"你，怎么了？"她好像有点同情他了。

"我能抱抱你吗？"

"不能。"

"我俩不接触，怎么发展感情？"

"谁说要跟你发展感情？"

"回忆过去——"

安小静停顿了一下。

"——你不想知道，你为什么会瞬间取人性命吗？"

整个屋子仿佛空气凝结了。

连城伸出手去握住安小静的手,安小静的手往回缩了一下,但是,依旧被连城擒住了。安小静的反抗只是象征性的,这让连城颇为欣慰。

"我……"她犹豫了。

"你说。"

安小静接下来的一句话,直轰连城的耳膜。

"我中弹的时候,你在吗?"

她一张阴冷的面孔凝视着连城。

连城脑海里的记忆被一刀一刀地切割开来。

一句如一刀。

他一直以为记忆中的疼痛会随着时间的推移而逐渐消失。他错了,原来心底的创伤永远地停驻在了那一时那一刻那一分那一秒。

"对不起。"连城顿时哽咽了。

"为什么?"她的声音开始变得缥缈起来。

连城无法作答。

啪的一声,一张白纸和一支铅笔迅速摆放到了连城面前。那杯碧螺春,茶水荡漾,水飘洒在白纸上。

连城感到无法控制自己,感觉自己的思绪飘了起来,他的手腕略微有些发抖,额上沁出透亮的汗珠,耳边有一个熟悉亲切的声音在牵引他的行动。

"画出你我初相见!"她说,"这是命令。"

回忆渐进,时光倒流给连城在某种致幻的情绪里提供了一段微妙的间隙,这种跨越空间和时间的间隙含着一缕缕曙光,刺目而明耀。

1942年，上海"孤岛"，礼拜六，极司菲尔花园。

男女约会的好去处。

一大片绿杨垂地，旖旎的春光暖暖地照在平整的草坪上，露天音乐台上，工部局的乐队正在演奏舞曲，部分参加音乐会的人在随乐曲舞动，也有人闲散地在绿地上沐浴阳光。

连城受命来与"蝴蝶"接头，这是他从军校毕业后第一次正式出任务，他心怀莫名的激动和忐忑，他希望自己在执行任务的过程中，能够给自己的新长官"蝴蝶"留一个好印象。

音乐台的管弦声和缠绵的情歌声很快飘过了欧式雕塑，渗透到宽阔的草坪上。"好花不常开，好景不常在。愁堆解笑眉，泪洒相思带。今宵离别后，何日君再来……"这曲子是他们的接头暗号，听到这支曲子的时候，朝东看第三棵树荫下的草坪上，随风起舞的女人。

他看见了她。

她太美了。

他对她的第一印象，是美。

"蝴蝶"穿着一件薄如蝉翼的高领苏绣旗袍，胸前别了一枚复古别针，她仪态优雅地与一位绅士翩翩起舞，那旗袍的颜色和款式都十分的时髦，普通女子很难驾驭，偏偏她就像是从画片里走出来的佳人，怎么看怎么美。

"蝴蝶"敏锐地朝他瞄了一眼，阳光下，连城西服领上的一枚复古别针熠熠生辉，她扭过身去，全情投入舞蹈中。

连城从她蹁跹的舞姿中窥视到一种跋扈的美感。

一曲终了，那位绅士兴致盎然地抛出一枝玫瑰花，"蝴蝶"没有接，草坪上有笑声和嘘声。"蝴蝶"向连城走来。

第九章 危险约会

连城牵住她的手,她朝来处回眸一笑,以示"名花有主"。

"有烟吗?"她"照例"问。

"有。"他答。

"有'美丽'牌的吗?"

"'老刀'牌。"他把烟盒拿出来,"蝴蝶"伸手拿了一支,连城赶紧替她点上烟。

"你很准时。"她说。

"是。"连城答。

"走吧。"她一边说,一边挽住了连城的胳膊,小鸟依人般依偎着他前行。旖旎的光影笼罩着他俩,一对璧人,在阳光下奔赴"战场"。

"今天的任务是,拿到汪伪特务机关最近两个月来对抗日情报人员的处决名单和监视名单。"她吸了一口烟,补充了一句,"不分国共,全都要。"

"我们怎么知道谁是国民党?谁是共产党?"

"你不需要知道,拿到名单就行。"

"到哪儿去拿?"连城问。

"极司菲尔路76号。"

他一惊:"魔窟?"

她朝他吐了一口烟,烟圈飘散到连城眼帘和鼻尖。

"我,从来没有进去过。"连城的意思是,他完全不清楚76号的内部构造,就这样光天化日贸贸然闯进去,纯属自投罗网。

他这句话说出口,她就站住了,原地不动地看着他。

"通常情况下,我们的人进去了,不是死了,就是叛变了。"她说,"上海军统站,两个月来损失了三部电台,两个联络点,这证明什么？有人进了76号，跪着活了。一个跪着活过来的同事，继续跟你共事，接下来会发生什么？这个地区的每一个联络站都会遭遇危险，会有更多的人死去！"

连城不自觉地立正了。

"放松，放轻松。"她说，"这是有计划的冒险，我需要你。"

"是，长官。"

"知道为什么挑了你吗？"

"我的枪法和发报指法一样快。"

她不置可否地莞尔一笑。

"行动计划上车说。"她掐灭了香烟。

"是。"

"还有……"她示意有要紧话叮咛。

长官的密语通常是秘密行动前最后一道程序的"抛光"。连城顺从地贴过去，她笑靥如花地附耳低语："千万别出错，慢一拍，我就宰了你。"

第十章 勇闯魔窟

第十章 勇闯魔窟

"啪嗒、啪嗒……"单调的敲击声,一双灵活的手正在调节一台舒式打字机的横格器。正午阳光的一抹光线透过纱窗映射在连城的脸上,他穿着一身电报局工作人员的制服,动作娴熟地调换起动字排。

一杯热气腾腾的花茶摆在他面前,弥散着一股糖果味的香气,明亮的窗格下,是两个女子在叽叽咕咕。如果不是楼下花棚底偶尔传来的枪决犯人的枪声,连城会有一种在家办公的感觉。

没有他想象中惊心动魄的大场面,没有千钧一发的肾上腺素飙升,有的只是和风细雨,按章办事。

76号电务室的打字机报修,电报局派单,两名维修人员上门服务,"蝴蝶"和连城就是这样堂而皇之地开车进入了壁垒森严的杀人魔窟。实际上,不管你是什么样的秘密单位,只要你有工作设备,每个办公地点都会存在被人入侵的薄弱环节。譬如,监视用的录音机卡带了,有杂音了;打字机辊筒坏了,色带要换了;甚至于长官的唱片机有噪声了,内部人员无法完成的技术层面的工作,都是需要外请的。

"蝴蝶"此刻的身份是电报局维修部的副经理朱小姐。而"朱小姐"和76号电务室的"詹小姐"显然是认识的,一切的一切都是事先安排妥当的。

连城一边修理打字机,一边听着两个女人的谈话。

"这个颜色怎么样?"詹小姐在展示自己指甲盖上的粉色油彩。

"很淡雅,你应该涂红色,红色的亮度更配你。"朱小姐说。

詹小姐脸上有一抹不屑之色:"你闻闻,这是什么香?"

朱小姐凑到詹小姐的指尖上,吸了吸气:"很淡很淡的花香。"

"是樱花香。"詹小姐颇为自得地一笑,"正宗日本货。"

"哇!"朱小姐一脸艳羡,她轻轻捧起詹小姐的指尖说,"好美啊。"

"你也可以买啊。"詹小姐得了赞美,心底愉悦,倒愿意帮助爱美同道,"我有个朋友可以直接在日本商店拿货。"

"我就算了。"朱小姐摇头叹气,"你们打字员多好,风不吹雨不淋,哪像干我们这行的,到处跑,修机器,做保养,又辛苦,又没什么钱赚,还不能出错,早上在75号给打字机换机头,一个不留神,油墨泼在一张报纸上,被胡主编一顿数落。他还说,耽误了出报纸,要我们电报局经济赔偿。你想,我这个月只有一百多一点,换成中储券只有五十块!我饭都吃不饱,还叫我赔?"

詹小姐噗嗤一笑:"《国民新闻社》又不写明星八卦,谁要买来看?还经济赔偿?"

"是啊,我也这么想,什么宝贝文章,连张明星照片都没有,我就瞄了一眼,你知道写的是什么吗?"

"什么?"詹小姐问。

"就一个什么政府官员的花边新闻,男女主人公连个名字都没有,——A先生爱上B小姐,背着老婆,买小公馆,私下买卖赃车,对下属层层盘剥,还绑架了一个,一个什么粮油商号的大老板,逼得人倾家荡产。——B小姐全家人鸡犬升天,连B小姐不识字的弟弟都进了政府机关拿薪水。"

"他怎么敢？"詹小姐说。

"啊？"朱小姐问，"谁啊？"

詹小姐很显然被气蒙了。

连城暗暗佩服"蝴蝶"这种"隔汤烧煮"，火旺得燎到眉尖上，不留一丝焦味。

詹小姐镇定了一下。

"我是说——，《国民新闻社》是76号的喉舌，他们，怎么敢编排政府官员呢？"

"还不是为了争权夺利嘛。"朱小姐说，"不要说政府官员有高薪拿，就是我们小小一个维修部，为了抢单子，还打架呢。"

"那，那张报纸没有损坏吧？"

"没有。他们就是想讹我。少给点维修费。"朱小姐说，"你想想，普通报纸都是下午两三点才送去印刷厂，一直要印到晚上，就算是重新誊写一遍，也耽误不了他们准时送报。"

詹小姐定了定神，看了看墙上的挂钟，差一刻两点。她转身问连城："你还有多久？"

"半个小时。"连城一边答，一边拉钢丝，钢丝弹簧的拉力啪的一声，使字盘回复到位。

"我要出去一会儿。"詹小姐说。

朱小姐看着她，犹疑了一下："那我们——"

"待在这儿。"她说。

朱小姐依然有点惶惑："我们在这儿，允许吗？——我们可以晚点再来。"

"我可不想礼拜六晚上加班。"詹小姐拿起一个时髦的手提包，

"放心吧，这里除了废纸，什么都没有。"

"可是……"朱小姐拉住詹小姐。

"我又不出去，我就去趟东楼。"詹小姐安慰她，"一刻钟。"

门关上了。

"蝴蝶"看着"蜘蛛"。

砰的一声，门推开了。詹小姐倚门站着，指了指左边方向："洗手间出门左拐，这层楼有流动岗哨，别乱窜。"

"可是……"连城插话了，"我想换个新色带，在车上。"

这句话一出口，两个女人脸上的笑容瞬间渐变成勉强的微笑。

连城想，糟糕。

"我去……"詹小姐话音未落。

说时迟那时快。

朱小姐一伸手，倏地发力，手指深深地掐住詹小姐的喉管，朱小姐的脸上挂着一抹高寒的笑意："你哪儿也去不了了。"詹小姐的脸部抽搐，只听喀嚓一声。詹小姐的头软软地垂下来。

门关上了。

"蝴蝶"动作之迅猛，果断，老辣，令第一次执行任务的连城大为惶骇，他的呼吸有点急促，通身像过电一样，万种滋味涌动。

"过来帮忙。""蝴蝶"说。

最难预测的就是行动过程。计划和实际往往是相反的。你设计好的一切因果常常会被偶发事件给"干掉"。

"我说错话了？"连城问她。

"对。"蝴蝶说，"上个星期刚刚换过色带。"

两个人扶着詹小姐的尸体，让她以打瞌睡的姿态伏案而坐。

第十章 勇闯魔窟

"现在靠你了。"她说。

连城瞬间站得笔直。

"听着,出门右拐第三间是证物保管科,里面的保险柜里有我们要的文件副本,你只有五分钟,300秒。"

"微型照相机呢?"连城伸手。

"摔坏了。"她说,"我们组一直向局里申请补发,货在路上,我们等不及了。现在你知道为什么非你不可了吧?"

"我会速记。"

"对,你是最快的。现在,你还有298秒。"

"里面会有人吗?"

"已经为你清除了部分障碍,297秒,没有一秒钟多余的时间给你恐惧。行动。"

"你呢?"

"我策应你。"

连城走出电务室,他机械地向证物保管科走去。外面光线明亮,空气和阳光真真切切,死亡的阴影也是一丝不含糊地笼罩着连城的面庞,他的脚步快而轻巧,人影在光中闪烁。

大楼外墙上爬满了常春藤,绿油油的枝蔓让死气弥漫的走廊焕发出点点生气。

他没有碰到人。

他很幸运。

顺利进入了物证保管科。

开保险柜的速度也比预期快了不少。

连城小心翼翼地挪动保险柜里的文件,他找到了自己需要的内容,快速浏览，他能感觉到自己的心跳加快，任何的训练都达不到的肾上腺素飙升。

连城确定自己完成任务后，立刻复原文件摆放位置，关上保险柜。

295秒后连城原路返回，他的手刚刚触及电务室的门把手，背后传来一句女人的声音："请问档案科在哪里？"

连城慢慢回眸，是一个穿中山装的办事员。

那女的朝他笑笑："我是政府办公厅的，过来办事。"

连城没有说话，他用手一指自己的电报局制服。那女的立刻明白了，脸上礼貌的笑意平添了会意的情态："不好意思。"

在连城的微笑目送下，那女办事员很快离开了。

连城推开门的一瞬间，霍然心弦一颤。他看见一个雅致的"蝴蝶"适然地坐在安静的办公室里，陪着一具尚有体温的尸体，神情专注地翻看明星画报。

"你在这儿策应我？"他问。

"我在这儿等你。"她嘴里还嚼着一颗糖。

"这样也能吃？"

"当然，工作生活两不误。"她放下手里的杂志，露出下面隐藏的锋利匕首。

"办妥了吗？"她问。

"妥了。"他答。

"门口那女人怎么回事？"

"路过的。"

"你听见她走路的声音了吗？"

连城的脸色变了。

第十章 勇闯魔窟

"撤。"蝴蝶说。

他们沿着来路,很快上车,在通过关卡的时候,哨兵很仔细地检查了临时通行证和工作证,"蝴蝶"嘴里嚼着糖果,一直对哨兵保持礼貌的微笑。连城发现,她的微笑还是起到了一定作用,哨兵的嘴角也泛起一丝暖意,礼貌地替他们打开了道闸。

在通过道闸的一刻,连城看见了道闸两侧墙上的机枪孔,中式牌楼的横额上刻着四个极具讽刺意味的白色蓝底大字"天下为公"。

道闸外,沿墙砌有一道深沟,里面堆积着刚刚处决不久、还没来得及处理的尸体,有男有女,甚至还有孩子。连城联想到他在办公室里修理打字机的时候,花棚下传来的零星枪声,很显然,这些人不是同时被枪毙的,而是一个、一个地走入死亡,一个看着一个被畜生们漫不经心地杀害的!如果说,几分钟前,他还有点对詹小姐的怜悯,此时此刻那点儿怜悯已经被同胞的血洗刷得干干净净。

生和死的距离,近在咫尺。他想。

血水都渗透到地沟里了,确保道路干净而无任何血渍。连城感觉到四周都是血色,路上的尘土仿佛和着血水透迤而过。

"蝴蝶"开着车,转目看他,说:"这条弄堂里,二十几栋洋房,住的全是76号的家属,原住居民都被特务们赶走了。"

连城默然点头,"蝴蝶"这是提醒他,危险还在。

"从曹家渡到地丰路一带的'水果摊''小吃摊''算命摊'都是76号的流动哨。"

来的时候,"蝴蝶"是一句未提,去的时候,"蝴蝶"才一一道来。来的时候,"蝴蝶"让他轻装上阵,去的时候,让他知道余生危险重重。

"衣冠南渡、偏安江左,这都不是我们的事,我们是陷阵杀敌、死而无名的战士。"她话不多，寥寥几句，让连城感受到了一种惊心动魄的力量。

半个小时后，"蝴蝶"和"蜘蛛"终于顺利回到了安全地带。他们弃车、换了装束，挽手穿过繁华的长街。连城把速记下来的监视名单和处决名单交给了"蝴蝶"。

"做得好。"她说。

"还需要我做什么？"

"等命令。"她言语很轻快。

"下一次——"他踌躇了一下，"我还能见到你吗？"

"开什么玩笑。"她说，"记住了，我从来都没有见过你。"

他望着她，心中有点酸，尽管他自己都不知道这滋味是从哪儿溢出来的。他和她距离很近，却仿佛很迢递。

"蝴蝶"似乎看出一点端倪，她突然一伸手把他拉到僻静街角，对他嫣然一笑："给你一句忠告，忘记我。"

连城能感觉到她对自己居高临下的压迫感。

"我都没有见过你。"他说。

"嗯，孺子可教。"她松开手，面带神秘的笑容。

接下来的一个星期，连城过得异常轻松愉快。他像一个普通的大学生一样，每天去沪江大学上课，夕阳西下，去外滩流连。

买报纸，喝汽水，看电影，上图书馆。总之，没有任务的时候，他的身份就是一个在校生。

他以为自己的首次行动非常圆满，可是，真正的麻烦才刚刚开始。

一把冰冷的左轮手枪顶在连城额头。

第十章 勇闯魔窟

连城双手被反绑着坐在椅子上,仰面之处,"蝴蝶"站在他面前,意味深长地审视着他。

"朱小姐?"连城惊愕地喊。

"蝴蝶"的脸上露出一抹笑意,这让连城不寒而栗。他看过这副颜色,这是她杀人的预警。

"还没有忘记啊?"她说。

"你的长相,很难让人忘记。"他的声音有些颤抖。

"你害怕了?——你在发抖。"

"你拿枪顶着我的头,是个人都会有反应。"

"这重逢的局面和你想象的不一样吧?"

"为什么?"连城问。

"问你啊。"她说,"你东窗事发了!"

连城一脸迷茫,浑然不知所以。

枪,慢慢从他眼帘下移开,她坐在了他的对面。

"我不想浪费彼此的时间,开门见山吧。"她说,"你交给我的速记名单,是假的。"

"假的?"连城瞪大了双眼,"不可能。"

"或许是半真半假。你从中做了手脚。"

"没有!"他很坚决地大喊,"我没有!"

他脸上挨了一枪托。

"你想把你邻居都喊来吗?""蝴蝶"的语调平缓,自己给自己斟了一杯茶。

她喝了一口热茶,说,"你想过死吗?"

连城觉得浑身上下冰冷。

"我不太明白您的意思？"

"蝴蝶"叹了口气："我是来为你送行的。"

连城深吸一口气："您总得告诉我原因。"

"你交给我的76号'监视名单'和'处决名单'里，全都是军统和中统的秘密人员。"

"有什么不对？"

"问得好！""蝴蝶"眼光一寒，"共产党都去哪儿了？"

连城心里一惊。

"你不会告诉我，76号只抓国民党特工，不抓红色特工吧？"

连城无从解释，顿时脸色仓皇。

"只有一种解释，你知道名单上谁是共产党，你刻意把他们给抹掉了。"

"不，不是的。我为什么要这样做？"

"因为你是共产党！"她几乎是一字一顿地说出来的，连城头顶轰然，两眼冒金星，这句话的力量胜过了打他的一枪托。

"蝴蝶"依然没有放过他的意思，她继续说："因为你是共产党，所以，你替你自己的组织隐瞒了真相，你保护了他们，免于中共上海地下党暴露在军统、抑或是中统的名单上。我没有说错吧？你是披着两张皮的双面人，也许还不止双面……"她在观察他，"你得把你的真实情况一五一十地都告诉我，否则，你只有一个地方可以去，地狱。"

"我不知道你在说什么，我说的都是真话。那份名单真真切切是我从76号保险柜得来的，我根本没有时间去更改一字，你不能冤枉我……"

"这是你最后的机会。"

第十章 勇闯魔窟

枪，重新举起来了。

"不，不，等等，等等。要么，就是保险柜的情报被人换过了，要么，就是我找的名单不全，要么不是这条走廊，要么走廊的方向错了。"

"你说什么？"她的目光诡异起来。

他抓住了她这一瞬间的犹豫："要么，是你记错了，要么，是你的情报来源错了。"

"你是在求生吧？也许，是我搞错了，但是，现在我们是在敌后，我没有时间来替你辨是非，我杀了你，至多有矫枉过正之嫌，我要不杀你，我就有性命之虞。"

"你草菅人命！"

"军统家法下的屈死鬼不多你一个！"

他清晰地听到了拉枪栓的声音。

"等等，等等。"他在恳求。

"蝴蝶"沉默片刻，说："对你执行家法，我不能不表示一点遗憾！"她冰冷的枪管顶上他的喉管。

巨大的恐惧感弥散到连城浑身上下每一个毛孔，连城本能地意识到，留给自己的时间所剩无几，是在沉默中死亡，还是垂死挣扎？

不能坐以待毙。

他选择以作死的姿态破局！

"我知道为什么了！"连城怪叫了一声，声音喊破了，撕裂出绝望来。

"为什么？"

"我拿到的情报，早就被你调包了。你事先去过76号，你和詹小姐熟络，你有机会进入东楼，——我就觉得奇怪，为什么这么重要的名单,我轻而易举就得到了,是你,你先获取了真正的情报,你叫我去,是拿一份你早就拟好的文件。这样一来,你对军统局就可以顺利交差。我说不说'换色带'那句话,都没有关系,詹小姐死定了。对吧?明的,暗的,你都占据了绝对主动权。杀詹小姐,没了目击证人,派我拿情报,做你的替罪羊,杀了我,永绝后患。一箭三雕。所以,你才是那个——"

枪响了。

"蝴蝶"扣动了扳机。

砰的一声,子弹仿佛穿透了连城的咽喉,他一声惨叫,霍然惊醒!

他此时此刻就坐在安小静家里。

他从回忆回到现实。

一头冷汗,双目赤红,咽喉割裂般地疼。

连城摸摸额头,温度尚好。甫一抬眼,又吓了一跳,对面坐着的不是安小静,而是穿着大红苏绣蝴蝶旗袍的"女鬼"。

"嗨,连师,你梦魇了?"黄燕笑眯眯地朝他晃晃手。

"女鬼。"连城喃喃自语。

"你才是鬼呢,神神道道的。"黄燕说。

"你怎么会在这儿?"

"我和小静是好朋友,我过来蹭饭的。"

"安小静呢?"连城左右看看。

"在炒菜。"黄燕说。

果然,外边走廊上奏响着"锅碗瓢盆交响曲"。

连城转目盯着对面的黄燕,她那一身苏绣旗袍让连城产生出一大片淋漓鲜血的幻觉。尽管这血色下的女人颇为动人。

第十章 勇闯魔窟

黄燕，是谁？

他来到江城的第一天，她就以"朱曼丽"的身份跟自己碰面了；他在江城第一次执行杀人任务，她就以工艺员"黄燕"的身份掩护自己的行动，替自己善后了。现在，在他准备唤醒"蝴蝶"的关键时刻，她又以"蝴蝶"好友的身份来监视自己，窥视自己的一举一动。

她是军统？还是中统？甚至，她是不是公安？如果说，这身旗袍解释成偶然撞衫，那如何解释她自称"朱曼丽"，冒充一个死人来跟自己见面？她要是军统，或者是中统，她都不敢告发自己，她要真是公安，自己早成了砧板上的肉了。怕什么？

连城不想再克制下去了。他倏地站起来，一把薅住黄燕的衣领，直截了当地吼起来。

"把衣服脱下来。"

"你疯了！"

"我叫你把这身装神弄鬼的衣服脱下来！"连城眼睛发红，动作和言语都相当粗暴。

"你神经病啊！"黄燕丝毫没有一点畏惧，反而挺身向前。

"你真令我恶心。"

"你在梦游吗？"

"真想剥开你的皮看看，你到底是人还是鬼！"

她的扣子被他野蛮地扯裂了。

"我在你们眼里是傻子吗？"连城咆哮着。

"怎么敢？你是连总工的儿子，我是个小小的工艺员；你有单独的房间住，而我住的是集体宿舍。你一直高高在上地俯视我，不是吗？从过去到现在！"

"过去？"连城被她给噎住了，"你到底是谁？"

"朱曼丽是谁？"她反问。

"我不认识朱曼丽。"

"朱小姐呢？有没有印象？"

连城一阵晕厥，难受，他喘息，"究竟是谁在逼谁回忆？"

两个人的吵闹和纠缠，就像一锅烧开的粥，黏黏糊糊的，难分难解。

门打开了，一盘热气腾腾的大葱炒鸡蛋映入二人眼帘。连城瞪着一双血红的眼珠子看着安小静。

安小静整个人都是放松的，她气定神闲，目光中透着深切的关怀，举重若轻地笑笑："你俩在干吗？——是不是速度快了点？"

"发展神速。"连城呛回去一句。

"他喝了迷魂汤了。"黄燕一把推开连城，扣好扣子。

"对，"连城说，"刚喝完，很美味。"

"你什么意思？"安小静说。

"别装了，不觉得小儿科吗？"连城说，"你们给我下了药。——确切地说，就是你干的！"他直视安小静。

"茶里有迷幻剂。"他说，"你们，你们是一伙的。合起来玩我是吧？"

安小静转目对黄燕："你把他怎么了？"

黄燕几乎要跳起来："活天冤枉。是他先发神经的……"

"我第一天来就跟你碰了面！"连城说，"你穿成'她'的样子。"他一指安小静。

"什么叫'穿'成'她'的样子？"黄燕说。

"那旗袍！"

"旗袍上有名字吗?是件旗袍都属于她吗?"黄燕冷笑,"你要真以为是她的,你叫出她的名字来啊,她叫什么?啊?你叫出名来,看她答应不答应。"

"你不怕我把这件事公开吗?"连城眼光犀利起来,"我大哥就是保卫科的,你好好考虑考虑。"

"什么事啊?"黄燕的口吻瞬间变得天真无邪。

"我遇见'女鬼'的事。"

"我还以为是我帮你开鞋柜的事。"

"别威胁我。"

"开鞋柜?"安小静问。

"那是为了保护你!我孤身犯险!"连城转向安小静,"我把你当亲……"他迟疑了一下,改了一句,"当朋友,你不该这样对我。"

"什么朋友,是你一厢情愿吧?"安小静说得波澜不惊。

"你不想知道从前的你吗?"

"等等,"黄燕插话,"你们从前共过事?"

"我会慢慢地告诉你,你是谁,我是谁?——她是谁!"连城说。

"你之所以追求我,对我好,是因为我长得像'她'。"安小静说。

"谁?"连城说。

"你从前共过事的女人。"安小静说。

连城心底的酸楚一下涌上喉头。

"别装委屈,也别想得寸进尺。"安小静放高了音量,"你不就是想拉我下水吗?"

"你们声音小点,注意影响。"黄燕说。

"什么影响?"连城说这话的时候,眼睛死死地盯着安小静,有一种想哭的感觉,"你经验老到,占尽先机。我不是你的对手,我也没想过要成为你的敌人。我只想知道一件事,你是不是真的忘了我?"

他的眼眶湿润了。

安小静觉得自己的肠胃被割裂般疼,她第一次踌躇了。

"假如,我说假如我是你曾经爱过的人,我和你在一起没有未来;如果我不是那个人,我和你在一起,我仅仅就是一个替代品。第一,我不能没有未来;第二,我绝不做任何人的替代品。"

"谢谢你的坦诚。"他说。

连城向门口走去。

"你不吃饭了?"安小静问。

"不吃。"他在赌气。

安小静突然站到门口:"你要现在走了,以后别再指望我给你开门。"

"随你便。"连城推开她,出去了。

房间里,两个女人大眼瞪小眼。

"我都叫你不要过来了。"安小静在埋怨。

"我是来保护你的。"

砰的一声,房门又打开了,连城从桌上端走了一盘菜。

"我没买菜,食堂也关门了。"连城对安小静说,"我不会离开你的,照顾好自己。"

安小静和黄燕眼巴巴地看着他潇潇洒洒地把菜端走了。

房间里,一片祥和安静。

安小静坐下来,说:"什么情况?"

第十一章 一封死信

第十一章 一封死信

情况非常糟糕。

李嫂的尸体是在蜂窝煤堆里发现的。她脑壳瘪瘪的，手脚关节都脱了臼，仿佛一个破败的丑陋木偶。

连捷的目光投向周围忙碌的警察，还有愁眉苦脸的言明远与老金。楼道上下挤满了看热闹的人，到处是窃窃私语，整栋楼弥散着紧张诡异的气氛。

一切都是那么不真实，一切又都是真实的。就在公安的眼皮子底下发生的凶案。

"什么时候发现的？"连捷问言明远。

"今天晚上十一点左右。"

"敌特到底想干什么？制造混乱，散发恐怖，还是在仓皇逃窜中对同伙灭口？"连捷说。

"不清楚。"老金说，"也许是经过精心策划的，也许就是计划外的意外失手。"

"死者的身份弄清楚了吗？"连捷说。

"死者叫'朱曼丽'。"言明远的声调有些怪异，以至于连捷听到这个名字后，浑身上下有点起鸡皮疙瘩。

"留香街第3弄27号的住户表格上，姓名一栏填的就是朱曼丽，照片就是死者本人。"言明远补充了一句。

"见怪不怪了。"老金说。

连捷朝言明远和老金做了一个手势,三个人聚拢来。

"我们需要冷静地开一个碰头会。"连捷说。

W研究所3号楼档案管理室里,"蝴蝶"专案组成员到齐,小田依然是负责会议记录和斟茶倒水。只不过大纸板上多贴了一张27号户主"朱曼丽"的照片,这样一来,就有三张醒目的死亡照片搁在了一块。

连捷在主持会议。

"一个是从上海来江城上班的,自称是'朱曼丽'的女人,死了;一个是从上海押到江城,来指认'蝴蝶'的特务'蝙蝠',死了;一个是与'朱曼丽'住址有关的看门人,也死了。很明显,'蝴蝶'就在我们身边。"

连捷言下之意,敌特的威胁越来越近了。如何有效地控制敌人的猖獗反扑,这个严峻的问题摆在每一个专案小组成员的面前。

"表面上看来,这三起案件是独立的,并无直接关联。但是,我可以负责任地说,我认为这三起案件有牵连,甚至于,这三个案子有可能是同一个人做的。"连捷说。

"同一个人吗?"老金持怀疑态度。

"我说的是可能,不排除这种可能性,就算不是一个人做的,我始终认为有一个人一直在现场配合。"

"杀第一个死者的凶手,沉着冷静,而且时间充裕,能够从容地埋尸体;杀'蝙蝠'的凶手能在仓促间果断逃生,绝对的杀手级别;而杀第三个死者的凶手,是彷徨不安的,因为我们的及时赶到,迫使他们迅速派出支援——就是故意给连莲假消息的人。这三起案件,作案手法迥异，所以我认为凶手不是同一个人，或者是一个人，但协助他的是一个小组。"言明远说，"一个组织严密，情报准确，攻防得当的小组。"

"同意。"老金附和。

连捷领会到了言明远另一层深意。

敌特不是孤军作战，他们在地下秘密集结，有指挥，有分工，有支援。

怎么才能找到敌特呢？

"我们不能总是迟一步。"言明远喃喃自语。

"除非我们换个角度看问题。"连捷说。

言明远抬眸看他："换什么人的角度，敌特吗？"

"对。换成他们的角度，也许比我们想象的要简单得多。"连捷说，"他们也会像我们一样去思考，而我们循规蹈矩太久了，忘了'秘密战线'的灵活性。"

"可以说得具体点吗？"老金终于提起了兴致。

"我们曾经做过'地下工作'，也曾经跟党组织失联。这种情况，敌特也会遇到，以'朱曼丽'为线索的一方，频频出事，恰好证明敌特有一组人处于失联状态。我们在'集中火力'找他们，而他们'到处开枪'在找他们的组织。"

"有道理。"言明远点头。

"从前我们在敌后失联，通常会在报纸上登广告来找组织。"老金插话。

"现在的报纸不像从前那样'花样繁多'，而且，对于登广告管理很严。"连捷在分析，"我想，敌特是不会冒这个风险的。"

"用电台呢？"言明远说。

"不是没有这种可能，但是，太危险。军工厂的群众警觉性非常高，你试着拉一根天线，马上就会被邻居看到。"连捷说。

大伙沉默下来。

"还剩一种笨办法。"连捷说。

言明远和老金都同时抬头看连捷。

"死信箱。"连捷说。

一石投池，激起无限涟漪。

被沉闷和焦虑笼罩的会议室立即通透舒适起来，仿佛有一股新鲜空气破空而来，一洗沮丧之气。

"我们必须马上对全厂的邮筒信箱进行全面检查。"连捷说。

"可是……"老金犹豫了一下说，"就算我们找到了无人查收的死信，我们也不可能知道是寄给谁的。"

"先找到信。"言明远说。

"前提是，得有那封'信'。"连捷说。

"事不宜迟，今晚就得行动。"言明远说。

老金倏地站起来，那样子马上就要出击。

连捷见状，赶紧一挥手："老金你坐下，你不用去，我们都不用去，只需要保卫科的同志去就可以了。第一，他们熟悉厂区地形地貌，第二，他们能准确找到散落在厂区各个角落的信箱，第三，他们都穿W所的职工工作服，不引人注目。"

连捷看了看屋子里的人，说："敌特现在非常敏感，他们的警惕性也因为这三起命案而空前提高。任何的风吹草动都会触及他们敏感的神经，一旦敌人疯狂起来，还会有人遇害，我不想再出现第四具尸体。"

大家听了，都颇以为然。

"今晚还有一件要紧事要做。"连捷看了小田一眼,小田会意,立刻给三人分发了两份文件。

"这是什么?"老金问。

"你先看。"连捷说,"我有一件事堵在心里好久了,就是一直没敢下定论。"他又踌躇了一下,"我觉得连城有问题。"

"什么问题?"言明远说,"作风问题就不必……"

"安小静被我们忽略了,不是吗?"连捷说。

言明远双眉一挑:"安小静?"

"原本我对连城的到来一直是持观望态度,我尽量往好的方面去想,毕竟是一家子骨肉,他到江城的第一天,在招待所就见到了所谓自称是朱曼丽的'女鬼'。他没有对我隐瞒什么,而是很坦诚地告诉我事情的经过,我也及时向言科长做了汇报。"

言明远点点头。

"接下来,连城在舞会上对W所职工安小静在行为上不轨,当然,这件事他也有合理解释,说是一见钟情,没有控制好情绪。"连捷说,"他姑且那么一说,我们姑且那么一听。第三件事,就是你们手中的文件,'蝙蝠'遇刺,除了我们几个人,厂里的职工都是不知情的。保卫科假借3号楼丢失科研文件一事,让全厂职工填了一张星期六和星期天的活动情况表,每张表都会有证明人一栏。"

言明远低头翻阅了一下文件:"连城和安小静在星期天活动一栏的证明人上,互相填了对方的名字。"

"而且还是第三起案件的案发时间。"连捷补充。

"头天还在喊连城流氓的安小静,第二天就跟连城约会?"言明远说,"这也太不符合情理了。除非……"

"除非彼此有非这样做的理由！什么事情让两个人在短短的24小时内化干戈为玉帛？除非是生死攸关！"

"你打算怎么做？"言明远问。

"连夜'软禁'连城。"

"以什么理由？"言明远再问。

连捷拿起一叠"蝙蝠"看过的照片："要他把'女鬼'认出来。"

"嗯，这个理由好，就算是'认不出来'，也要让他仔仔细细描绘出来，请画师替他画。"言明远说。

"对了。"老金插话了，"朱曼丽在上海的那个房东，叫董慧。就是她向上海市公安局提供的朱曼丽在江城的住址，基于她见过原上海化工学院的老师朱曼丽，我已经请求上海市公安局请她协助认人。"

"通过照片吗？"言明远问。

"是的。"老金答，"我准备和小田拿资料去上海，让她认人。"

"照片不一定认得出来。"连捷说，"敌特有可能是化妆的，多变的，不以真面目示人。请她过来吧，当面认！"

"对，人的面貌可以伪装，但是有些动作、习气是改变不了的，我同意，请房东过来。"言明远说。

"可是……"老金忽然语塞，"'蝙蝠'的事件会不会……"话音未落，连捷气得想开骂，但还是压住火气，说："你放心，老金，这次要再出了差池，我连捷的头割下来给你当球踢！"

走廊上微弱的灯光闪烁着，连城在睡梦中被厂保卫科的两名干事叫醒，迷迷糊糊地被他们带到了W研究所的3号楼。

随着楼层的上升，连城的心跳也加速了。他感觉到自己的步伐越来

第十一章 一封死信

越沉重，这时候做任何的反抗都是徒劳的。因为，带你来一定有带你来的原因。你反抗，证明你心里有鬼，你配合，反而让人觉得你坦然。所以，干脆装一个傻傻的可怜人。

几年前，在他另一段生命里，"蝴蝶"一直陪伴他，引领他，爱他。现在，为了回到从前，他冒死来到了江城。他可不想"出师未捷身先死"。

一杯热茶递到连城手上，连捷在他对面坐下来。

"大半夜的把你叫来，惊到你了吧？"话说得关切，还带着一丝温暖。

"大哥。"连城略带疑惑地看着连捷，昏暗的灯光下，房间里产生出一种压抑的不安感。

"你看上去压力很大。"连捷说。

"不是，我还没睡醒呢。什么要紧事你急成这样？非把人从热被窝里给拽起来。"连城在抱怨。

"是很重要的事。"

"出了什么事？"

"在留香街发生了一件凶案。"连捷看着连城的表情，连城傻乎乎的一副懵懂的样子。

"死者叫朱曼丽。"连捷说。

"朱曼丽？"连城有反应了。

"对。"

"又死了一个朱曼丽？"

"是。"

"——跟我有关系吗？"连城怯怯地问。

"有。"连捷速答。

连城露出不可置信的表情。

"你害怕了?"连捷问。

"你不怕吗?"连城答得巧妙。

"我怕什么?"

"闹'鬼'啊。"

连捷噗嗤一声笑了:"我是无神论者,不信这些个鬼啊神呐。不过,我们请你来,确实与'女鬼'有所关联。"

"什么关联?"

"你见过'女鬼'。"连捷提醒地,"在招待所,你是唯一见过她的人——那个自称是朱曼丽的女鬼。"

连城看上去有点战栗,其实,他心口悬的大石头却在瞬间落地。他们叫他来,不是因为安小静,而是"朱曼丽"。

"听着,接下来我要告诉你的事属于机关内保密内容。你曾经详尽地跟我说过你第一天到江城遇'鬼'的情形,你记得她的每一句话,记得她穿的苏绣蝴蝶旗袍,可是对于她的容貌你的描述却过于苍白……"

"当时停电了,她又披头散发的,我根本看不清楚她的脸。"

"你对当时的细节讲述得非常精准。"

"什么意思?"

"证明你当时心理素质一流,你一点也不惊惶,或者是害怕,你沉着冷静,从容不迫。"

"你什么意思!"

"人贵诚实。"连捷说。

连城仿佛瞬间就清醒了,不禁有些愤怨的情绪。

第十一章 一封死信

"原来如此。"连城冷笑了一声,"虽然,我和你做人做事,出发点不同,工作性质不同,不管怎么说,你是我大哥,首先我尊敬你,我也佩服你。——但是我不能因为佩服你,就去讨好你,承认一些我见所未见、闻所未闻的可怕事情。对吧?大哥。"他把"球"踢还给连捷。

连捷微笑:"你对问题倒是分析得头头是道,证明你心底很清楚我想要什么。你不是佩服我,你就是在讨好我!包括现在。是吧?兄弟。"

"你认为我是一个'春夏秋冬',随风转向的人吗?"

听了这话,连捷的脸色变了,铁青的一张脸,因休息不好一直深深地嵌在眼窝里的双眼顿时鼓了出来,冒着火星。

连城镇定自若地看着他,连城想,他为什么反应这么大?这根本就不像他,他像是另外一个人。

连捷忽觉失态,硬往回收已经不可能了。气势摆在那里,总要回旋一下,他稳稳地坐直了身躯,说:"万古纲常,昭昭在心。你是我的兄弟,我和你血脉相连,我不想和你成为敌人。"

"你不相信我。"连城说。

"你认为我有可能是你的敌人。"连城继续说。

"你假设我和那个'女鬼'有关联。"连城情绪激动,仿佛难以控制。

"你有吗?"连捷问。

"你一直认为我在撒谎!"

"我希望你支持我的调查!我不想让这条线索断了!"

"我讨厌你这副例行公事的嘴脸!"

"事情发展远比我们预料的还要快,我是在保护你,不想让你成为敌特下一个目标！"

"什么下一个？"

"死了三个了！你还不明白吗？"连捷咆哮起来。

连城哑口了，他显得惊惶不安。

"我想保护你，你见过'女鬼'，换句话说，你见过敌特。你知道这意味着什么吗？他们有可能对你下毒手。"

连城嗫嚅地说："那，那为什么当天不对我进行保护？"

连捷此刻情绪已经完全收敛了，他苦口婆心地说："怪我。怪我当初完全没有意识到这件事的可怕程度，也怪我忽略了这条至关重要的线索，我敢肯定的是，你那天见到的'女鬼'就隐藏在W研究所。短短几天，江城连发命案，他们真的做过头了。"他在观察连城的表情，"敌特蓄意采取极端残忍的杀人手段，我有理由怀疑，他们会针对你下手。"

"你在吓唬我吗？"

"你现在的处境高度危险。"

"你们，你们不采取行动吗？就这样，听之任之？"

连城这话问得极妙，这是在"恐惧的阴影"下套话。

"我们在行动，敌特再狡猾，那也是人不是？是人就会有七情六欲，是人就会有弱点。"连捷顿住了，"——如果我是你，我会更担心自己的安全。"

"我该怎么做？"

"事情解决前，你暂时不要上班。"

"你的意思，事情很快就能解决？"

连捷看着他："你反应真的很快。"

"我不上班，总要有个理由吧。"

第十一章 一封死信

"你被停职了。"

"为什么?"

"舞会上调戏女同志,影响恶劣。有群众反映,必须对你这种行为有所处罚。保卫科决定让你暂时停职反省几天。"

"群众?"连城问,"谁啊?"

"我。"连捷答。

"你?"

"我会请画师过来,替你把那个'女鬼'画出来。"连捷说,"这期间,你就住在这里,我在这里有一张床,你就在这儿睡。"

"凭什么?我要回家。"连城抗议。

"在'女鬼'落网前,你吃饭睡觉都不能出3号楼。"

连城此时此刻才知道自己被软禁了。

"我每天早上都要跑步。"

"忍着点。"

砰的一声,连捷把一架老式手摇唱机搁在了连城的面前,连城条件反射地一惊。

"你想干吗?"

"我想那个'女鬼'千方百计地把这个唱机送到你的房间,一定别有——"他想说"别有深意",话到嘴边,改了口,"别有目的。"

连捷摇了摇唱机:"说不定,这首曲子能让你想起点什么。"音乐咿咿呀呀地飘散开来:"好花不常开,好景不常在。愁堆解笑眉,泪洒相思带。今宵离别后,何日君再来……"

连城冷着脸:"我要是什么都想不起来呢?"

连捷展眉一笑:"我相信你,你是一个做任何事都能很快上手的人。"

"我被捕了吗？"连城平静地问。

言明远站在楼梯口等连捷，连捷一出来，言明远就问了一下连城的情况："他能接受吗？"

"完全不接受。"

"你很难受吧？"

"有一点。不过，他的表现令人难以捉摸。"

言明远领会到他的意思。

"那就先控制，再观察。"

"我真希望我对他的看法是错的。"连捷由衷而发，感叹了一声。作为慰藉，言明远拍了拍他的肩膀。

"查邮箱的同志回来了。"小田跑过来报告。

"有发现吗？"连捷和言明远几乎异口同声。

"有一封死信。"

"有具体收件人信息吗？"连捷问。

"有。收件人是朱曼丽。"小田答。

所谓"死信"就是因为地址不详、姓名有误而导致无法投递的信件。而这封死信是一直躺在3号楼邮筒里的。就在公安局、保卫科的眼皮子底下，敌特难道招摇至此？还是因为他们为了联系上更大的敌特，迫不得已，铤而走险？

死信——

江城W新型材料研究所3号楼

第十一章 一封死信

朱曼丽（收）

上海化工学院教务处

信中的内容很简单：

三表妹拟返江城工作，请大表姐帮忙打听一下W所哪个车间更加适合三表妹，希望学以致用。另有你房东曾到学校来找你，说你有私人物件存放她处，嘱我函告。并托三表妹给你带来物品清单，查收后，点检有无遗漏。

几个人看得面面相觑。

"点检？"言明远用询问的眼光看连捷。

"点检就是检查设备。"连捷解释，"车间里常用语。维持设备运转，发现问题，在计划时间内解决问题。"

"我觉得这个房东很重要。"言明远说。

"老金呢？"连捷问小田。

"他去联系上海公安局了，准备接房东过来。"

"但是，这信里的房东和上海那个房东，不知道是不是同一个人。"言明远思考了一下，"不排除敌人放烟幕弹的可能性。"

"其实，事情已经很明朗了。敌特'朱曼丽'一直隐藏在江城W研究所，不知道是什么缘故，导致这个'朱曼丽'与敌特组织失联。而这个人肯定掌握了敌特组织的核心机密，所以，无论境内还是境外的敌特势力都在不惜一切手段寻找她！"连捷说。

"我们下一步……"

"一是等待连城的'女鬼'画像；二是对这封死信全方位地'解密'；第三，也是最最重要的一点，接到朱曼丽在上海的房东，让她亲自指认她的房客。"

"还有一点，连莲在留香街遇到的那个敌特分子，也让连莲配合画师尽快完成画像，全城缉捕。"

"但愿我们比他们快。"连捷说。

"朱曼丽"是破案的唯一线索，连城想，江城的公安和W所保卫科在这一系列凶杀案发生后，迫切寻找"女鬼"的蛛丝马迹也在常理之中。

怀疑他，是肯定的；但是怀疑始终都是怀疑，要坐实他，必须要有强而有力的证据。而这证据，他们不但没有，反而向自己求证，这似乎是反向证明了，连捷说的话有一半是真的，他们的确想保护自己的安全。

连城眼光锐利地扫视着幽闭的房间，四面墙果然有"安全感"。墙外等待自己的到底是阳光，还是铁丝网，就要看自己的表现了。说出"女鬼"真相，彻底把黄燕交代出去，等于把安小静也出卖了，黄燕到底知道安小静多少，连城心里丝毫没底。胡乱说一个模糊的"女鬼"，公安又不是傻子，他们几乎非常确定"女鬼"就在W所，等着"按图索骥"，你认真，起码有脱困的希望，你糊弄，那就是自寻死路。

连城感到进退两难。

事情不那么简单。

也许，自己已经暴露了。如果是这样，他和安小静共同填的证明表

第十一章 一封死信

格,就是一个巨大的陷阱。连城顿时自责起来。安小静犯这样的错,犹可恕,她失忆了,她丧失了特工的敏锐。自己又没有失忆,为什么蠢到听信刘冠霖的话,跟安小静互相证明?自己哪怕填一个在屋子里睡觉,在街上瞎逛,填个街头挑担子卖麻糖的老汉作证明人,也比现在强十倍。一时间连城懊恼起来,恨不得把自己当柴劈了。

老唱机的指针转动着,软绵绵的音符跳跃着,让连城越来越压抑,越来越无法喘息,那充满回忆情愫的音乐,到底是自己内心深处的眷念还是想逃离的恐惧?他根本无法判断。

就在这个时候,小田进来了,送来了热茶,客客气气地给他拿来了纸和笔,说先请他描绘"女鬼"一个大概模样,画师明天就会过来。

连城趁机跟小田说,自己头痛病犯了,请小田帮自己去医务室拿药。小田立刻就答应了。小田的这个表现,让连城意识到自己还有一线生机。

茶,飘荡着袅袅细烟,喝下去,口感颇佳,让连城感觉神清气爽。

那么,接下来如何描绘那个"女鬼"呢?

"证据"有好的,就会有坏的。

连城考虑良久,决定给出一个"坏的证据",使其成为公安眼中的"好证据",因为"坏的证据"具有一种强烈的欺骗性。要达到这种要求,就必须给出表面令人信服的东西,所以,这张画像一定有所"具象性"。

这个"女鬼",她应该像谁呢?或者说,她是谁?

连城烦躁且随意地翻了几页白纸,一行小字招摇地映入眼帘——"还记得你的犹太房东吗?"

连城的瞳孔放光,心跳加速,一股血气直往脑门上冲,脑袋里嗡嗡作响，只觉得四面墙天旋地转。

这句话不言而喻，有人直接对"证据"下达了指令。公安局内部有自己人。

犹太房东？

连城闭上双眼，冥想起来。

时光流转，1942年，上海。

砰的一声，很闷，很显然枪口上了消声器。

子弹从连城的脖颈边上掠过，他一声惨叫，大汗淋漓。

子弹壳跳跃着落在地上。

一种朦胧的光影笼罩着他惨白的面庞，他发现自己依然有感觉，换句话说，自己仍活着。连城清晰地听到了自己的心跳声和呼吸声。

他浑身上下湿透了，仿佛脱了一层皮，那种残忍的濒临死亡的状态，极度恐惧造成的短暂窒息，让他虚脱得像一摊泥。

他熬过了人在生死之间最脆弱的临界点，没有受伤，内心却留下惊骇的阴影。

"蝴蝶"动作娴熟地取下消声器，退出弹匣，退出子弹："反应不错，很坚强。"

连城的青筋几乎要爆起来。

"蝴蝶"点上一支烟，吸了一口，递到连城唇边，说："深呼吸，稳住了。控制好情绪。"

连城大口地喘着粗气，嘴上叼住了烟，深吸一口。"蝴蝶"把香烟从他嘴边移开，优雅地把香烟拿在手上。

"给我松开。"

第十一章 一封死信

"蝴蝶"回望他一眼:"再等一会儿。"

"等什么?"

"等你消消火。"

连城气得脸色青紫。

"对不起啊,我吓到你了。总部怀疑有内鬼,我是奉命来执行问话的。"

"你是问话吗?你这是'枪毙'!"

"干我们这一行,不可能总是墨守成规。"她一边说,一边开始脱鞋子,脱外套。

连城惊愕地看着她,"你干吗?"

"蝴蝶"笑笑,"你害怕了?"

"我死都不怕!"

"蝴蝶"点点头:"好样的。"她倏地从腰间拔出一把雪亮的匕首来,连城竭力地控制自己的呼吸,他不知道这个"神经病"下一个动作是什么。

嘣的一声,捆绑连城的绳子断了,绳索从连城胸前滑落。

连城站起来,活动活动手腕。一阵窸窸窣窣的声音从他背后传来,那是"蝴蝶"在换衣服。他不盲动,等着她走到自己前面来,他不会袭击她,他一定要正面挥拳揍她!

当她化好妆,很率性地站在他面前的时候,他又蒙了,脸上一片讶异之色。

"你觉得怎么样?"她问。

"什么怎么样?"

"看我。"

"我看不见。"

"我站在你面前,而你视而不见。这样对上司讲话可不好。"

"想听真话?"

"当然。"

"你精神是否正常,我看不到。"

"蝴蝶"开心一笑,这笑容里多少带点赞许连城的幽默。

"孕妇可以让人放松警惕。"她用手拍了拍挺着的"大肚子"说,"还可以藏武器。"

"有行动?"

"答对了。"

一张日本军官的照片映入连城眼帘。

"看清楚了。"

连城点点头。

又一张清晰的汽车照片递过来。

"记住车牌。"

连城又点点头。

"蝴蝶"掏出一个打火机,焚烧照片:"目标,赤木三郎,日本驻上海工部局警务处处长,剑道世家。今天下午两点左右,他会带着他怀孕的妻子去春和医院做产检,我们在愚园路和地丰路交界处解决他。"

"就我们俩?"

"就我们俩。你负责在前面开枪,我负责在后面补枪。事成后,分开走。其他的不用我教了吧。"

"如果……"他迟疑了片刻,"如果失败了……"

"你记着,今天下午,不是赤木三郎横尸街头,就是我俩为国尽忠。"

连城被她的一脸正气给感染了。

原本是想举起揍她的拳头,瞬间变成笔直立正的军姿:"是,长官。"

"行动代号:第二回合。"

"这代号取得像我俩过招。"

"蝴蝶"莞尔一笑:"是磨合。"

"情报来源可靠吗?"连城问。

"高度可靠。"她说,"从现在开始,到刺杀任务完成,你不能跟除我之外的任何人交流。"

"现在生效?"

"即刻生效。"话音未落,就听得木楼梯上传来一阵脚步声。

房东太太一边上楼一边说:"连先生啊,喔哟,我楼下水管又堵了,您有空吗?帮我弄弄啊。连先生,在家吗?"

"在家。"连城笑盈盈地推门而出。

房东太太长着一副非常立体的五官,一双黑色的眼睛,一头棕黑色的头发,眉骨突兀,鹰钩鼻,虽然是犹太人,但是浑身上下散发着上海人的味道。

连城跟她一边闲聊,一边一起下楼。

"蝴蝶"在楼上的窗帘边瞟了一眼。

一切按计划进行。

下午两点左右,太阳光白晃晃的颇有些刺目,愚园路与地丰路交界处行人稀少,基本上没有车辆通行,这让"目标"异常醒目。

是个狙击的好地方，连城想。

杀气像一股冷风掠过街道，阳光仿佛一把刀穿透两旁树木，连城感觉一股热辣辣的血气直冲到脑门，他吞咽着口水，缓解自己紧张的情绪。

车来了。

车牌正确。

连城此刻就站在树荫下，枪就握在手上。

一个脸上有麻子的"中年孕妇"突然横穿马路，司机一边用日语咒骂着一边按着汽车喇叭，车速明显减缓下来。

说时迟那时快，连城斜冲上来，一枪就打中了赤木，再一枪打死司机，车里传来女人的尖叫声。

接下来发生的事，让连城震惊，中枪的赤木竟然一下挺身拔枪，枪指连城。

枪响了。

"中年孕妇"站在车尾处开枪，一枪打中赤木的手腕，一枪打中赤木的后背，然后头也不回地直接撤离现场。

连城心里实在是佩服"蝴蝶"。打完就走，绝不拖泥带水，自信满满，潇潇洒洒，进退自如。

紧接着，远处有警哨声传来，行人都在四处逃窜，连城把手枪扔进树丛，沿着一排树木迅速离开。

他身后留下了一片混乱的世界和无限刺耳的噪声，而这噪声传入连城的耳中无疑是一曲天籁，一曲绵延不绝的战斗者之歌。

由于愚园路与地丰路交界处发生枪战，很多路口都被日本宪兵和伪警察封锁了，连城压低帽檐走到忆定盘路，就看见有穿警察制服的人在拉路障，忽然，一辆救护车擦肩而过，连城赫然发现"蝴蝶"坐在车

第十一章 一封死信

上,她依旧是一张麻子脸,调皮地向他眨眨眼。

救护车呼啸而去。

此时此刻,连城想起了"蝴蝶"的嘱咐,"我们付出的行动必须是有效的,有力量的。而在有效的行动中保护好自己,才是最佳搭档。"

他眼见以事发点为中心的包围圈就要铺开了,立即向春和医院的方向走去。因为医院是各色人等都能聚集的地方。

他在春和医院门口,意外地碰到了犹太房东,她正带着感冒发烧的小女儿看病出来,连城赶紧上前搭讪,殷勤地抱起房东的女儿,上了一辆黄包车,一路经由警察的盘查、放行,安全回家。

连城一进家门,就愣住了。他看见"蝴蝶"正在房间里切蛋糕。

她头也不抬地指挥连城去拿小碟子,告诉他,咖啡也煮好了。

连城真的快疯了。

"你搞出这么大的动静,居然在家煮咖啡,切蛋糕。你,你怎么回来的?比我还快?"他问。

"我去凯司令专门为你买的蛋糕,庆祝一下。"她喜滋滋地答非所问。

"庆祝什么?"

"赤木三郎被击毙。"

"你得到确切消息了?"连城心里也很激动。

她点点头:"你枪法好,不过,武器的威力差了点。"

"看到他突然坐起来,我真的吓了一跳。"

"嗯,他那是强弩之末。"

连城明白,"蝴蝶"背后的补枪,撕裂了"目标"的内脏和血管。他联想到赤木喷涌而出的鲜血,突然想吐,但是,他忍住了。

"那辆救护车是怎么回事？"他问。

"孕妇上救护车很正常啊。"她狡黠地说，"万一生在大街上可怎么好？"

连城站在窗边朝楼下看："房东太太呢？"

"什么房东太太？"

"房东太太恰恰出现在我需要她的地方。"他一边提示她，一边吃蛋糕。

"别把事情复杂化。"

"我只想问，她是不是你计划中的一步。"

"捕风捉影，对大家都不好。"她递给他一杯咖啡。

连城喝了一口，醇香扑鼻。

"去看电影吧。"她说。

连城险些被呛到。

"你不觉得我们应该培养一下感情吗？"

连城看着她姣好的面容，镇定了一下心神，说："谢谢，您很美，但是我不敢走近您。"

"为什么？"

"蝴蝶有毒。"

她噗嗤一笑："就是去看场电影，放松一下。劳逸结合嘛。"

"我觉得我一个人看电影更放松。"

"晚上七点钟，大光明电影院。"她亲切地拍了拍他的肩膀，说，"这是命令。"

"什么片子？"他问。

"《一夜风流》。"她答。

第十一章 一封死信

离刺杀事件五个小时不到,两个刺客就手挽手地去大光明电影院看电影了。连城认为观影过程中,可能会发生什么意外,所以,他时时刻刻悬心准备着配合她的行动。结果,没有任何事情发生,这《一夜风流》看得连城是一场虚惊。

电影散场后,天空开始下雨了。

这雨下的,说大不大,说小不小,淋回去肯定会湿透。电影院门口的小柜台,不仅有卖零食的,还有租伞的,"蝴蝶"叫连城去租把伞,她在台阶处等他。

连城去小柜台租伞,一毛钱一把伞,押金一块钱。等连城拿了伞,回身下台阶的时候,台阶上,竟空无一人。

雨丝飘散开来,空气中有一丝血腥气。

"蝴蝶"在行动。

而"蜘蛛"依旧在她的行动线上。

我又错了,连城想。

第十二章 特工本色

第十二章 特工本色

血红色,慢慢地在连城的眼眸下放大。

不是血,而是一杯红茶。

连城醒了。

日上三竿。

他倏地坐直了身体,一动也不动,他的精神世界自由往返于过去和现实,他感觉有人给他下了药。药效几乎和在安小静家喝的那杯茶一模一样,他控制住自己的情绪,一把拿起桌上的那叠白纸来看,他的手停在半空中。

没有,白纸上全是空白,没有一丝痕迹。

"还记得你的犹太房东吗?"

没有这句警语。

白茫茫、空荡荡的一片。

连城想,自己是在做梦?还是有人在竭力帮助他造梦?

他的手握成拳,用力砸在书桌上。

"有什么事吗?"小田一脸堆笑,闻声而入,"你醒了。想吃点什么?"

小田语气和缓,这让连城暂时放心,也许,现在的自己还没有被严格监管。

"画师呢?"

"画师？哦，今天连科长可能顾不上请画师了，他们有其他的工作。"

"更重要的工作？"连城问。

小田笑笑，算是作答。

"我要上个洗手间。"连城说。

"在走廊右边。"小田说，"洗漱用品也给你准备好了，洗漱间就在开水房旁边。"

连城点点头，忽而一指茶杯。

"这茶，好像有问题。"连城的疑问，不似探询，很尖锐。

"啊？什么问题？"

"有人给我下了迷幻药。"

"啊？迷幻药？绝对不可能。这茶是我亲手泡的。"小田一脸茫然，他还特意补充了一句，"昨天除了我，没人进过你房间。"

"所以你嫌疑最大。"连城不客气地说。

"我，我有什么理由要……要害你啊。"

"真的不是你？"

"当然不是。"

"你说没问题，你能证明给我看吗？"连城冷眼扫了一下半杯剩茶。

这是强人所难。

小田却表现得一点不含糊，不就是半杯剩茶吗？小田走过来，举起茶杯，就要一口气喝下去，就在这一抬手之间，连城突袭般把半杯剩茶抢到手中，动作敏捷到令小田错愕。

连城噗地一笑："好了，我相信你。"他把茶杯放下，"我去洗漱了。"

等连城出了门，小田才反应过来。

他浑浑噩噩地想着，连城是怎么把茶杯从自己手上抢过去的呢？

小田的手心不自觉地渗出汗来。

连城在洗手间里听得走廊上一阵骚动。他迅速进入厕所的隔间，关上门。

果然，他所料不差，有两三个人进来上厕所。

他隐隐约约听到这几句话。

"把厂后门关掉，不怕职工疑心吗？有些人天天下班习惯了走后门。"

"就今天中午。等连科长办完事，就恢复正常。"

"——你知道内情吗？"

"不知道。"

"看我干吗？我真不知道。"

"你肯定知道。"

"我不知道。"

他们说着说着就出去了。

连城知道了。

出事了！

昨天夜里有人示警"犹太房东"，今天中午下班会关闭厂后门，让所有的职工从前门进出，意味着有人来了，这个人曾经见过"蝴蝶"，来指认她了。

是不是有人故意输送消息，或者有某种巧合？连捷他们到底在酝酿什么？整个事件都显得异常吊诡。而犹太房东成为整个事件的关键转折点。

连城心中不祥的预感得到了印证。

"蝴蝶"危矣。

连城双眼盯着洗手间的一面镜子看，他从口袋里掏出一条手绢，右手握拳，用手帕包裹住，对准镜子的一角，一拳砸下去，镜角开裂，落下碎片，连城把落地的碎片捡起来，擦拭干净，放进口袋里，用清水洗干净拳头上的血迹，从容不迫地走出洗手间。

走廊上很安静，楼梯口有警卫。

连城想，今天早上要想走出去，不大可能。也只有一条路可走了，冒险示警。

上午十点半，连城和小田一起吃了一个早午饭，为了让小田对自己放心，连城主动提出，今天中午争取回忆起那个"女鬼"的具体特征，好配合画师完成画像，叫小田不要打扰自己，小田非常配合，说连捷科长下午一定会带画师来，让连城一定安心。

W研究所的接待室里坐着连莲和连捷，他们在等言明远和老金接房东过来。说来也是凑巧，研究所外请了一名材料专家，从上海飞江城。上海市公安局紧急联系了机场，就把上海的房东给一起捎来了。

这对连捷等人来讲，就是及时雨。

"放心吧，她一定会帮我们找到'蝴蝶'的。"连捷说。

连莲有点木讷地低着头，眉宇间笼罩着一层愁云，自从那天在留香街遇到假民警，放走了"蝴蝶"后，她就一直自哀自怨，总觉得自己犯了大错，对不起大家。

她就这样一直想着，眼眶里又开始湿漉漉地泛起泪光来。

"工作中有失误是难免的……"

"我知道，我错了。"连莲抢先说，"我……是我放走了敌特。"

"连莲，作为一个优秀的情报人员，你除了对工作的负责和热爱，还必须承受工作中的失败所带来的挫折感，所幸这次任务的失败并没有带来人员的伤亡。"

连莲瞪大了眼。

"你不要以为放走了特务就是最大的失败，如果在行动中，因为你个人失误造成人员的伤亡，这才是难以挽回的失败。而作为一个合格的公安人员，你必须有承担痛苦和代价的勇气。"

连莲点点头。

"还有，"连捷的神态严肃起来，"你都两天没下厨了。妈妈炒的菜没有你做的好吃。"

"啊？"连莲一愣。

"还有，你别指望我做饭，我的炒菜技术一直没有过关。"

听了他这话，连莲破涕为笑。

连捷拍了拍妹妹的肩膀："有很多时候，比起我自己，我其实更相信你的判断。"

"可我的判断是错的。"连莲抽了抽鼻子。

"你怎么知道一定是错呢？"连捷笑了笑，"事实上，你是自救。你要真的和'蝴蝶'面对面了……"

听话听音。

连莲忽然有些后怕起来，只是，她是绝不肯承认的。

"我要真的和敌特面对面了，我一定抓住他！"她昂起头，握紧拳头，脸色潮红，连头发丝都挺拔起来。

"说得好！"言明远从外面走进来，"房东到了。"

连捷和连莲一起站起来，老金领着一个穿旗袍的女人出现了。连捷惊讶地转头望言明远,"她……"

对。

房东是一个外国人。

"外国人……"连捷说。

"我爸爸是法国犹太人,我妈妈是中国上海人,我是中国国籍的犹太人。"她说,"我叫董慧,上海公安局请我来协助你们办案。"房东说着一嘴流利的上海普通话,连捷顿时安心了。紧接着就是大家一通彼此介绍。

连捷为了让房东积极配合,跟她严肃地讲了找出"朱曼丽"的必要性。

"我是党员。"董慧说,"日伪时期就是了。"

言下之意,请党组织放心。

"你是共产国际?"连捷问。

"不,中共地下党。"她答得铿锵有力。

连捷和老金、言明远对视了一下。言明远瞬间就懂了:"你还是带来了。"

"对。"连捷从口袋里拿出一张照片,他的手掌向董慧倾斜。董慧的目光突然辉射。

连捷第一次觉得,自己离"蝴蝶",只有一步之遥!

"你和董慧同志守在这里,继续辨认。"连捷对言明远说。他言下之意是,只要房东能辨认出从前在上海和"蝴蝶"来往过的人,都有敌特嫌疑,"我和老金进去。"

"好,注意安全。"言明远说,"尽量不要搞出大动静,悄悄地把人带到公安局。"

突兀的眉骨，鹰钩鼻，猩红的小嘴。一个外国女人的肖像跃然纸上。很显然，局部的轮廓俨然压倒了全貌的展现。

连城画完了犹太房东的概貌。

厂区的高音喇叭里开始播放下班的乐曲了。

下班的人潮从各个门楼里涌出。

连城和安小静同在3号楼，他却不能下楼通知她撤退。他感觉等待她的时间特别漫长，特别难熬。

连城全神贯注地站在窗前等待着。他的心提到了嗓子眼，他的嘴角下意识地紧绷着，他手上握着那一枚救命的碎镜片，额上的汗珠细细密密地渗出。相信自己，相信'蝴蝶'，他想，赌一赌运气吧，唯此一途，别无选择。

安小静出现了。

她步履轻盈地走出3号楼。

2号楼里，很多工人涌出来，黄燕和安小静迎面碰上。

"忙吗？"黄燕问。

"忙得差点下不了班。"安小静说。

"是6号工程吗？"

"对啊，好多蓝图要换。"

黄燕一下绕到安小静前面，面对着她，退着向前走："别以为我没看见。"

"什么？"

"你换新发型了，嗯，你是打算谈恋爱吗？"

"无可奉告。"

"别那么嚣张嘛。"黄燕眯眯笑。

二人正说笑，一束光，不偏不倚地射在安小静的脸上、眼眸上，仿佛挑衅一样狠狠地缠在她周围，肆意地照射。

楼上的连城利用手里的镜片将正午的阳光，准确无误地投射到安小静身上。刹那间，安小静意识到了什么。连城从她犹疑的脚步，低头的姿态就知道，她懂了。一种难以形容的感觉涌上连城心头，他下意识地认为"蝴蝶"没有失忆。这个奇怪的念头一旦燃起，顿时让他起了一身鸡皮疙瘩。

安小静走得很慢，她微笑着，阳光下，她能感觉到前面的路十分"阴暗"。

"黄燕，把你办公室的钥匙给我。"她说。

"啊？"黄燕疑惑地看着她。

安小静一抬头："我有一份文件忘在2号楼了。你先走，别等我了。"

黄燕有点狐疑地把钥匙给了安小静，安小静冲她一乐："想听闲话，晚上说。"

黄燕也乐了。

安小静稳住步伐，不慌不忙，一边冲黄燕摆手，一边往回走，径直走向2号楼。

下班的人头攒动，工人们在厂房路口汇集成密密麻麻的人流，连捷和老金带着几名公安逆流而行，尽管他们走的速度尽量保持正常，还是引起了部分职工的注意。其中包括史云帆、姜海涛，还有刘冠霖。

连城心里很清楚，安小静去2号楼的目的，是要知道自己到底出了什么事，因为2号楼和3号楼是面对面的，只要安小静到了2号楼的第四层楼，她就可以通过窗户看到连城。

果不出其然。安小静站到了2号楼第三层楼的一个窗口前，没有关系，这个角度也能看到连城。

连城冲着对面楼上的安小静展开了一幅画，那是用钢笔墨水勾勒出的，突兀的眉骨，鹰钩鼻，猩红的小嘴。

安小静看到了。

她冲着连城做了一个手势——"你不要动，我来解决。"

双方配合默契，是战争年代给他俩留下的"天赋"。

连城整个人的血液都要喷涌而出了。

"我们一起逃。"连城向安小静做了一个手势。

"服从命令！"安小静干净利落地用手语结束了谈话。

服从命令！

安小静以上司的口吻向自己发号施令了。连城的眼泪夺眶而出，他相信，"蝴蝶"可以自救！

安小静穿着工作服走到二楼走廊的时候，看到了连捷。

连捷和老金此刻离安小静只有不到二十米的距离，连捷向另外两名公安使了个眼色，四个人向安小静靠拢。

安小静回头看看走廊一侧，门口钉着一块红色搪瓷牌"风淋室"。

风淋室是洁净装配车间的配套设备，用于吹除进入洁净间的人和携带的物品附着的灰尘，同时风淋室也起汽闸作用，防止未经净化的空气进入洁净领域，是进行人身净化和防止室外空气污染洁净区的有效装置。

安小静成竹在胸，她直接拐进去了。进风淋室必须穿工作服，戴工作帽，连捷等人赶紧钻进更衣室。

时不我待，老金直接从更衣室里正在换工作服的人身上扒了一件工作服套上。

安小静走进风淋间。她伸手刚要关门，忽然挤进来两个人，也都穿着工作服，安小静很安静地往后退，让他们站在自己前面。

是老金和一名公安。连捷跑过来的时候，风淋间的门关上了。

连捷的脸正对着老金的脸。二人用眼神交流了一下。连捷转身跑了。

"吹淋"开始了，风速很快。

安小静突然发难，飞起一脚踹到站在前面的老金腰上，老金整个人摔倒，脸撞到风淋室的玻璃上，当时额头上的血就流出来了。另一个公安举拳就打，安小静让过拳风，再恶狠狠回敬几拳，拳拳到位。两个大男人完全没想到，她会在风淋室动手，老金先是在不防备的情况下，被袭击到脸部抽搐，紧接着在还击中，被安小静扎到腹部，原来她手上握着一把尖锐的特制镊子，老金被刺，重心不稳，两个男人在幽闭的空间里来回跌撞，竟被她打趴下了。

15秒。

风淋门大开。

安小静迅速进入超净间。

年轻公安鼻青脸肿，老金按着肚子，两人被安小静反锁在风淋间，再次"吹淋"。他们两个拼命拍打着玻璃窗。因为是午饭时间，工人们都去吃饭了，并没有人及时来开门。

安小静像旋风一样行动了。

穿行在实验室之间，对于安小静来说如入无人之境。她熟悉2号楼每一个角落，知道办公室和工作间相连的每一道内穿门。

第十二章 特工本色

安小静几乎能听见上下楼有人奔跑的脚步声,她穿过一条狭长的走廊,走进热测室。

"站着,别动!"连捷大声喊着。他满头大汗和两名公安从另一侧入口冲了过来。

"站着,别动!"这句话是安小静说的,气脉贯注,镇定且具有威慑力。

连捷等人果然不敢动了。

安小静手上拿着打毛刺的电极。工作台轰轰作响。

"'蝴蝶',你已经暴露了。负隅顽抗有意义吗?"连捷说。

"我听不懂你在说什么。"安小静说。

"听不懂,你跑什么?"

"我不跑,难道等着你们来陷害我?"

"你欺骗了所有的人——"

"我没有骗过人!"

"也许你连自己都骗!"

"别过来!"安小静厉喝。

"我不相信你敢乱来,六千伏高压……"

说时迟那时快,安小静放下电极在金属管上,一簇火苗炸起,铁花如喷泉四溅,带着闪耀的火星,如奔流直扑连捷面门。

大电源发出撕裂的炸响声!

电闪飞花,虽然减弱了追捕的气势,但这丝毫没有影响到连捷兴奋的心情,因为"蝴蝶"终于现形了!

连捷尽力躲闪,举枪要打。

"前面就有氢气炉!"安小静说,"有胆量就开枪!"

连捷迟疑了。

安小静朝他微微一笑，紧接着她快如疾风，势如闪电，动如脱兔，轻如狸猫般，身子一矮，钻到桌子底下去了，这下连捷等人彻底傻眼了。

因为热测组的桌子不是普通的办公桌，而是数十张长桌子拼接而成，方便工人师傅们搭建系统、放置金属管、连接大电源，桌子底下更是天线、地线、无数电极线盘根错节，所有的线头对于不懂行的人来说，都是潜在的危险。

连捷刚俯身钻进去，就听得噼啪一声，先钻进去的一名公安被电极打中了，那人大喊一声，身体抽搐了一下。

连捷不敢恋战，先站出来，耳边犹听得一声清脆的女声："不用怕，是被反射极打了。"连捷反应过来。

晚了。

安小静站在了他身后，一把尖锐的镊子深深地扎在他颈部，陷进肉里。稍一用力，他的大动脉就会破裂，人就会报销。

"做个交易，怎么样？"安小静轻言细语，实则杀气逼人。

连捷的颈动脉暴突跳跃，他的颈部肌肉绷紧了。"我不跟敌特谈判。"他说。

此时此刻，负伤的老金带着人也赶来了，一片肃杀，公安人员对安小静形成包围之势。

"不是谈判，是我配合你，达成你之所愿。——前提是你先放我走。"安小静音调略有上扬。

"你看你走得出去吗？"连捷冷笑着。

"最近烧氢炉的氢气罩很不稳定呀。"安小静笑着说。

轰的一声炸响，整个房间都抖动了，几十扇玻璃窗的玻璃顿时就碎了，无数玻璃碴汹涌而出，工作间顶上的大型吊扇的一大片扇叶"咯噔噔"倾斜下坠，房间里所有人都不由自主地趴下。包括安小静和连捷，两个人的身体不约而同地卧倒，地面上一片衣服的摩擦声。

这一切都是正常的生理反应。

连捷能感觉到颈子上冷飕飕的镊子仍旧在，但是自身的危险解除了，因为这把镊子失去了力量。他正要爬起来，就听身后传来史云帆的声音："不要动，还有一次。趴下。"史云帆一边喊着这话，一边身体直直地趴在地上了。

果然，又是轰的一声，仿佛小地震般，众人捂着耳朵，趴在地上，一动不敢动。还好，这一次没有玻璃碴的倾泻，一大片扇叶在空中左突右甩下咣当落地，砸在工作台上，泛起金属火花。

等他们都站起来的时候，安小静早已没了踪影。连捷被彻底地激怒了，他隐秘的焦虑被现场抓捕的失败冲得干干净净。

"蝴蝶"在众目睽睽之下，冲决罗网，展翅高飞了。

她像个胜利者，完成了一次不可能完成的挑战。

"她应该还在厂里。"连捷说。

"搜查她的家，要快。"老金说完这句，身子一歪，砰的一声，倒下了。

血漫开一地。

2号楼实验室氢气罩爆炸，一场大乱，弄得尽人皆知。所幸爆炸的威力不大，没有造成更大的损失和人员伤亡。言明远并不清楚2号楼追捕"蝴蝶"的情况，但是，远在厂大门的他，清晰地听到了爆炸声，言明远的脸色铁青，他知道，肯定出事了。

很多工人往回跑，保卫科的战士们开始拉警戒线，暂时不让大家回厂房，言明远和连捷通过电话后，知道了事情的严重性，一边安排公安战士对安小静进行秘密追捕，一边出面安抚工人情绪。对外一致说法是有人中午加班的时候，操作不当，引起氢气罩爆炸的事故，请职工们少安毋躁，下午2号楼职工集体放假半天。

连捷问史云帆怎么会突然回车间，怎么会知道爆炸会有两次。史云帆说，自己去食堂的路上，想到早上装的波导系统有一个环节可能错了，赶紧回来重装，正巧碰上公安围捕安小静，他也很诧异，下巴差点没吓掉。氢气罩爆炸原来也发生过，自己有经验，第一下可能是炉内氢气不纯，造成爆鸣声，第二下则是氢气罩完全粉碎，炸开。史云帆一直庆幸这仅仅是氢气罩发生事故，要是氢气炉——后果不敢想象。连捷听了这话，也是感到这是不幸之中的万幸！心里反而没有先前那样狂躁了。老金被送往职工医院急救，所幸也无大碍。一切都不顺利，但是一切都很幸运。至少揭开了"蝴蝶"的伪装，真相很快就会到来。

3号楼里的连城，仿佛经历了一段炼狱考验，他的身体一会儿在火里，一会儿在水里，听着爆炸声起，他就推门往外冲！被小田和两名保卫科的干事好说歹说地拖住了。连城说，自己的办公楼发生事故，自己应该在第一线。小田劝他说，工厂事故由专门负责安全生产的人管理施救，连城现在最紧要的任务就是配合调查敌特。如果，爆炸事故是由敌特引起的，连城就更不能抛头露面了，这完全是出于对他安全的考虑，也是对厂、对党负责。

连城心里想着安小静的命令，也就温顺地服从了。他想着，"蝴蝶"应该有自己的退路，按照"蝴蝶"执行任务的惯例，都是格外不拘寻常章法，今天的逃逸，应该是她无数次演练过的结果。

第十二章 特工本色

她真的逃了吗？

这个问题在没有得到确切答案的时候，就会持续不断的反复折磨着连城。

下午三点，画师没有等来，犹太房东却来了。

连城终于看到了连捷。

连城和董慧相视的一刹那，连城知道，自己完了。他脸色苍白，站在原地，等待命运的审判。

带董慧来见连城，是连捷的主意。

言明远正为了董慧在厂门口一无所获而沮丧时，连捷来了。

"安小静肯定没有走远，甚至没有走出厂区。"连捷说，"氢气罩爆炸，肯定是人为因素，安小静在车间里有帮手。"

"你怀疑连城？"言明远说。

"连城被我困在3号楼，帮手应该不是他。可是，这并不能排除连城的嫌疑，如果，安小静和连城以前是认识的，我有理由相信，董慧同志能够认出他。"

董慧静静地站着听。

"我们不能再等了，现在老金在医院里，我去搜查安小静的家，你带董慧去见连城。"连捷说。

"你是连城的大哥，这层身份是有利于你攻破他心理防线的。"言明远说，"如果他真是敌特的话，希望在你的感召下他能够迷途知返。如果他不是敌特，跟安小静没有过往，你作为大哥，也要好好安抚一下他的情绪，毕竟他是归国华侨。我们不能让他受委屈。我马上去安小静的家进行全面搜查，还有在火车站、长途汽车站、旅馆布控，我就不相信，'蝴蝶'能够逃过人民群众撒下的天罗地网！"

连捷同意了:"我们没有时间可以浪费了!"

董慧和连城面对面地站着。

连捷在一旁察言观色。

"认识吗?"连捷问连城。

"不认识。"连城回答得很机械。

"不认识?你的眼神好像——"

"她长得像欧洲人。"连城低声说。

"我叫董慧,是上海人。"董慧向连城微笑。

"眼熟吗?"连捷问董慧。

"第一次见。"董慧答。

连城的心一下从心口放回心腔。不管怎么样,这个犹太房东在帮他。

"真的不认识?"连捷有点恍惚,仿佛抱着最后一丝希望,回顾二人,"以前没有见过吗?"

"为什么一定会见过?"连城反问。

"如果见过,我会认出来的。"董慧说,"我过目不忘。"

连捷哑火了。

"你们还需要了解什么情况吗?"董慧说。

"我们一会儿单独谈。"连捷说。

连莲过来把董慧安排到休息室去了。连捷跟连城说了几句"抱歉啊""辛苦啦""受累了"诸如此类的话,最后一句话,是让他回家补觉。

"2号楼,氢气罩爆炸,到底是怎么一回事?'女鬼'的画像不要了吗?为什么一会儿关我一会儿放我?外国女人来见我有什么特殊意义吗?大哥你今天的行动到底是什么?抓敌特吗?你怀疑我就是敌特吗?"

第十二章 特工本色

面对连城连珠炮似的诘问,连捷就是"嗯嗯哈哈"地应付,总之一句话,这件事属于保密范畴,短时间不能告诉连城真相,还有,安小静有重大敌特嫌疑,无论何时何地,发现她的踪影,必须马上向公安局或者厂保卫科报告。

连城的眼珠子瞪圆了,一脸迷茫。

连捷又好言好语地安抚了他一番,叫他不要背任何思想包袱,追求安小静的事跟抓捕敌特案件无关。不过,既然安小静已经暴露了身份,就千万不要对她再抱任何幻想了,要不然,就从头到脚被她给拉进臭泥塘,洗都洗不干净。

连城一脸哀怨无辜地看着连捷。

连捷嘱咐他,不要跟任何人提及见过"女鬼"的事,"女鬼"的画像还是要画的,当务之急是要马上找到安小静,所以,过两天再安排画像的事,叫他千万千万守密。连捷陪着他一起下楼,直至把他送出楼门。

连城抬眼望去,2号楼与3号楼之间,阳光温热,树叶招展,连天白云,云朵变幻多端,仿佛是"蝴蝶"在召唤自己,"不争而善胜,不言而善应,不召而自来"。看似仓促行动的遭遇战,却早是周密谋划过的。

连捷在整个抓捕行动中,只是"知其然",而连城却有一种"知其所以然"的快感。

"蝴蝶"找到了,他们可以团聚了。

不管她失忆与否,她这超然的行动力已经全盘复苏。

他心头一热,终于笑了。

厂区里地毯式搜索没有一刻停止,公安人员、保卫科干事和单位的积极分子们把厂里的上上下下、犄角旮旯彻底翻检了一遍,根本没有安小静半点影子。言明远对于安小静住所的搜查，同样毫无所获，除了日用品，没有一件可疑之物，更别说私藏秘密图纸了。

连捷对董慧的询问，并没有什么实质性效果。董慧只是告诉他，"朱曼丽"曾经是自己的房客，她对安小静这个名字完全陌生，说来说去都是朱曼丽，而且多是好话。什么善良、热情、不欠房租，乐于助人，等等。

"我对董慧同志的证词毫不怀疑。"连捷对言明远说。

"安小静隐藏得很深。"言明远说。"我们应该对安小静的原始档案进行彻查，比如她的假身份是怎么来的，她的假父母是谁，她顶替了谁。这个工作由小田同志负责，马上去安小静的原籍外调。"

连捷眼光一闪："叫连莲去。小田同志毕竟不是公安，地方上更相信公安局的同志。"

"行。"言明远拍板，"叫连莲配合小田的工作，明天就出发。"

连捷暗暗叹了口气。

言明远看着他："我知道你在想什么。'蝴蝶'就在我们身边，她肯定没有走远，但是，我们就是无法捕捉到她。"

"暂时的。"连捷说。

夜晚，机加厂房的房梁上，一辆内轨小车缓缓开动了。昏暗的车灯，滑行的车辆，安小静戴着机加师傅的工作帽，穿着工作服，熟练地把小车开到楼梯处。

她几乎在内轨小车上，目睹了多次搜查过程，没有人会在意头顶上还有一辆正在工作的小车，她来回滑动，巧妙地躲避搜查者的视线，利用房梁上的穿插轨道，或迂回旋转，或静止不动，直到夜深人静，安小

第十二章 特工本色

静安然下车，悄然消失在黑暗的机加走廊上。

车已经开出去了，谁都不知道终点在哪里。

第十三章 联欢晚会

第十三章 联欢晚会

"蝴蝶"暴露了。

同时,她成功地逃了。

连城一五一十地向刘冠霖讲述了今天中午他所知道的抓捕安小静的整个过程,刘冠霖听完后,发了一会儿呆。

"我们要想办法救她,"连城说,"她肯定还没走远,公安正在地毯式地搜查,我们必须抢先一步找到她。"

刘冠霖看着连城,终于慢慢地开口了:"我反而觉得我们的行动步骤要缓一缓。"

"缓一缓?"连城不解。

"当然。"

"这个节骨眼上,你要缓一缓?"

"我们需要时间。"刘冠霖说,"'蝴蝶'的出现是否和你的到来有关系?'蝴蝶'的行动能力恢复是否跟你有关?一个暴露的间谍能够在公安密布的天罗地网里成功脱逃,这,似乎是不可能的。"

"你,什么意思?"

"你得让我知道你的真实想法。"刘冠霖倏地盯着连城的眼睛看,"'蝴蝶'醒了吗?"连城有点蒙,刘冠霖继续说,"我们现在必须冷静地思考这个问题。"

"你渎职!"连城耐不住性子了,"你在想什么?你们千里迢迢把我从新加坡弄回来，为的就是要找到她，这些日子我都是怎么熬过来的，为了再见到她，我什么都肯做，现在，我找到她了，'蝴蝶'命在旦夕，你却要缓一缓！缓什么？'蝴蝶'就快折翼了，要是，要是公安先找到她，你让她怎么活？你让我怎么活？我要疯了，你是想让我好好地待在家里，什么都不做吗？"

"'蝴蝶'当时的命令，不也是叫你什么都不做吗？"刘冠霖冷静得出奇，"为什么你愿意执行她的命令，却不肯执行我的命令？我不得不提醒你一句，我才是你的顶头上司。"

连城愣住。

他的确执行了"蝴蝶"的命令："你不要动，我来解决。"

"你真的了解她吗？"刘冠霖问。

"我们是夫妻。"

"曾经是。"

"我爱她。"

"对，你想照顾她。你想回到过去。——我有一个想法，我觉得'蝴蝶'有点怪。"刘冠霖说，"如果，她真的失忆了，公安就算找到她了，她什么都不知道，绝对的零口供，对组织没什么伤害。如果，她没有失忆，那么，事情完全就会向另一个可怕的方向发展……"

"什么方向？"

"她根本就不是我们的人。"

仿佛一记重锤！连城心中一紧。

"我们必须弄清楚'蝴蝶'失忆的来龙去脉！她是否有过失忆，她是否恢复了记忆，她是否对你有重新的认识，这一切的一切解析清楚了，我们才会有清晰明确的答案。我知道这对你来说，不容易。"忽

第十三章 联欢晚会

然，刘冠霖意识到了什么，他双眸一暗，"我们现在根本就不该谈这个，不，不是，是根本就不该见面。"他迅捷地走到窗前，果然，路灯下有一个黑影在晃动。

"不可能。"连城喃喃自语，"我不是直接来的，我绕了花园，确定没有尾巴，才来的。"

刘冠霖悠悠地说："我信你。——现在'蝴蝶'的出现有了无限可能性。"

"蝴蝶"的身份大白于天下之后，连捷希望总结经验教训，再接再厉，拿下决胜局。小田和连莲迅速将安小静的档案调出阅读，安小静的档案非常简单，籍贯，年龄，某某学校毕业，父母双亡，孤家寡人一个。为了汇集情报，以利抓捕，小田和连莲连夜乘坐火车去安小静老家盱眙外调。

连捷和言明远一起去职工医院看望受伤的老金，顺带开个三人组会议。

"今天真是太丢脸了。"老金说，"玩了一辈子的鹰，反被鹰啄瞎了眼。"

"没有那么严重，老金，放宽心。"连捷在安慰他，"我也要检讨，我低估她了。每次讨论都误入歧途。"

"也不是特别糟糕。"言明远说，"我相信，我们和'蝴蝶'很快就会见面的。她跑不了。"三个人都开始吸烟，又开始了云山雾罩的谈话。

"——所有的旅馆、火车站、机场、长途客运站，包括出租楼房都派出了公安，安小静要想在江城生活下去，几乎不可能；要外逃，那也是'耗儿啃菜刀——死路一条'。"言明远说。

"我在想——"连捷说,"她肯定有一条好使的后备通道,所谓'狡兔三窟'。她一定会回到她认为最安全的'灯下黑'地带。可是,这最安全的地方究竟在哪儿呢?"正说着,护士进来了,一看这病房就开始发脾气了:"谁叫你们在这抽烟的?三个大男人不认识墙上的字吗?'不准吸烟!'搞什么名堂,这是医院,是住院部,不是旅馆,随随便便的什么人都来混着坐。——什么?领导啊,领导更应该带头起模范作用了,领导有什么了不起,到了这儿,都是病人。你俩什么人啊,病人家属吗?——不是病人家属,现在就可以走了。要留下来陪床的,去前面登记。以为这是大杂院啊——还有你,金同志,你的伤口刚刚缝合好,不要激动,不要抽烟,抽烟会引起咳嗽,咳嗽会牵引到伤口痛,记住了,不要乱动,保持安静,好好休息。"女护士一通"教育",检查完输液管,板着脸就出去了。留下三个大男人大眼瞪小眼,突然,连捷领悟到了什么!

"住院部!"连捷喊出声来。

老金和言明远也同时反应过来。

"——我们忽略了重要线索。我们把所有的警力和精力都花在了旅馆、招待所、私人出租房屋,唯独忘记了住院部!医院的住院部就是一个流动旅馆,没有一个医生或者是护士,会去调查住院病人的真实身份。也没有人会怀疑到躺在病床上输液的患者,会是逃犯。"连捷说。

"可是职工医院进进出出很多人,也不乏认识安小静的——"言明远说,"她不会铤而走险吧。"

"职工医院的的确确每天都有很多人进进出出,但是,也分区域。咱们来的不外乎是内科楼和外科楼。可是,有一个区域,很少有人去。"

第十三章 联欢晚会

"精神科吗?"老金问。

"传染病区域。"连捷说。

言明远仿佛一个弹跳站起来:"我马上带人全面搜查职工医院的传染病区。"

"不急,听我说。我身上还带着安小静的照片。我们先找传染病区病房的值班医生和护士认一认。我们现在就去,一来低调,不会打草惊蛇;二来,她有可能伪装成陪护,或者乔装改扮成另一个人,我们悄悄地去,一个病房一个病房地查。"连捷说,"——还有,我们不要忽略了男病房,敌人有可能再摆一个迷魂阵。我们要找到安小静跟特务组织之间的某种联系,最好能形成一个循环追捕,彻底消灭敌人。"

"我也去!"老金举手。

紧接着,他被连捷和言明远联手摁回床去。

"你留守,还有,你负责打电话,叫公安局派人来,但是,不要开警车,叫他们轻车简从,支援我们。"连捷说。

传染病区,很安静,一片平房,房前房后郁郁葱葱,绿化得特别好,就是没有什么灯,整个病区都显得幽暗,黑黢黢的,不像前面的内科楼和外科楼,灯火通明,人来人往。这里,安静里透着一股凄凉的阴森。

连捷和言明远走到了传染病区的护士站,他们没有经过医院院长同意,直接从前楼与后院的衔接楼门穿越过来,走廊上的灯忽明忽暗,很忧伤的感觉。似乎有一个女人从他们身后一掠而过,细微的风声,让连捷警觉回眸,他们身后空荡荡的,黑乎乎的。

"我觉得刚才好像有人从走廊上过去了。"连捷说。

言明远点点头:"我们过去看看。"

"那个方向好像不是去病房的,而是停尸房。"

言明远疑惑地看着连捷："职工医院有停尸房？"

"当然。整个军工厂除了没有刑场和火葬场，什么都有。"连捷说着话，已经开始行动了，言明远跟上。

很冷的感觉。

两个人的弦都绷紧了。

走廊越走越暗，越走越窄。猛然间走廊前方涌出一片白烟，慢慢弥散开来，宛如云朵绽放，又像是什么怨鬼附体，纠缠在连捷和言明远的口鼻处。

"有毒吗？"言明远捂住鼻子。

"二氧化碳。"连捷说，"有人扭开了灭火器。有口罩吗？"

"没有。"言明远说。

连捷一把拖住言明远的手，冲到前面去，走廊末端是一个死胡同，劈面一个房间门口写着"停尸间"。

"装神弄鬼！"连捷骂了一句，言明远持枪抢步夺门而入，连捷紧跟着他，并用最快的速度找到电灯开关线，他一拉线头，灯没亮。依旧漆黑一片。

"电力被破坏了。"连捷说。

两束手电筒光射来。房间里是几具蒙着白布的尸体。连捷和言明远对视一眼，一起上前，一一掀开白布，检查。

"没有。"连捷说。

"没有。"言明远说。

"——她不可能凭空消失。"

"停尸房是个死角，聪明人应该不会选择藏在这里。"

连捷说："停尸房是一个天然屏障，很多人望而生畏，——如果，它并非是个死角的话,那就是特务最佳藏身之所。"

"好花不常开,好景不常在——"仿佛是鬼魅般的女人歌声从一面墙里传来,连捷、言明远不由自主地打了个冷战,背靠背站立,形成互相掩护之势。

"我们离她越来越近了。"连捷说。

"——愁堆解笑眉,泪洒相思带。今宵离别后,何日君再来⋯⋯"

连捷与言明远站到了声音来源处,连捷指指一面墙,言明远点点头,两个人在墙面上摸索,咔的一声,连捷敲到了墙砖上的机关,一道密室的门打开了,连捷、言明远互相对视。

"我感觉里面是个小型防空洞。"连捷说。

言明远说:"有可能,抗战时期,江城的学校和医院都建有地下防空洞。以便于空袭来临的时候,群众转移。——能够对江城的防空洞了如指掌的人,一定当过兵。"

二人互相掩护着进入一个狭窄的洞穴。两支手电筒的光束在黑黢黢的防空洞里交相辉映。

"好花不常开,好景不常在⋯⋯"

一张桌子上放着制图工具,一部收音机正在播放歌曲。

"我们找对地方了。"连捷说。

"无线电短波。"言明远说。

"是敌台。"

"又是这首歌。"

连捷伸手关掉了收音机按钮。

"这首歌有什么特殊的含义?——为什么敌台反复播放这首歌?"言明远说。

"这是想唤起谁的回忆？——记忆？还是其他——悬而待决的问题？"手电筒的光束在桌面上照射着，连捷说，"我们的猎物很聪明，我们得比他更聪明。——否则就会死得很难看。"

忽然，一阵风吹来，桌上的纸片有制图工具压着，犹自呼啦啦作响。二人不由自主地向风袭来处张望。

"有风，一定有出口。"连捷说，"她应该还在那里。"

"她可能会从这里跑。"

二人二话不说，飞奔起来。风声越来越接近，越接近越猛，还能听见水声流动。原来防空洞的出口就是沙河。突然，言明远闻到一股刺鼻的汽油味，脚下踩到油了，地面飞滑，他来不及控制身体平衡，啪叽一声摔倒的同时，大喊："小心地面滑。"晚了，就听得扑通一声，连捷趴在他前面了，摔得很结实。

"不对劲，哪儿来的这么多油？"言明远话音未落，就见连捷连滚带爬地一把伸手拖住自己，往外扔出去。

两声"扑通"，河水泛起巨大波纹，成片的涟漪。

轰的一声，防空洞的洞口爆炸了，黑烟红焰，交相呼应，炸的河面红光绯色，连捷拖住言明远游向河心。沙河水深，激流迅猛，一个漩涡滚进去，就有性命之忧，言明远的水性明显不如连捷，在河里一阵"狗刨"，一个浪头打过来，言明远被水流裹挟前进。连捷潜水去追，拉住他，不让他被漩涡带下去。

危机已现，生死一瞬间。

忽然，一盏马灯闪亮，他们面前居然出现了一艘船。当连捷精神大振，一跃而浮出水面的时候，他傻了。

船头上站着安小静，一身苏绣的大红蝴蝶旗袍，手提马灯，脸上挂

第十三章 联欢晚会

着神秘莫测的笑容。

她，会怎么做？

言明远又被漩涡拉回水流深处。

连捷望着安小静。

安小静伸出了援手，她向言明远伸出了一根长杆。

女特务居然出手救公安。

连捷在安小静的援手下，成功将呛水的言明远救上船。

于是，今夜最奇妙的画卷出现了。一叶小舟上，安小静举着马灯，连捷划着船，言明远躺在船上，在漫天星光下前行。

"你被捕了，'蝴蝶'。"连捷说。

"你们抓错人了。"安小静回答得波澜不惊。

长时间的缄默。

因为连捷很清楚，自己和言明远还没有真正脱险。

没过多久，他们的小船就被四面八方涌来的小艇给包围了。老金带着伤，指挥着公安人员拿下了"蝴蝶"。

"蝴蝶"终于落网了。

对于连捷和言明远来说，这个落网，多多少少有点投案自首的性质。但是，他们谁也不会提及安小静出手相救的事。"蝴蝶"只能是被他俩亲自逮捕的。审讯，成了最关键的一环。

"你回家休息一会儿吧。"连捷对言明远说，他知道言明远现在的精神和心理状态都不宜出面审讯。

"那敢情好。"言明远嘴角浮起自嘲的微笑，"——我没事的，你放心，你去审，我旁听，不插言。"

连捷和安小静面对面地坐在审讯桌前，言明远和一名公安坐在连捷的后排,另一名公安在做审讯记录。

"今天过得真是多姿多彩。"连捷说。

安小静微微一笑,不置可否。

"我们是该叫你安小静呢,还是朱曼丽呢?"

"我叫安小静。我不知道朱曼丽是谁。"

"还记得你的犹太房东吗?"连捷突袭似的发问。

安小静略微抬头:"不记得。"

"她就在这儿,你想见见吗?"

"我懒得见。"

"你是不敢见吧。朱曼丽。"连捷在观察安小静的反应。

安小静一脸漠然,毫无反应。

"我不是敌特。"她说。语调平静。"你们抓错人了。"她还是重复这一句。

"不是敌特,——不是敌特,今天中午在2号楼,你为什么要跑?"

"我不清楚发生了什么事……"

"是你先出手打的公安,在风淋室。"连捷说,"以一敌二,好身手啊。"

"我发现他们身上有武器,我以为他们是特务。"

"——那我呢?我来了,我是厂里保卫科科长,你应该认识我,你为什么还要挟持我?不肯跟公安合作?"

"保卫科科长就不会是敌特了?"她说。

"你!"

"我感觉,你身上的秘密比我多。"她娇俏地笑了。

连捷脸上一阵红一阵白,显然被她激怒了。言明远微微咳嗽了一

第十三章 联欢晚会

声,连捷会意,克制了一下情绪:"你很嚣张啊,你不觉得你的态度很反常吗?仅凭这一点,就证明你的心理素质很强大,你不是普通人。朱曼丽。"

"你老说我是朱曼丽,请问你有什么确实的证据吗?"

"你在上海的房东董慧已经指认了你,她还带来了你曾经寄给她的明信片,上面有你的亲笔签名,而这个笔迹,和你安小静的笔迹完全吻合。"

"笔迹可以伪造——"

"——她告诉我们的可不只这些。"

"你想说,你对我了如指掌?"

"不,我其实很想了解你,了解你的过去和现在,我更想知道,今天中午是谁给你通风报信?是谁?——从你先下手为强的行事风格来看,你比我们先知道了犹太房东的事,谁告诉你的?"

安小静很安静。

"谁!是不是某一个对你感兴趣的人?一个对你穷追不舍的人?一个外来的人?"

"你猜。"安小静的双眸闪出寒光来,"——远在天边,近在眼前。"这句话一出口,唬得在座的人都不由自主地互相看看。

"别转移视线。"连捷说,"我们掌握了有关你的大量信息。一味地装傻就找错对象了。"

"是吗?"安小静用了一种试探的口气。

"你是怎么知道今天有危险的呢?——你和你的同伙们总会有一些应急措施,或者是什么暗语,有什么特殊的手段,来彼此示警的吧?"

"你知道那么多,你提示一下,或者做个示范动作给我看,让我想想到底有谁给我做过同样的动作。"

"朱曼丽,你老实点!"

"我不是朱曼丽,我叫安小静!——我承认,有时候,我会恍惚,我,曾经失忆过。"

"你,失忆?"连捷很吃惊,"失去记忆?"

"对,我曾经经历过一次严重车祸,有很多事,我不记得了,我也很想知道自己的过去,但是,你不能栽赃陷害一个病人。"

"朱曼丽,不,安小静,如果你——曾经失忆,如果你说的是事实。——我想,有时候你必须背负着你不想背负的罪名前行,或者就是你不应该背负的,你想寻求真相,可是得不到。你想去公安局坦白,但是你不知道自己要讲什么,因为你真的不知道。唯一知道的是,你有一个好身手,你不知道该不该把对身边人的感觉讲出来,因为,你认为说出来,对谁都没有好处,反而将自己陷入泥潭,难以自拔。我说的对吗?"

安小静没有答话。

连捷拿出一张照片来:"确认一下,这是不是你住过的房间,房屋主人是以朱曼丽的身份登记的。地址在留香街。不知道你最近有没有故地重游呢?"

"不记得了。"她说,"——又好似,——有点印象,很模糊。"

"留香街杀人的是你吧。"这句话又快又猛,"你也不想这样的,是吧?你没有什么经验,你不知道怎么处理尸体吧?你一个人怎么能在短时间内搞定一切呢?你是不是有帮手?这个帮手很迷恋你,愿意为你赴汤蹈火,这个杀人帮凶是不是你的追求者之一?"

"没有!不是!"

"能告诉我,你和你的追求者暗地里什么关系吗?"

第十三章 联欢晚会

"我有很多追求者,你问的是哪一个?"

"跟你最亲密的一个。"连捷说,"你们不是一见钟情吧,是不是老友重逢?"

"不是。"

"你的情人就是你的上、下级。"

"不是。"

"你是军统潜伏特务!"

"不是。"

"中统特务!"

"不是。"

"你说你曾经失忆,你怎么能这么肯定你不是?"

"你凭什么这么肯定我就是!"安小静的眼睛通红,火药味弥散开来。

"我认为你有这个能力。"

"你太高估我了。如果我有那么杀伐决断,今天怎么会坐在这里?"

连捷说:"今天你救了我的命。"言明远微微皱眉。

"是吗?你该早点说。"安小静说。

"也许你认为这是你换取自由的筹码。救了公安,你就安全了。你就可以缄默不言了,就可以保住你的同伙了。以一人之暴露,隐藏住其他的特务,给他们提供了任务时间和活动空间。"

"我还没那境界。"安小静说。

"你很有经验。"连捷话锋一转,"旗袍很漂亮。"

安小静下意识地低头看了看身上的旗袍,眼眸悠悠地暗淡下去,"这蝴蝶——"

"就是你！"连捷截住她的话。

"我倒希望自己像蝴蝶一样，可以飞。可惜，我不是，我只是一个普普通通的军工人。"

"旗袍在哪儿做的？"

安小静猛地一怔，仿佛从梦中清醒了，又似乎在考虑什么。

"旗袍是买的？还是专门在裁缝店做的？"

"是，直接从一家裁缝铺的橱窗里'拿'的。"

"拿？你偷的？"

"我留了钱。"安小静说，"我从厂里走出来，就在光明路上一家裁缝铺的橱窗里看见这件旗袍，我觉得很眼熟，但想不起来在哪里曾经穿过，我就推门进去——铺子里没有人。"

"等等，你是说，你进去的时候，铺子里没有人？"

安小静点点头。

"你怎么进去的？"

"推门进去的啊，门没锁。"她说，她一脸诚恳，不像撒谎。"我突然就想穿上这件蝴蝶旗袍，我留下了买旗袍的钱，穿上就走了。这可不算偷。"

"这旗袍对你来说，有着某种特殊意义吧。"

"朱曼丽，这个名字是你唯一的线索吧。"安小静答非所问地说，"我再给你提供一个线索，我想知道郁恩美是谁？"

"郁恩美？"连捷的脸上露出惊诧之色。

"有人叫过我郁恩美。"

"谁？"

"梦里。叫郁恩美过堂。我就穿着这一身。"她的表情怪异起来，

"你去查查，查清楚了告诉我。也许，我能想起点什么来。"

言明远站起来，从背后拍了拍连捷，叫他"外面说话"。

"你在干什么？"言明远冲着连捷吼起来，"你问她是不是有人给了她警示，是不是有人使用了什么特别的方法告诉她有危险，是不是连城？她说没有。你问她是不是跟连城早就认识了，很多年前就是情人关系，她说没有。你问她有没有去过留香街，有没有人帮助或者指令她杀人，她说没有。你问她是不是军统特务，或者是中统特务，连城是不是她的上、下级，她说不是。她自己说得很明白，她说她为今天做的所有的事情负全责，跟任何人无关，她说她完全是下意识地保护自己，她说她曾经失忆！坦白地说，我觉得你这样审问她，对连城很不公平，你对你弟弟明显带有敌意，在你的心底，连城已经被定性为美蒋特务了。因为他追求过安小静！"

"你为什么这么激动？"连捷平静似水地看着言明远，"我并没有明确地提及连城的名字。"

"要不要我再次跟你分享你精彩绝伦的审讯问句？"

"不必了。她很聪明。"

"我要知道到底是怎么回事。"

"我觉得我有想法就得当面质疑她，把问题提出来，逼她就范。"

"你有这种想法并不奇怪，但是你提问的方式一直在往连城身上带，这就很奇怪。我们应该让她自己去思考，她的上线是谁，下线是谁，而不是我们暗示她必须供出谁。"

"事实并非如此。"连捷有点烦躁。

"你为什么局促不安？"

"因为她今天莫名其妙地救了我……"

"救了我们。"言明远纠正。

"对。为什么？她是板上钉钉的特务，为什么要出手救公安？我们跟她，到底有什么细致紧密的联系，而是我们一无所知的？"

"我们是不是应该等等小田和连莲的外调报告？获知安小静生活方面的所有信息，或许会出现新的答案呢？"

"马上派人去光明路裁缝铺，我总觉得事情很蹊跷。"连捷说。

公安抵达光明路裁缝铺的时候，早已人去楼空。刘一剪不知去向，橱窗里的确少了一件展示旗袍。安小静没有撒谎，她在寻找自己的过去。新的外调还没有等到，安小静是特务的闲话已经传遍了全厂职工的耳朵。大伙聚在一起，除了议论，还是议论，除了不相信，还是不相信，方程简直傻了，一个劲儿地追问史云帆事情的来龙去脉，听了个一知半解，就胡天胡地的乱跑放消息，理发店讲讲，小卖部吹吹，洗澡堂泡泡，口吐莲花，从前对安小静的爱慕有多深，现在就有多怕、多恐惧、多战栗，这是"画皮"啊，美女蛇啊，我的天，这就是个"女鬼"！亏得自己眼睛亮，革命意识强，不像连城，是非不辨，好坏不分，爱上一个女特务。沾沾自喜之际方程跟吴满意表示，五一劳动节就要到了，自己要编排一个快板书，叫作《智斗美女蛇》，申请在单位的联欢会上表演。吴满意不置可否，劝方程多花点心思在工作上，问他要新材料研制方案，弄得他一股子热情化作乌有。

倒是连城对联欢会这事，突然上了心。他找到史云帆，说自己可以编一个歌曲，歌名就是《警惕坏分子，群众擦亮眼》，表示自己要跟美蒋特务彻底划清界限。史云帆淡淡说了句"你有病"，就懒洋洋地不搭理他了。反而是方程和连城一拍即合了，两个人一定要搞出点动静来，于是，一个写歌词，一个谱曲，东搞西搞，给搞出一首新歌来。两个人

第十三章 联欢晚会

反复游说吴满意，五一劳动节就上这个新节目，吴满意也就答应了。这下好了，设计室上班八小时画图纸，下班三个小时练习歌曲节目。史云帆本来不同意，架不住黄燕撒娇痴缠称赞他唱功好，高音区很完美。陈果负责拉手风琴，吴满意指挥，测试组的同志作为合唱队，设计室的新歌曲就这么轰轰烈烈的练开了。

"五一劳动节的联欢晚会上，会有人跟我接头。"这是安小静被捕一周后，主动找连捷交代的。

"你怎么知道有人会跟你联系？你想起来了吗？"连捷问。

安小静默默地看着连捷，说："我的日记本在你们手上吧？"

"什么日记本？"连捷很纳闷，"你有写日记的习惯吗？"

"是谁搜查的我家？"

"言科长。"

"他没有提及日记本吗？"

"没有。"

"言科长，一定对你隐瞒了什么，他为什么要把我的日记本藏起来呢？"

"你想说什么？"

"言科长的身份也需要查一查才好。"她笑了。

"你还没有告诉我，你怎么知道有人要跟你联系？"

安小静从口袋里拿出一个纸叠的小鸭子："有人把这个从饭盒里递进来了，上面写着——五一联欢会，花开君再来。"

"你想说什么？"

"放我出去。"安小静说，"这是你抓住特务组织的唯一线索，如果，一切真的如你所料，失忆的我曾经有特殊的身份，我希望通过自己的方式还自己清白。"

"好，我考虑。"

"我不想让你以为我在利用你脱身，事实上，我在利用你寻找真相。"她说。

连捷并不相信安小静，这个女人诡计多端，善变，他找到了言明远，拉着老金作陪，三个人面对面开诚布公地谈话。

"这件事我的确多疑了，我想，我们三个都没有问题，问题也许出在下面人的身上。"连捷说。

"没有日记本，真的。"言明远说，"而且，我不是一个人去的，那天有五六个公安一起行动。"

"把那几个人的名字记下来。"老金插言，"还是要谨慎地查一查。"

"这几个人暂时不要安排执行新任务，不怕一万就怕万一。"连捷说。言明远点头表示同意。

"你见过当间谍的写日记吗？"老金很迷惑。

"也许，写日记是为了麻痹对手。"连捷一说完，仿佛茅塞顿开，"烟幕弹。"

"敌特有可能在五一联欢会上做文章。他们这算盘打得，那叫一个鼠目寸光。"言明远说，"好好布置，我倒要看一看这个'蝴蝶'怎么跟敌特组织接头，怎么能够金蝉脱壳。"

五一劳动节。

W研究所的灯光球场上，敞敞亮亮，四排大灯闪耀，联欢晚会即将拉开序幕，姑娘、小伙们一个个打扮得整洁漂亮，白衬衣、黑裤子、蝴蝶结、花裙子在灯光的照耀下分外醒目。大伙儿嘻嘻哈哈，叽叽喳喳，充满了喜悦。在枯燥的军工厂能有一个体育赛事、文艺表演，那就是最时髦和幸福的事。

连捷和安小静静悄悄地来了。他们直接进的后台，找了一个小化妆间坐下。门口有装成群众演员的公安暗中守着，言明远和老金带着公安和保卫科干事散布在灯光球场各个角落。演出开始了，先是杂技表演，由机加车间的工人师傅们表演骑自行车叠罗汉，由于大家都是业余选手，所谓叠罗汉，也就是一辆车上载了五个人，平衡掌握得很好，也有摇摇晃晃，让观众惊呼的，几个圆圈转下来，终于平稳降落。整个灯光球场掌声雷动。接下来就是设计室创演的大合唱《警惕坏分子，群众擦亮眼》。

两排穿着白衬衣的工人，一排站在前面，后排站到两条长条凳上，连城就站在后排。领唱的史云帆站在最前面，陈果抱着手风琴站在侧幕，台上的人都化了妆，红脸蛋，红嘴唇，很是精神。

吴满意一身崭新的白西服，一看就是找人借的，穿得紧绷绷的，袖子和身量都短一截，他高举指挥棒，意气昂扬地一挥手，手风琴拉响了。

史云帆领唱："警惕坏分子。"大家合唱："群众擦亮眼！"台上刚开唱，台下就骚动了，史云帆以为自己唱错调了，更紧张了。其实，是吴满意的腰上系了一大串钥匙，随着他抑扬顿挫地挥舞指挥棒，那一大串金属钥匙就噼里啪啦地在他的臀部大甩，把台下的观众给笑得前仰后合。

"抓出美女蛇，工人们笑开颜！" 金属钥匙噼里啪啦的合奏，顿时吸引了所有人，包括便衣们，一个个乐不可支。

台上的人越唱越紧张，突然，咚的一声，后排演员站的长条凳倒了，后排的人纷纷人仰马翻，这一下，观众席爆发出哄堂大笑。

吴满意喊着:"镇定,继续,注意风度,再来。"后排的人又稀稀落落重新站上来,因为怕长条凳再倒,后排的工人们不敢用力,都踮着脚,直着脖子,仿佛这样一来,可以减轻重量,那滑稽样更加可爱了。然后大家继续唱:"欢欣鼓舞,欢欣鼓舞,美好满人间。"

上面唱,下面笑,指挥棒高高低低,言明远突然发现,连城不见了,对,后排的连城不见了!

言明远预感不妙,他赶紧向后台跑去。他一路狂奔,横冲直撞,等到了小化妆间门口,紧急刹住脚——门口的暗哨不见了。

言明远掏出手枪,推开门,枪指里面,咕咚一下,一个人直直摔在他脚下,是连捷,连捷脸色苍白,口吐白沫,人事不省。

"快来人!"言明远大声喊,"叫救护车!要快!"

而此时此刻,化了妆的安小静和连城扮成合唱团成员挤进了人堆里。台上热火朝天地唱着,台下欢乐无穷。灯光球场四周都是连环结构的集体宿舍楼,连城和安小静很快从广场消失。

两个小时后,连城和安小静混在民族歌舞团里登上了去上海的火车。夜幕低垂,山树飞掠,连城和安小静终于团聚了。

"我们再也不分开了。"连城说。

"我们还有很长的一段路要走!"蝴蝶说。

第十四章

「蝴蝶」重生

第十四章 "蝴蝶"重生

"蝴蝶"是怎么脱险的呢?

2号楼出事那天,连城去找刘冠霖商量寻找"蝴蝶",结果被刘冠霖发现有人跟踪,所幸这人不是别人,而是刘一剪。

刘一剪化了妆,打扮得像一个工厂女工,当她敲响刘冠霖房门,看到连城的时候,再也不需要伪装了。她直截了当地进入主题。

"安小静来找我了。"她说。

"她怎么样?受伤了吗?"连城不管不顾地追着刘一剪问。

"她很好,就是有点混乱。"刘一剪对着连城说,"有烟吗?"

"我不抽烟。"连城说。

"没有比今天更纷乱的日子了。"刘冠霖递给刘一剪一支烟,问,"她'醒'了吗?"

"没有。"刘一剪说,"她只是对那件旗袍感兴趣,她说,她不管我们要做什么,就凭这件旗袍,她就认定跟她的前史有关。她要我们帮她回忆过去。"

"怎么回忆?"连城问。

刘一剪吸了一口香烟:"先救她出去。"

"你为什么不把她留下来?"连城说。

"她不肯,她虽然失忆了依然有强大的控制欲。"刘一剪说,"这个你比我更清楚。"

"救她出去？"刘冠霖吃惊地问，"她要投案自首？"

"对，她说她两边都要考察考察。她要先去公安局。"

"她疯了吗？"刘冠霖说。

连城也是蒙的。

"她有个计划。"刘一剪说，"需要我们配合。——她要我们带她回上海，带她回到从前住的地方，唤醒她。"

"可是火车站、汽车站，到处都有公安……"刘冠霖说。

"对。所以，她说，她现在肯定出不去。可是，五一节前后，会有一些歌舞团来三线做慰问演出，走到哪里，演到哪里，只要混进歌舞团里……"

"怎么混？"刘冠霖问。

"她不管。"刘一剪说，"她要我们去办。她警告说，如果我们连这个能力都没有，就别指望她'醒'过来帮我们干。"

"是她的风格。"连城喃喃自语。

"能做到吗？"刘一剪问刘冠霖。

刘冠霖想了想："这个只有联系上海站了，让上海的兄弟去办。'蝴蝶'的计划可行，越热闹的时间段越容易出去，歌舞团、腰鼓队到处慰问演出，有时候是带妆前进，这对于'蝴蝶'来说，是一道天然的保护屏障。"

"安小静真的要去公安局吗？"连城问。

"对。她说，她在公安局可以睡几天安稳觉。"刘一剪吐了一个烟圈，刘冠霖拉上了窗帘。

"现在唯一的先机就是公安不知道我们先和'蝴蝶'联系上了。"刘冠霖对刘一剪说，"你也不能再回去了。安小静穿了那件旗袍，你就

第十四章 "蝴蝶"重生

脱不了干系。"

"我也尽人皆知了。"刘一剪仿佛说了句俏皮话,但是,没有引起任何涟漪,因为连城太紧张了。

"连城,"刘冠霖说,"我们见机行事,背水一战。"

经过精心策划,安小静在公安的严密监控下,逃脱了。现在,她和连城坐在火车的包厢里,相依而眠。而刘一剪伪装成列车员穿梭在列车上。

他们的终点站是:上海。

列车滚滚向前行进,连莲和小田对坐在一个包厢里。经过一夜的沉淀,连莲才慢慢回过神来,此时此刻,他们已经在回江城的路上了。

事情发展得比想象的还要快,不仅快,而且荒谬,荒谬到接近残酷。

盱眙县的县城临淮河而建,依山傍水,两行夹道翠柳,一派明媚春景。刚到盱眙县委办做外调的连莲和小田心旷神怡,觉得这一趟出差,除了办案还顺带旅游了一回。盱眙县委办负责内查的刘同志,热情地接待了他们,并很快给出了答案。

"根据你们提供的这个资料,安小静的父亲叫安顺文,母亲叫贺之元,我们很快在盱眙档案馆查到了安家有关材料。安家的历史很简单,祖上是做官的,也就是做过盱眙县的县丞,到了安顺文这一辈,枝叶凋零,家道中衰,1929年左右,安顺文就带着家小去了上海,他家在盱眙县的户口也注销了。"

"那,怎么才能查到安家现在的情况呢?"连莲问。

"他家有个老保姆,姓王,原来一直跟着安家太太贺之元。后来,主人都病故了,据她说,安家的孩子——也就是你们要查的这个安小静,这个孩子啊,送给一个远房亲戚了,他家保姆就回原籍了。

——什么时候回来的啊？好像是抗战结束以后，她在老北头开了一家浆洗店，靠给人洗衣服、缝缝补补过日子。

——门牌号码啊，我查一查，在这儿。

——其实，你们没必要去，那个老保姆神经上有毛病，有点疯疯癫癫的。问也问不出什么，——真要去，我派个人，——你们人生地不熟的，——嗳，我陪你们去。"

内查的刘同志陪着两个外调的同志沿着青石板路向老北头走来，一边走，刘同志一边跟他们介绍盱眙的风光和小吃铺，什么"小瘌子烧饼""唐家的辣汤""赵家春卷""张记生煎包"，把小田给馋得口水滴答，连莲也一样，越听越饿，肚子开始咕咕叫了。

"我们盱眙县老北头的小吃，都是细工慢活——嗳，反正到饭点了，要不，咱们先吃饭吧。"

三个人吃完饭，嘴一抹，直接就奔浆洗店了。

刘同志推开门，就看见院子里有一个老婆婆正忙着洗衣服。"王婆婆，打扰了。"说着话，刘同志就把连莲和小田给领进来了，"这两位同志从江城来，想向你了解了解安家的一些情况。"

"啊，啊呀，天上落了神仙了。好漂亮的小姐。"王婆婆站起来，两只沾满泡沫的手在腰间围裙上擦擦，一路小跑着过来，一把拉住了连莲，"我真高兴你能来看我，我以为你永远都不会回来了……"

连莲很尴尬，又不好推开王婆婆的手："你认错人了。"

"王婆婆，你头昏眼花，认错人了。"刘同志扯着嗓子说，"他们是公安，从江城来。"

王婆婆松开手，笑容晦暗。不过，她依然用一种略带扭曲又怜爱的目光盯着连莲，这让连莲很不舒服。

第十四章 "蝴蝶"重生

王婆婆很有礼貌地把三个人都让进屋子里，给他们倒了茶水。小田吃了一肚子的淮安菜，有点口渴，端起杯子来，喝了两三杯茶水。

"王婆婆，我们想问问安顺文的家庭情况。"连莲说。

"安家啊，可怜啊，当年啊，老爷和太太去上海，我也跟去了，太太生孩子难产，小姐一落地，太太就撒手去了。——唉，没娘的孩子可怜啊。"

"大约是什么时候的事呢？"连莲问。

"31年，不是，30年吧。"王婆婆说，"还好，老爷和太太感情深，也没续弦，我就一直带着小姐……"

"那您就是安小静的乳母了？"小田问。

"算是吧，我虽然没有奶过小姐，但是，小姐是我一把屎一把尿给带的。"

"那安小静是什么时候被领养的呢？"小田一边做笔录，一边继续问。

"36年左右，老爷失业了，家也不像个家，成天饿肚子，老爷为了小姐做长久打算，就把小姐送给了一个远房亲戚，那家家境富裕，又特别喜欢女孩子。送走小姐那天，我没去，太伤心了，实在舍不得。后来，老爷要打发我回原籍，我哭着不肯走，兵荒马乱的，怕死在路上，老爷心一软，就留我在身边又过了几年，直到——老爷积劳成疾，病死了，我才回来的，好在那个时候抗战已经胜利了。"她说着话，眼睛贼溜溜地盯着连莲，"小姐跟老爷长得很像啊。"

连莲和小田听了这话，鬼使神差地朝墙上挂的一组家庭照看去，不看则罢，一看冷汗淋漓，连莲跟照片上安顺文的模样简直就是一个模子倒出来的。

"嗨，奇怪啊，这安顺文和连同志有几分挂像呢。——开玩笑啊，开玩笑。"刘同志心无芥蒂，一句话直捣黄龙。

小田突然皱紧眉头，捂住肚子："哎哟，肚子，好疼。——有厕所吗？"

"半山腰有一个旱厕，味道稍微有点大。你们知道，我们庄稼人不像你们城里人那么讲究。"刘同志话音未落，小田已经跑出去了，刘同志不放心，跟出去了。

王婆婆小跑几步到门口："——今天早上下过雨，山路有点滑，你们小心一点。"然后她随手关上了门。

连莲站在家庭照的相框前，久久凝视，脑海里潜流攒集，万马奔腾，那个照片上的五六岁的小女孩像极了自己，自己不也是五六岁年纪被连家父母领养的吗？为什么自己一点也想不起童年呢？

"我等你很久了。"一个阴恻恻的声音从连莲背后袭来，连莲打了一个激灵。

"究竟怎么一回事？"连莲颤声问。

"小姐，你真的一点也不记得了吗？"王婆婆把双手大拇指、中指、无名指捏合在一起，食指，小指伸开，左手掌心向下，右手掌心向上。将右手小指通过左手食指下面穿进左手大拇指、中指、无名指捏合成的孔内，开始转动手指，口中念着"王婆婆在卖茶，三个观音来喝茶，后花园，三匹马——"她双手半翻转，露出左手大拇指、中指、无名指的组合给连莲看，连莲忍不住说："两个童儿打一打。"王婆婆笑了。"王婆婆，骂一骂，"连莲说，"隔壁子幺姑说闲话。"

再也没有比这次调查更富于戏剧性了。

王婆婆情不自禁地吻了她，连莲通身是汗，她差一点就哭了。不是

第十四章 "蝴蝶"重生

因为悲伤,而是因为恐惧。连莲第一时间想逃,想跑出去,但是她的手脚仿佛麻木了,一时间竟不听使唤,她由着王婆婆牵着自己的手,坐了下来。

"告诉我,"连莲的情绪很激动,"你在撒谎,对吗?"

"小姐,我没撒谎。你是1936年被老爷抱给了一个可靠的朋友。老爷在国民党军统局做事,他一直跟共产党的特工打交道,他的工作很危险,他也很怕自己将来没有善终,这才下狠心把你给送走的。38年的时候,老爷被日本人抓了,为了活命,老爷投靠了日本人,39年左右,他被共产党的特工给杀了。——老爷在军统局一直用的是化名,为的就是保护你,小姐,你叫安小静,是安顺文的女儿!"

"住口!"连莲悲愤至极。

"我知道你心里的落差很大,但是你必须接受这个事实。所有的物证都有可能告诉你真相。"

"为什么要告诉我,是为了把我打下十八层地狱吗?"连莲低声嘶吼着。

"小姐,你别激动,人嘛,有来处,也有去处,总得知道自身从何而出啊。"王婆婆说,"我不是特务,真的。我就是安家的一个仆人。"

连莲真的快疯了。心理上的巨大冲击无可避免。有人一直在用自己的名字在江城W研究所上班,自己不远千里前来外调,结果外调到自己头上,自己居然就是安小静,这个安小静的生父不仅是一个军统特务,还是一个民族败类。连莲的世界顿时坍塌了,完了,完了。连莲,她暗暗地喊自己的名字,你再也回不去了。

"我不会承认的。"连莲说,"我跟安家没有一丁点的关系!"

"是吗?"王婆婆的目光凌厉起来,这凶相让连莲心惊肉跳。

"你肚脐眼边上有个朱砂痣,对吧?"王婆婆说。

连莲惊愕地一抬头,猛然看到门口站着一脸恐惧的小田。

"你?"连莲在喘息。

"我,肚子疼得厉害,没到旱厕,就……就在后面菜地解决了,刘同志吐了……他当时就恶心得吐了。"小田边说边嘿嘿地笑,"我刚到,刚到——我叫刘同志先回了。"

王婆婆殷勤地把二人送出门,走到门口,王婆婆悄悄地在连莲耳边说:"那个小伙子,他一直很警觉,保持着使命感。——他要立功了。"

连莲已经不堪重负,心力交瘁了。

"去吧孩子,他不是你的对手。"她说。

当二人再次走回青石板路的时候,所有的景色都变得异常萧条。

"对不起。"小田说。

连莲的眼神迷离,不知道他有什么好道歉的。

"今天我们来这儿真是多此一举。"

"你其实都听到了,是吧?"

"没有!我就——只听到一两句。"

一两句足够致命的了,连莲想。

"她话里有好多漏洞。"小田说,"这件事太荒谬了,不管怎么样,反正我是不信的。"

"你一点也不信吗?"连莲问。

"当然。"

连莲沉默了,看着小田憨厚的笑脸,那笑容里隐藏着不安,哪怕他说,半信半疑呢,那还有一点真实,现在他这种彻底否定的说法,恰恰证明他在安抚自己,他为什么要安抚自己呢?因为他完全相信了安家保姆的话,他怕自己,所以要先装成什么也没有发生的样子。

低姿态也是一种韬晦。

连莲越想心头越冷,一股彻骨的寒气从脚底升起直达头顶,她双目红通通的,使劲咬着下嘴唇,心里开始挣扎,到底是让他立功,还是自己——先下手为强!

车轮滚滚,连莲的思绪被拉回了现实。

小田出去上厕所了,对,他一直在闹肚子,一直不间断地往厕所跑,脸色也愈来愈苍白,王婆婆到底给他吃了什么茶?

又等了好长一段时间,小田一直没有回来,连莲的心猛烈地抽搐着,他不会——去找列车长了吧?他连下火车都等不及了。

她想到,万一小田揭发了自己的真实身份,自己一定会身陷囹圄,就算自己能撇干净与亲生父亲的关系,自己的下场也会很凄凉,还会连累大哥,连累养父母。

连莲推门走出包厢,她一直往前走着,很镇定,她开始寻找小田,她要在下火车前解决这件事,决不能拖泥带水,决不能连累家人,连莲决定,豁出去了。

终于,她在厕所门口看到脸色苍白的小田,他的眼睛几乎要睁不开了,手脚不住地颤抖,他看到了她。小田伸手求助:"连莲,救救我,帮帮我,我不会说出去的,连莲。我快看不见了——我真的一个字都不会说——连莲。"

连莲一伸手,把小田推进厕所里,关上了门。

"连莲。"

窗户打开了!

一股凛冽的寒风冲涌而来，山风嘶吼，风力非凡，小田根本就站不住，他剧烈摇晃着，连莲的眼睛根本不看他，猛地撞击他上半身，小田整个人痛苦地蜷缩着上半身弹出窗外，求生的欲望让半昏迷的小田一下清醒，他倏地双腿使劲，上半身在窗外立起来，那股气势犹如一股疾风拔地而起！连莲震惊地往后退，仅仅一秒时间，连莲醒悟过来，做已经做了，不可能再有改变，她疾风一般冲过去，双手用力把小田的双腿推了出去，只听砰的一声，山和树飞一样的向后掠过，火车风驰电掣冲进一个黑洞，四面漆黑，连莲被风吹得旋转，黑暗中，她彻底变了。

当连莲回到包厢，检查小田随身物品的时候，才发现，小田的记录本是空白的。那又怎么样呢？连莲想，谁能控制住他的思想和他的嘴呢？除了死亡。

连莲瘫坐在包厢里，她以后怎么办？做一具行尸走肉吗？

她痛哭起来。

她第一次感觉自己像海上浮标，倾斜摇摆在无边大海，不由自主地浮沉，永远不能靠近灯塔。

安小静和连城抵达上海是在夜里十点半，下火车前，刘一剪给了他们一把钥匙，并预祝他们旅途愉快。

"原来她不跟我们一起走。"连城说。

"没她我们一样能行。"安小静说，"你，还记得回家的路吗？"

"记得。"连城说，"就是不知道，我们再一次住进去的感受。"

"一个人要追寻自己过去的轨迹，探求人生的变化，还真不是一件容易的事。上海站既然要唤醒我从前的记忆，肯定事先有所安排。"她扬起手里的钥匙，"它，一定能打开记忆之门。"

第十四章 "蝴蝶"重生

安小静在连城的眼底,有着十足的美,纯洁、宁静,她身上弥散着花的芬芳,站在繁华的十里长街路灯下,她显得那么明亮,眼眸间夹杂着一缕缕犹疑,那种我信你,愿将一生的温柔托付你的情愫让连城迷醉,恍惚中连城不知道自己置身何处,潜意识里,这就是美梦成真吧。

"我们回家吧。"安小静说。

"不,不行。"连城一把拽住她,"听我说,小静,他们找到你,想让你恢复记忆,迫使你苏醒,是想让你再一次被他们利用!我找到你,是因为我爱你,我想让你恢复记忆,有我的私心。——保密局里只剩下我认识你,如果我不出现,没人会知道你,换句话说,我爱你,反而害了你。"

安小静的胸口起伏着,看得出来,她很感动。

"我来研究所的日子虽然短,但是,我思想上受到很大冲击,厂里的职工们,那是一群多么可敬可爱的人,包括你,你们为新中国的建设而努力,而我,我在做什么?唤醒你,无非是想从你身上拿到更多特务的潜伏名单,唤醒你,无非就是要在军工建设上搞破坏。一个国家,一个强大的祖国,必须有强大的军工,我不能让你踏入泥潭!"

"可是,你的信仰呢?"安小静问。

"我坚信三民主义不是我真实的信仰!"

"连城!"安小静脸色红润,看得出来,她的感动发自内心,她的眼眶里滚动出泪花。

"我们逃吧。"连城说。

安小静听了这句话,稍微冷静下来:"逃?逃到哪里去?"

"天涯海角。"连城说,"我不想让你遭人控制,被人拿住把柄,任人宰割。我要你开开心心活着,活在光明里,活在阳光下。"

这句真诚质朴的话,温暖到了她。

"谢谢你,连城,我今天非常感动,你放心,我想恢复记忆,是想让你、我看到彼此真实的模样,当你,或者我变成另一个自己、更好的自己的时候,我才真正地回到了你身边。"

"会吗?"连城摇摇头,"那是一条不归路。是死路。"

"是死路,也是出路,道路是自己选择的。如果真是一条不归路,信仰所在,我们也会走到底!如果是光明的坦途呢?我们携手去迎接胜利不好吗?"

两个人从"热"到"静",从慌张到镇定。对于连城来说,生命和爱情不再虚无缥缈,他拥有了她,他相信她,他爱她。

"我讨厌被人蒙在鼓里。欲知之,先信之。"安小静说,"你放心,我会安排好一切的。明天醒来,就是重生。"

凌晨一点左右,他们来到了几年前的住所,一切都还是老样子,连楼梯上扶手的颜色都重新漆过,仿佛有着某种刻意还原的迹象,保密局上海站有这么大的本事吗?连城其实是疑惑的。

安小静轻车熟路地去厨房给他弄了点消夜,吃完消夜后,两个人就睡下了,对,他们是相依而眠,就像在火车上一样,连城缩在鸳鸯锦被里,不想醒来,他想一辈子就这么安静地待着。

连城不知道自己睡了多长时间,但是可以肯定是沉睡。当他睁开双眼的时候,只觉得天旋地转,屋顶的天花板也变了颜色,他头痛欲裂,倏地从被窝里挣扎出来,身上盖的被子也变了花样,他依稀记得昨夜盖的被面上,绣着鸳鸯,今天盖的被子,被面上换成了素色茉莉花。他再环顾屋内,所有的物件都换了,但是依然很眼熟,他的"蝴蝶"不见了。

紧接着,他闻到一股烟味,连城几乎是跳跃着离开床,连滚带爬地

第十四章 "蝴蝶"重生

走到窗边,一把扯下窗帘,他揉了揉眼睛,楼下小院子里浮现出一个奇异的景象,"蝴蝶"和犹太房东在一起焚烧文件。连城心中一阵狂喜,又一阵诧异,惊喜的是,蝴蝶还在,诧异的是,为什么换了房间?就算是"蝴蝶"故弄玄虚,她也没有这个能力,一夜之间把自己从一个空间置换到另一个空间。到底怎么一回事?

他的眼睛不经意地落到了日历牌上,眼眸一扫,吓了一大跳,定睛再看,日历牌上的日期是1944年5月3日。

连城的双眸止不住无限放大,日历牌,不知不觉换了岁月。

自己在做梦吧?

他毫不犹豫地张开嘴对准自己的手腕咬了一口,哇!真疼!疼得他双脚并拢跳起来。这不是梦啊,是不是自己神经错乱了?还是保密局上海站搞的鬼,为的是让"蝴蝶"苏醒?可是,犹太房东为什么会出现在这里?她是保密局的人?不管了,先下楼去问问情况。连城用最快的速度穿上衣服,在洗漱的时候,他再一次惊讶地发现,他对这间屋子的熟悉度不亚于他原来的住所。

连城又回头看看日历牌,再看看手腕上的咬痕,要么,就是"蝴蝶"摆了一个迷魂阵,要么自己真的疯了。

安小静低头焚烧文件,犹太房东在搬运箱子,连城走到安小静跟前:"小静,出了什么事?"

安小静抬起头,用一种特别惊诧的表情看着他:"你叫我什么?你为什么还没有撤退?"

"撤退?"连城迷糊地看着她。

"我们内部出了叛徒,这个秘密机关被日本人侦破了,我们必须马上转移这批档案,你的任务是把这批机要文件护送到安全地点。董慧会协助你完成任务。"

"我们还有一刻钟。"犹太房东说。

连城的头嗡嗡作响:"告诉我,怎么一回事,别这样,你在演戏对不对?我们昨天一起到的上海……"

"住口!生死存亡之际,你还沉浸在小儿女的情调里。"安小静大声斥责他,"我们没有时间了,你必须不惜一切代价完成组织上交给你的任务。"

"你呢?你怎么办?"连城已经完全错乱了。

"我必须留在这儿。"

这句话,像一根刺扎在连城的神经上,他的神经一阵痉挛,他听到过这句话,这句话是生离死别的前兆。

"不,不,要走一起走,要死一块死。"连城说。

"听着,你必须带着文件走,这是党组织的命令!我留下来的原因,是必须保护提供内线情报的同志,我们都走了,就证明情报提前泄露了,我们扎在敌人心脏里的同志就会暴露。"

"我懂,我留下来,你们走。"连城哀求道。

"执行命令!连城同志!否则我以执行战场纪律的名义枪毙你!""蝴蝶"掏出了手枪。

"你杀了我吧,我决计不肯让你留下!" 他知道她留下来的结局,他不想重新看到死刑的执行场面,尽管他隐约知道她没死,但是,他决计不肯放手!

"你要留下?"

"对。"

"我是谁?"

第十四章 "蝴蝶"重生

"你是……"

"说出我的名字，我走，你留！"

"安小静。"连城嘶吼着。

"错！"

枪声响了！

连城倒下了。

"你记着，我临刑前对你嘱咐的事。""蝴蝶"蹲下来，在他耳边说。

他的头晕晕乎乎，眼前模模糊糊，他感觉眼前的画面在飘，恍恍惚惚看到很多人影掠过自己的眼眸，自己是在做梦吧？梦境，为什么会有疼痛感呢？有一点不可否认，刚才那一幕的的确确发生过，可是，为什么自己却几乎把这件往事忘得干干净净呢？他感觉有人把他抬上车，出门的时候，隐约模糊地看到门口挂的牌子"荣升纸业"。

"蝴蝶"临刑前，嘱咐自己的事，连城拼命地回忆着，"货在沙泾路10号，工部局宰牲场第三廊道第9号储物柜"。连城想动，可是他的手脚麻木，是麻醉弹吗？他想着想着……没了意识。

连城醒来的时候，已经孤独地坐在公园里一条长椅上，他浑身虚脱，疲惫不堪。黄昏时分，天空落下雨来，连城没有找地方避雨，而是尽情地让雨水冲淋自己，他跌跌撞撞地走着，走在前往工部局宰牲场的路上。时空错乱，过去和现在，或多或少在这一瞬间重叠了。

他要知道真相。

他快崩溃了！

工部局宰牲场，廊道盘旋，宛如曲折的迷宫。连城凭借记忆，回到从前走过的走廊里，他站在第9号储物柜前，他的手颤抖地伸进裤兜里，果然，里面有一把钥匙，他把钥匙对准了锁孔，用力一拧，储物柜打开了。

里面放了一枚印章。

印章上刻着党旗的图案，连城双手略有颤抖，他颤颤巍巍把那枚印章捧在手心里，脑海里呈现出一幅画面，是当年的自己握紧拳头，以刻有党旗的印章来代表党旗宣誓时的模样！

金黄色的镰刀和锤头缀在红旗上。中国共产党的党旗在夜幕中烁烁发光。

连城的脑袋轰地彻底炸开了，他看到了自己内心深处的隐秘，体验到了失而复得的过往，隐隐约约感觉到自己身体里的血脉偾张。早已深深嵌入骨髓的信仰瞬间冲破一切屏障回归了，他的心灵顿时进入澄明之境！

不是"蝴蝶"失忆了，是自己失忆了。

连城想仰天大喊，可是，他却忍住了，他的特工素质告诉自己，这里，不仅仅是他一个人。

雨狂飙着。

连城一身是水地站在了工部局宰牲场的门口。

"蝴蝶"在等他。

连城眼泪汪汪地看着她，她眼含热泪看着他。

"记得我吗？"她问。

雨水四溅，连城点着水淋淋的头。

"叫我名字。"她说。

"舒云。"他说。

"你在党内的代号？"她问。

"蝴蝶。"他答。

她向他张开双臂，"回家了。"她说。

第十四章 "蝴蝶"重生

乌云蔽日的日子终于结束了。

连城扑通一声跪在雨地里,高声呐喊着!任凭雨水冲击他的身体,他一动也不动。大雨倾盆,两个人,一个伸展双臂,一个痛哭流涕,终于,他们紧紧地拥抱在一起!醒了!彻底醒了!我的亲人,我的战友,我的爱人同志,终于回归党的怀抱!

这一刻,"蝴蝶"重生了。

第十五章 真相大白

第十五章 真相大白

往事哪能如烟?

厚厚的一叠卷宗,里面记载了多少悲欢离合,铺陈了多少善恶忠奸,连城的手略微有一些颤抖,这份文件里仿佛掌握了自己过往的一切轨迹,帮助他回忆亲切又恍惚的亲情、爱情、友情。

遥远的记忆被唤醒了。

连城已经洗过澡,换了一身干净的衣服,接受了医生的全面检查,包括精神方面的会诊,确保他健康、神志清醒。

"这里是上海公安局刑侦科,我是科长舒远。"

他就这样安静地、近距离地看着她。

是的,她真名叫舒远,可是,连城自从跟她恋爱结婚后,他就不肯叫她舒远了,私下里叫她舒云。他说,疏远,疏远,可不吉利。他要叫她天上舒展的云彩。抬头见天,就能看见天上的云,无论云彩怎么变幻无穷,总在自己眼底。舒远也不反对,就这样,舒云成了他俩亲昵的秘密。

所以,当他喊出"舒云"这个名字的时候,舒远就知道,他回来了。

"我是上海市公安局刑侦科的科员金澍。你叫我老金就行。"老金说。

连城转目看他,觉得有些眼熟。

"联欢会见过——我策应你们。"老金说。

刺杀"蝙蝠"那天,他在场,连城想。

"我们从哪里开始呢？"连城说。

舒远从文件袋里取出一张连城学生装的黑白照，"从头说起——"她说。

"我是1923年出生在上海的孤儿，我叫连城。很奇怪是吧？我也觉得很惊奇，我从小到大一直用这个名字，包括在敌后执行任务，我也没有改过名字。——我从小在上海教会孤儿院长大，我有个远房亲戚，经常给教会汇钱，所以，我多少也会分到一点零花钱。可我从来没有见过那位好心的亲戚。1939年我考进了沪江大学，我成绩优异，痛恨日本鬼子，希望学好知识，将来为国所用。就在那一年，我在学校里接触到了马列主义，我秘密参加了共产党，组织过'学运'，参加过抗日游行。1940年秋，我那素未谋面的亲戚写信给我，要我参加国民党军统局在湖南的培训班，对外称'外事训练班'，说抗战到底，要先学好本事。我立即向党组织汇报了此事，经党组织批准，我潜伏进了军统局。1942年我被派遣到敌占区上海工作。我在军统局的上线是代号为'蝴蝶'的女特务，我在军统局的代号是'蜘蛛'。我在上海站稳脚跟后，立即和党组织取得联系，让我没想到的是，跟我接头的人就是'蝴蝶'，就是你，舒远。

"你当时处处针对我。南方局给我的代号，也是'蝴蝶'，寓意这两只'谍'比翼双飞。我在很长的一段时间里，都认为我的一切都是你——舒远事先安排的，因为不可能有这样巧合的代号，可是你从来都不肯承认，你说，这不是巧合，而是缘分。

"你的性格很要强，偏偏我又是你的下属，无论在哪边，我都得听命于你。每次遇到危险，你都会冲在我前面，生死一线的时候，你是最勇猛的一个。有大约一年的时间，我们并肩战斗，无数次死里逃生。你总在任务里保护我，掩护我，那时候我听到最多的一句话是，'服从命令'。这固有的规律我厌倦了，我没法再跟你一起工作了，于是，我向你求婚了。

"我们相爱了，在战火纷飞的岁月里，经过党组织的批准，我们结婚了。我们接受南方局的命令，接手了一家'荣升纸业'，表面上做印刷业务，实际上是印刷红色报纸和保存一些秘密档案。犹太房东董慧是地下党，专门做我们的通讯员，三个人是一个秘密小机关，我们工作很出色，经常受到上级表扬。

"就在'荣升纸业'运转很好的时候，军统局上层倾轧，导致了一场内部清洗，而我们的内部也出现了叛徒，形势非常紧急，我俩都被出卖了。幸好，我们安插在76号的同志送出情报，让我们迅速撤退，可是你为了保护那位在76号的卧底，决定留下来。一来，我们的秘密档案能安全转移，不能转移的也有时间销毁；二来，让76号认为，他们的情报没有泄露，卧底安全无虞；三来，你可以继续留在军统局潜伏。我决意不肯离开，要与你同生共死，你要对我执行战场纪律——后来，我和董慧撤离了，你被捕了。

"那段黑暗的日子太难熬了，我每天都像一个孤魂野鬼在你有可能出现的地方流浪，后来，我从报纸上看到你的消息，我想尽一切办法，找到关系去监狱里探望你、去送你最后一程。1944年中秋节，你被枪决了……"他哽咽了。

"我一定要让他们付出代价！血债血偿！1945年的中秋节，抗战胜利了，我诛杀了当时参与枪决你的六名狱警。我喝了很多酒，对，我酗酒了，在极司菲尔花园的路上，我第一次和你相见的地方，被一辆汽车给撞了。

"等我醒来的时候，我很迷茫，很多事都不记得了，我失去了部分记忆。只有你被枪杀那一天的情景，清晰无比，历历在目，其他的，很多人，很多事都仿佛在云烟里飘散了，我就只记得'蝴蝶'永远地离开了。现在想起来，我失去的这部分记忆，恰恰是隐匿得最深的身份之谜。

"没有人跟我联系，我也不想联系任何人，我想到了在教会孤儿院里的一位英国嬷嬷，我去找了她，跟她说，自己想出国换个环境，问她能不能联系到我的那位远房亲戚，她说可以试试。没过多久，我收到了远房亲戚汇来的一笔钱，远渡重洋，去了新加坡。通过教会嬷嬷的推荐信，我在新加坡教会学校得到了一个英语教师的职位。我对现状，安之若素，麻木地开始了所谓的新生活。

"1950年岁末，我曾经的军统局训练班主任教官杜旅宁突然出现在学校里，他们找到了我，老师告诉我，我的'蝴蝶'还活着，就生活在江城，你们能够了解那一瞬间我的心情吗？我内心欣喜若狂，我的'蝴蝶'还活着，她还生活在阳光下，不是阴暗的地穴里，那一刻，我仿佛被超度了，我，要找到你！

"这以后发生的事，你们都了如指掌了。"连城说，"我的故事讲完了。虽然很离奇，但是是事实。"

舒远接着问他对连家人的感觉。

连城也言之甚详，他觉得大哥很有人格魅力，是个硬汉，妹妹很单纯，思想不成熟，有点幼稚。比起父亲连颢然来，程月如更像自己的母亲。

"你的直觉不错，程月如的确是你的生母。"舒远说。

"程月如？妈妈？"连城不敢相信自己的耳朵。

"这里是程月如提供的全部材料。"老金翻开一份文件递给连城，

第十五章 真相大白

"我们就是通过这份材料找到你的。"

舒远拿出一张连家全家福的黑白照片,上面有青年连颢然和少妇程月如,连颢然膝上坐着一个四五岁大小的男孩连捷,程月如手上抱着一个半岁的婴儿连城。

舒远说:"这张照片是随着一封匿名信一同寄来的,收信地址是上海市公安局刑侦科,信的内容是,请求帮她找到失散的儿子连城,并恳请公安机关保密。

"这封信上还有一句话,值得注意,她说她的儿子是在七个月大的时候,被保姆偷走的,她又说,这孩子吃了很多苦,一直流落在海外,她似乎是知道儿子在哪里,但是又不能相见,看上去十分痛苦。

"连城这个名字,引起了我的关注。——但那个时候,我更相信是名字的巧合。我们很关心这个女人为什么要发出这封匿名信,不仅不肯说自己是谁,反倒要求公安机关为其保密。我们通过查找1923年到1924年上海报刊上的寻人启事和警察局失踪档案,双管齐下,找到了一则寻子广告,登广告的人是一对夫妻,连颢然和程月如。于是,我们锁定了程月如,经过调查,发现连颢然和程月如夫妻俩在江城W研究所工作,于是,我们调取了连家的家庭档案。

"诡异的事件发生了。你看这张20年代的照片上的青年连颢然,清秀、干净。而这张是连家解放后拍摄的全家福,这张照片里连颢然的五官跟青年连颢然截然不同了。为什么?只有一种可能——有人移花接木了。

"于是,一个看上去光鲜美好的家庭在'真相'揭开的一刹那惨遭覆没。

"公安局对这件事非常重视,为查清事情真相,我们派出了侦查员黄燕,第一个进入W研究所,她通过厂里举办的舞会,接近了程月如,在进一步的安全考量后，她用侦查手段对程月如进行了诱供。不要误会，诱供是为了保证程月如的安全，一来，不会打草惊蛇；二来，可以弄清楚连家的基本情况。在黄燕的不懈努力下，程月如向她敞开了心扉。

"程月如和连颢然是一对恩爱夫妻，连颢然在沪江大学从事化学科目的研究，程月如在家相夫教子。1923年的秋天，连家的保姆和连家七个多月的婴儿一起失踪了。连家夫妇非常着急，四处刊登广告寻子，到警察局报案，一无所获。没过多久，连颢然被反动军阀逮捕了，这让程月如顿时陷入绝境。其实，在1921年到1923年之间，大革命的声浪席卷全国，连颢然接受了革命的思想，秘密加入了中国共产党，而这一切程月如浑然不知。她每天都去警察局哭诉，乞求他们放人，结局可想而知。就在连家危难的时候，一个叫李洪的男人出现了。他自称是连颢然狱中的难友，他告诉程月如，连颢然已经被秘密枪决了。程月如的天塌了！

"因为是秘密枪决，外界并不知道连颢然已死，还有些连颢然的同事伸出援手接济她们母子，学校也格外宽容，并没有对连颢然革职处理，大家依旧幻想连颢然能够出狱。李洪隔三岔五地过来探望程月如，据他说，自己在化工厂做技术员，有什么事情他都可以帮忙，每次来，少不得米啊油啊面啊供应着。李洪打听到程月如父母早丧，又无兄弟姐妹，孤身无靠，更加格外殷勤。就这样来往两三年的时间，有一天，李洪来找程月如，说广州有所理工大学请他去做副教授，他什么都弄好了，就是文凭不够，履职经验也没有，他想借用连颢然的身份，问程月如行不行。程月如迟疑了，李洪又告诉她，他托人打听连家小儿子被拐的事情，说是在广州发现了踪迹。他想先过去看看。程月如不再迟疑，把连颢然的文凭和大学聘书都拿出来交给了李洪。一年后，李洪在广州站稳了脚跟，接她们母子前往广州。

"李洪盗用了连颢然的身份，得到了一份很好的工作，同时，他也贪恋程月如的美色，提出要照顾程月如母子一辈子。战乱年间，有温饱可供的家，对一个历经苦难的女人是具有诱惑性的，程月如答应了李洪的求婚。连捷当时虽然只有十岁，但是他很懂事，他是知情人，可他从来不问，程月如不明说，"父子""夫妻"就这样过下去了。从此以后，李洪"消失"了，连颢然一家人安享天伦之乐。

"1936年，连家又悄悄回到上海，冒名的连颢然，对，我们依旧称呼他连颢然。他进入了一家化学制药厂工作，连捷被送到哈尔滨读书，是连颢然亲自安排的，据说是一家非常好的理工学校。但是没过多久，连捷辍学了，一时半会儿也联系不上，那年月兵荒马乱，家家户户都人心惶惶。小儿子连城依然下落不明，大儿子又失去了联系，程月如天天以泪洗面，连颢然又抱回一个六岁的小女孩，说是好朋友的孩子，父母都是共产党，被日本人害了，留下个孤儿，怪可怜的。他们夫妇就收养了这个女孩，并取名连莲。抗战胜利后，连家去了重庆。

"1946年，程月如才辗转收到连捷的信，信上说自己参军去了。连捷于1945年加入了中国人民解放军。当时国共战事吃紧，程月如天天为连捷担忧，不管怎样，能重新联系上就是喜事，也是大好事。

"1948年左右，连颢然突然告诉程月如，自己在重庆军工厂接上了组织关系，自己是中共地下党。程月如听了吃了一惊。她感觉连颢然一定有什么事情瞒着自己，他根本就不是地下党！他们夫妻为此大吵了一架。程月如喊出了连颢然的真名，这下连颢然真的紧张了。没过多久，连颢然'坦诚'地对程月如说，自己也是没办法，一切都是为了她的儿子连城。

"至此，小儿子连城才浮出水面。

"据冒名的连颢然说，当年他在广州的的确确通过关系找到了连城，但是，连城已经被一个国民党保密局的特务收养了，他没有能力要回连城，只好瞒着程月如。如今，这个保密局的特务找到了自己，要自己以连颢然的名义去重庆军工厂跟地下党接头，自己要是不干，他们就会对连城下毒手。程月如坚决不相信，直到她看到了连城在新加坡的照片，她彻底傻了。不用问，她为什么一看就确定是连城，那是母性的感知，这个孩子一直都活着，成了某个人手中的筹码。

"程月如很痛苦，她想找回失散的儿子，于是她写了一封没头没尾、不知所云的信，希望公安机关帮她把孩子找回来。她想让连颢然摆脱保密局的控制，做一个正常人。程月如至今也不知道，她在与狼共枕。

"黄燕在摸清基本情况以后，涉险去连家偷拍了连城的照片。当看到这张照片的时候，我的震惊不亚于程月如。——我非常非常难过。我不清楚你这几年是怎么过的，为什么不归队，为什么流落海外，为什么不回国。我猜想，除非你忘了自己是谁，否则，你不会就此沉沦。

"程月如为了你忍受了一切。只要你能平安回家，她什么都听连颢然的。她的故事讲完了。——我不得不说，你妈妈很爱你。"

连城眼眶红了起来。

妈妈的形象虽然不够光彩，但是她一心求自己平安的痴念，就足以让连城心酸。

"为什么不直接逮捕连颢然，搞清楚这一切。"连城问。

"因为'留置计划'，"舒远说，"抗战胜利后，你失踪了，我养好伤后，回归了保密局。1949年解放前夕，保密局江城站着手实施'留置计划'，就是让一大批特务就地潜伏下来，等待召唤，搞破坏。'留置计划'里有两份清单,其中包括武器装备、人员、经费。一份在我手上,一份在'蝙蝠'手上。清单非常重要,其效果就看掌握在什么人手上。"

"蝙蝠?"连城说,"我杀的那只'蝙蝠'吗?"

"不是,"老金插话了,"他是小喽啰、烟幕弹。"

"留香街呢?"连城问,"你们是知道那个'看门狗',还是不知道?"

"事先不知道。"舒远说,"我拿到地址的时候,及时通知了黄燕。由黄燕及时给上海公安局打了长途电话。上海方面立即配合我的行动,给江城专案组提供了所谓房东的线索。通过这个房东,就顺理成章逼'蝴蝶'现形,'蝴蝶'一旦现形,真正的'蝙蝠'就会'飞'出来,帮助我们。"

"怪不得。"连城说,"那天晚上有人故意传递给我犹太房东的消息。"

"我们可以说重点了。"舒远说,"'蝙蝠'很狡猾,也很致命。无论他走到哪里都会掀起一股腥风血雨。他是一个非常危险的人,一个叛徒,一个穷凶极恶的卖国者。我当年出事、被逮捕,就是他出卖的。

"当年,我曾经想,如果'蝙蝠'走进审讯室,我一定会不惜一切代价,近距离击杀他,可是他一直都没有出现。他不像其他的狩猎者,喜欢和猎物纠缠,或者把猎物当作战利品来欣赏,他不,他只隐藏在暗处,完成猎捕后,功成身退,不接受任何表彰,所以,他得以长时间地潜伏,活得够久,活得更长。我甚至相信一种说法,如果'蝙蝠'决定金盆洗手了,他永不行动了,我们也许永远都不会找到他。"

"现在,找到他了吗?"

"没有。他就像鬼魂一样,无迹可寻,擅长隐藏,擅长伪装。但是，他在找你。"舒远说，"因为'蝴蝶'和'蜘蛛'曾经是夫妻。要想找到'蝴蝶'，完成整个'留置计划'，就得先找到'蜘蛛'。当人人都想找到你的时候，你就拥有了绝对的战略地位。于是，一场寻亲大戏开锣了。——这不仅仅是敌特想要的，同时，也是我们想做的，我们想借此机会，找回我们的'蝴蝶'，并以此为诱饵，钓出更大的鱼，将潜伏在江城的敌特一网打尽！"

"黄燕为什么要冒充朱曼丽，来跟我见面呢？"连城说。

"我们想让你想起点什么，可惜，你对这个名字，毫无记忆。我们让一个自称朱曼丽的女人进入公众视线，无非也就是告诉敌特，他们还有一组人马潜伏在江城，我们要让他们不停地有新发现。"

"还有一个问题，你为什么取名安小静？"

"这个名字是有来历的。"舒远说，"我们查到你妹妹连莲身世可疑，经过一番调查，发现她原来是一个汉奸的女儿，原名安小静。这名字毕竟与敌特有所关联，所以，我用了这个名字。"

"连莲？她？她肯定不是！"

"没说她是。"舒远说，"为了更好地迷惑敌人，我们派老金同志带了一个假'蝙蝠'去江城，目的就是刺激一下真'蝙蝠'。——但是，被你干掉了。基本功保持得不错，状态良好，虽然部分失忆了，但活儿干得干净漂亮。"

连城局促地笑了："难怪'蝴蝶'在厂里能够自由飞翔，原来老金在放水。"

"我们从联欢会顺利脱险，也有老金的功劳。"

"在风淋室，我还真被她扎了一刀。"老金说，"这一刀也好，让我有充分的借口离开江城，回到上海。"

第十五章 真相大白

"我大哥没事吧？"连城问，"我当时只是打晕了他。——他还好吧。"

"他没事，就是觉得丢脸。"老金笑笑，"还有门口那两个，都被我安排的人提前放倒了。好险的，连科长和言科长应该都对我起了疑心。好在我跑得快。"

"刘一剪呢？"连城问。

"她待在她该待的地方。"舒远说。

连城明白了，利用刘一剪和刘冠霖拿下保密局上海站配合行动的特务小组，让"蝴蝶"和"蜘蛛"的脱险蒙上一层神秘色彩。

一举两得。

"知道什么最狡猾吗？就是真正的猎物假装在追捕猎物。表面上，他在帮你做事，事实上，你早就成为他的靶心了。——现在我们回去，将计就计，把真正的'吸血蝙蝠'给找出来。"舒远啪的一声合上卷宗。

夜风冷冷，一弯冷月凄凄凉凉地挂在三街坊的上空，连莲回来了，她一身疲惫，神魂未定。因为小田闭着眼睛，浑身痉挛的模样如影随形地飘浮在空气里，紧紧地跟随着她。她心思凌乱地看着家门口一如既往的安宁景象。

从前温暖的家里每每洋溢着欢声笑语，然而今晚，从前的笑语温馨全都化作寒彻骨髓的惨然，令连莲战栗。

连莲推开门，把行李放好，客厅的灯亮了。

躺在沙发上的连捷坐起来了："回来了？"

"嗯，大哥。"连莲应声，向连捷望去。一看大哥关切的模样，她就受不了了，隐忍很久的悲怆突发而至，眼泪扑簌簌地落下来，她扑向大哥的怀抱，哽哽咽咽，不敢高声，怕惊扰了安睡的父母。

连捷摸了摸连莲滚烫的额头，说："小妹，怎么了？发烧了？别哭，出了什么事？外调不顺利吗？"

连莲伤心地说，"我不是你妹妹。"

"说什么胡话，烧坏脑子了吧。"连捷说。

"我是个孽种。"连莲说。

"住口！"连捷正色地喝止了她。

"大哥。"

"来，坐下来，坐下来你会好一点。"连捷说，"到底出了什么事？"

"我是不是像个疯子？"

连莲停顿了一下，意识到了什么，自己不能连累家人，于是，她擦了擦眼泪，说："我们外调不太顺利，小田在火车上失踪了。"

"失踪了？"连捷盯着连莲看。

连莲反而镇定了："他在火车上犯了癫痫病，我去火车上找医生，回到包厢的时候，小田就不见了。他的记录本也不见了。"

"都不见了？会不会潜逃了？"连捷说。

连莲犹疑了片刻，"有可能。"

"那就是永远地失踪了？"连捷意味深长地说了一句。

连莲心弦一颤："大哥，我会不会？"

"不会。"连捷截住她的话，"因为大哥会替你挡子弹。"

连莲顿时百感交集，她把头埋进了连捷怀里。

"记着，连莲，从现在开始，不闻不问，什么也不要做，什么也不要管，一切交给大哥处理。我们连家，危如累卵，不管将来如何，你要好好活下去。"

第十五章 真相大白

突然，客厅的灯熄灭了。

连莲打了一个冷战。

"停电了。已经连续两天了。"连捷说。

黑暗中，连莲握紧了连捷的手。

江城公安局刑侦科，言明远和连捷在开会，几名侦查员在汇报情况和做笔记。黑板上，贴了几张照片。

"安小静和连城逃跑后，我们对所发生的事重新梳理了一下头绪，在上海市公安局的协查下，现已查明，安小静、朱曼丽、郁恩美都是同一个人的化名，这个女人就是代号为'蝴蝶'的保密局特务。"言明远说，"这点已经很清楚了，上海市公安局已经对安小静发出了通缉令，有报告显示，安小静和连城最近有可能再次潜回江城。"

"他们的特务身份已经暴露了，回来不就是送死吗？"连捷说。

"他们有一个'留置计划'必须在江城完成，所以，他们肯定会冒险回来。"言明远说。

"到底是一个什么样的计划呢？"连捷陷入沉思。

"正在查。"言明远说，"据我的经验，敌人搞破坏，不外乎炸水厂、电厂、气厂，原来他们搞轰炸，也是以水电气厂为目标。这是他们的一贯伎俩。"

"W研究所，最近两天老停电。"连捷说。

"知道是什么问题吗？"

"说是机器磨损，暂时不能维修。说实话，我真担心这是敌特袭击的前兆。"

"你是说，敌特是冲着电力系统去的？"

"破坏关键电力设备，就会造成电力系统事故的连锁反应。老练台上的产品就会因为停电事故而报废。"

"如果是这样，敌人肯定还会继续。我们必须马上派人到W研究所各车间去，做好一切保卫工作。"

"我去！"连捷说。

"不，你留下来，专门对付'蝴蝶'。"

"为什么？我应该去第一线。"

"你的伤还没有完全好。"

"这是借口。"

"你和连城是兄弟。"

"我被怀疑了吗？"连捷居高临下地俯视着言明远和房间里所有的人，"小田失踪了。两个外调特务安小静家庭背景的同志，只回来了一个，连莲，就是我妹妹。第一个被怀疑的对象就是她，连城基本定调为特务。连莲有敌特嫌疑，所有的箭头都指向我，所有的事都跟我、连家密切关联，我真的是特务，我有那么蠢吗？把所有的疑点都包揽到自己身上，让自己暴露在光天化日之下？"

言明远其实也是被"内有奸细、外有敌特"这种思维交相煎迫着，听连捷敞开心扉，索性就在会上把话说开。

"'蝴蝶'为什么在众目睽睽之下，两度成功脱逃？"言明远索性直言不讳，"除了老金，就是你。"

"谢谢你的坦诚。"连捷面上出现一丝欣慰，"我也是这样想的。"

虽然两个人在表达事实的方法上有所不同，但是，他们的观点和分析绝对是一致的。

第十五章 真相大白

两个人都有嫌疑，包括老金。

情理一旦想通，芥蒂反而消散于无形。

"你错了，错得离谱。"连捷说。

"我当然希望自己的判断是错误的，不然，就太可怕了。"

"如果老金真的有问题呢？"一个侦查员忍不住插话进来。

"老金这一走，神龙见首不见尾。留下我们两个互相猜疑，互相敌对，互相撕咬，不过就是玩了一场无人生还的游戏。"连捷说，"变相地撕裂了我们内部的相互信任和战友感情，带来无休无止的梦魇。"

办公室里没有人说话了，大家都安静下来。

"蝴蝶"还会回来吗？连捷想。

第十六章 原来是你

第十六章 原来是你

职工医院的传染病区依旧是幽静和晦暗的，几乎没有什么病人，病重的多半会在一个月内送去大医院隔离，病势较轻的，很快就会出院。所以，传染病区的病房总是空荡荡的，自从上次地下通道遭遇过一次火灾，来的人就更少了。刘冠霖就是在传染病区建立了保密局江城站的秘密电台。上一次连捷和言明远进入的秘密空间，只不过是刘冠霖秘密电台的一个备用站，真正的电台被他藏在传染病实验室的夹层墙里。

刘冠霖像往常一样悠闲地在传染病区散步，那褪了色的老房子在树荫下愈发阴暗，叠叠树叶，落下重重暮霭，仿佛滤去了尘世的喧嚣，一片寂静。

"刘医生。"有人拉了刘冠霖一把，刘冠霖的身形瞬间隐入小树林一团黑乎乎的阴影里。

"你，你怎么敢？"刘冠霖看到了连城，"太冒险了。"

"'蝴蝶'醒了。"连城说。

"刘一剪呢？"

"她写给你的信。"

刘冠霖接过连城递给自己的信，果然是刘一剪的笔迹，刘冠霖定了定心神，在月光下把信给看完了，内容很简单，保密局上海站圆满完成"蝴蝶"复苏计划，请速速联系"蝙蝠"，启动"留置计划"。

"'蝙蝠'？"刘冠霖故意顿了顿，"'吸血蝙蝠'不是已经死了吗？"

连城冷笑："都到这个时候了，就不必贼喊捉贼了。"

"这个比喻不太恰当。"刘冠霖阴沉地一笑，"'蝴蝶'醒了，有没有说'留置计划'的事？"

"她说，这个得当着'蝙蝠'的面说。"

"我没办法直接联系到他。"

"为什么？"

"他是这一行里的传奇，没人有机会当面跟他说话。"

"那你怎么接收他的指令？"

"死信箱。"刘冠霖说，"每一次他都会在约定好的死信箱里下命令。"

"上一次杀假'蝙蝠'也是他的命令？"

"对。"刘冠霖说，"李逵杀李鬼，很正常。"

"'蝙蝠'迟早得露面，否则，'蝴蝶'不会积极配合的。毕竟两份清单，少了哪一份都成不了事。"

"这真是一个诱人的目标。——我问你一个问题。"刘冠霖说。

"嗯？"

"如果，我说如果你发现'蝴蝶'是共产党，她来见'蝙蝠'的目的，就是挖出另一份清单，把我们一网打尽，你会怎么做？"

"跑路。"连城不假思索地回答。

"跑路？"刘冠霖止不住呵呵笑起来，"很真实啊，连城。你不知道，这行干久了，人都快憋疯了。你为了自己不暴露，就得不停地观察你身边的人，注意他们的人际关系，久而久之，就变得神经质。'留置计划'完成以后，也许是时候留点时间给自己——跑路，是不错的选

第十六章 原来是你

择。"

连城没想到他会说出这些丧气话，有点错愕。

"我千辛万苦地回国，几番折腾，你不会告诉我，你要放弃吧？"

"不是放弃，只是厌倦了躲躲藏藏的日子。"

"说正事，'蝙蝠'什么时候见'蝴蝶'？"

刘冠霖看了看连城："自从安小静成功逃跑，'蝙蝠'就预料到今时今日的情况，他知道'蝴蝶'归来，肯定会提出见面。所以，他早就拟定好了方案。第一，由'蝴蝶'绑架史云帆；第二，'蝙蝠'为表达诚意，先提供他手上的半份清单给'蝴蝶'；第三，等'蝴蝶'先干完第一件事，'蝙蝠'会主动跟她见面，一起完成对W研究所的破坏计划。"

"绑架史云帆？"连城问，"有意义吗？"

"'蝙蝠'的意思，设计室是W所的中枢神经，毁了设计室第一工程师，才能真正伤到军工厂的元气。"刘冠霖说，"我们的行动离成功只有一步之遥，同理，我们离失败和死亡也只有一步之遥。"

"为什么让'蝴蝶'绑架史云帆？"

"如果有人让黄鼠狼进了鸡窝……"

"你怀疑我们。"

"对。目前为止，我们最大的威胁还在内部！"刘冠霖说，"我们到底是'捕食者'还是'猎物'，就看'蝴蝶'的行动了。"

两天后，史云帆在下班途中失踪了。整个事件在厂区闹得沸沸扬扬。方程、姜海涛、吴满意、黄燕、陈果等人自发组成搜索小队，到处寻找史云帆的下落。

公安局刑侦科、W所保卫科全体出动，在言明远和连捷的带领下对W

所的厂区、生活区开展了大规模的寻人行动，但一无所获。

史云帆失踪三天后，沙河公园的桥洞下，"蝴蝶"如约去见"蝙蝠"。而连城把史云帆禁锢在刘一剪的裁缝铺里，对，这里是灯下黑。没有人想到他们会回到已经被公安贴了封条的房间，当明媚的阳光照进阁楼的时候，这里既宁静又舒适。

嘎吱一声，有人进来了。

连城持枪站在门内警戒。

史云帆被堵住嘴，绑坐在椅子上，他瞪着一双血红的大眼睛，像要吃掉眼前这个狗特务。"蹬蹬蹬"有人走上木质楼梯，连城的枪顶住了来人的太阳穴。

"不认识我了吗？"

连城不说话。

"是我，放下枪。"连捷说。

"那可由不得你，连科长。"连城讥笑着。

"还记得你的犹太房东吗？"连捷说，他的手轻轻地把连城的枪口移开，"那天给你在纸上预警的是我。"

连城瞪着一双眼，一脸惊诧。

"冷静点'蜘蛛'，我是你上司。"连捷说，"别拿眼珠子瞪我，我又不是鬼。"

"原来是你。"连城慢慢地收起枪，还是不放心似的，朝楼梯下望了望。连捷很满意他的动作。

"真看不出来。你居然是个双面人。"

"是吗？"连捷特别欣赏连城脸上震惊的表情。

"你看上去可是刚直不阿。"

第十六章 原来是你

"很抱歉,这样跟你见面。"连捷这话也不知道是对着史云帆说,还是对着连城说。兄弟俩这么近,却又这么远。近到能见毫发,远到看不清嘴脸。"虽然你的工作态度一直很差,但是完成度很好。"

史云帆拼命在椅子上挣扎。

"你来这儿不觉得冒险吗?你可是保卫科的科长。"

"听着,我做事向来稳扎稳打,从来不冒险。你以为我能活到现在,仅仅是靠运气吗?"连捷在史云帆面前停了下来,"史工,你别激动。我们简单地说两句,行吗?"他说着客气话,把塞在史云帆嘴里的一团破布给拿了出来。一脱离了禁言的状态,史云帆便怒吼起来:"狗特务!我要揭发你们,杀了你们。"

连城发泄一样砸了史云帆一拳。

"你们师徒的关系——,真感人。"连捷说。

史云帆被打得晕晕沉沉,他老实了。

"在我心里,你可是W研究所正义的典范。"连城说。

"你觉得被欺骗了,还是被伤害了?"

"是的,尤其对我……"

"为什么不说下去?"

"我连你是谁都不知道,你不会真的是传说中的吸血……"

"蝙蝠。"连捷清晰地吐出这两个字。

"蝙蝠"的面貌终于清晰地浮现出来,连城感觉到窒息:"那约'蝴蝶'在沙河公园见面的是——冒牌货?原来你才是真'蝙蝠',我居然一直在为你工作而不自知。"

"为党国效忠。"连捷纠正他的话。他走近连城,和蔼地拍了拍连城的肩膀:"在这种困难重重的时候,需要有些人来替我们卖命,他们以为今天会活着回去,其实呢,是为党国尽忠——就像我们的假父亲。"

"连颢然?你什么意思?连颢然今天会死?"连城再次举起枪。

"别激动。"

"你连父亲都杀,何况是我这个半路兄弟。"

"说得对,对极了,连城。听着,我需要你的时候,你可以是我的兄弟,不需要你的时候,随时随地可以'砰'。"

"'砰',那敢情好,至少,出了事,大家心里都好过。"连城咬着牙关说。

"出事?"连捷冷笑一声,"你对我隐瞒了什么?"

"你没必要知道,我的上司是'蝴蝶',不是'蝙蝠'。"

"你的事,我大概都了解。"

"别在这儿跟我玩心理战。"

"你心里不踏实,所以浮躁,静不下来。"连捷不动声色地拉了把椅子,在窗边坐下。

"你怎么知道我在这儿?"连城呼吸急促,手有点抖。

连捷回眸看他一眼:"站就站直,坐就坐好,别拿着把破枪晃荡,小心枪走火。"

连城站稳了。

"别傻愣着,去给我泡杯茶。你不想知道下一步怎么走吗?"

连城转身去泡茶了,一会儿,一手拿枪一手端茶的连城走过来,把茶杯放在茶几上。

"坐。"连捷说。

连城坐到连捷身后。

第十六章 原来是你

"你变了。"连捷说。

"没错，——看到你之后。"

"打破了你的幻想。是吧？"连捷说，"我承认，我一度怀疑过你对党国的忠诚，希望你能体谅，我这个人从小到大都没有安全感。我经历过些什么，你全都不知道。"连捷喝了一口茶，面对阳光说："来江城的所有故事都是从这间裁缝铺开始的。"

"你是说刘一剪？"

"是的。"连捷说，"她不是江城站的人，她在保密局上海站工作，奉命前来江城督战。因为，'留置计划'的清单不完整，所以，我有十足的借口按兵不动。刘一剪先联系了她的堂兄、我的下线刘冠霖，刘冠霖是上海站的老人，抗战时期就是了，他对'蝴蝶'颇有印象，特别是那件苏绣的蝴蝶旗袍，他见过，于是，他建议把这旗袍制作出来，挂在橱窗里，如果'蝴蝶'在江城，她一定会出现的。"

"她没有出现。"连城说。

"对，其实没有完整的计划清单，我们的系统照样转。"连捷说，"既然找不到'蝴蝶'，就把'蜘蛛'找回来吧。"

"我回来，是你建议的？"

"是刘冠霖。他在上海站工作过，知道'蝴蝶'和'蜘蛛'的关系，他向总部汇报了情况，于是总部启动了新计划，找你回国。"

"刘冠霖为什么这么肯定'蝴蝶'在江城？"

"因为'蝴蝶'是在江城失踪的，他始终认为她就在这儿，W研究所。"连捷说，"后来的事情你都晓得了，也参与了。"

"第一个死了的朱曼丽是谁？"

"这个人是个十足的蠢货，原来在保密局干过档案管理，知道有朱曼丽这号人物，解放后，干脆盗用'蝴蝶'的假身份混到江城来潜伏，其实，就是想一劳永逸地待在这儿。她干档案管理，知道朱曼丽以前在留香街有一所房子，她就去了，被我们江城站的看门狗给杀了。"

"于是，又有了新情况。"

"对。状况层出不穷。——不过，到现在我都不知道你遇见的女鬼是谁？"

"是安小静，她梦游。"连城说。

"那就难怪了。"连捷低声一笑，"我读过她的日记本，我原本不相信'蝴蝶'会失忆，你说她的'失忆'是不是也是一种逃避呢？"连捷抬头看了看天："这么久的经营了，多少还是有点舍不得，在这儿，终结我这辈子最愉快最舒适的时光，我真实地活在虚假的身份里，为人子，为人兄，甚至为人师表……"

"你不想行动了。"

"是啊，这是实话，不过，要动的话一定是地动山摇，否则没意义。我很庆幸可以解脱了，我们可以各归其位了。"

"我以为你要位列仙班了？"

两个人的嘴角都露出讽刺的笑意，连城开始给连捷续茶了，阳光慵懒，二人坐在阁楼上喝着下午茶，旁边还有个五花大绑作陪的史云帆。

"我对这个'留置计划'并不感兴趣，换一个角度看，似乎这意味着'蝴蝶'想蚕食我的地盘，或者，我想侵蚀她的领域。就算这个计划完美实现了，——就能改变党国失败的命运吗？"

"我不太明白。"

"你的运气一直比我好。我们沦落到这步田地，就是拜父母所赐，我们有一个不顾家庭，搞革命的亲爹，有一个懵懂无知、性格软弱的

第十六章 原来是你

亲娘，还有一个害人的养父，注定了我们一生都将成为别人手上的棋子。"

连城沉默着。

"我们就像踩进了臭泥塘，泥水又脏又臭，而我们的工作，让我们无法抽身出来，而且越陷越深，一直落到泥沼深处，黑暗中，等我们一身污垢爬出来求生的时候，早已面目全非。"

"你在哈尔滨到底经历了什么？非人的魔鬼训练？"

"你同情我，想我在你面前卖惨？别扯淡了。我现在只求一个圆满的脱身。"

"我跟你也相处了一段时间了。"连城说，"我想问你一个问题，你有在乎的人吗？"

"没有，如果一定要说有，那就是我自己。"

"妈妈长期精神衰弱，是不是你和连颢然一起害的？"

"算是吧，连颢然老给她吃安眠药。——我有时候想，妈妈要是一觉睡过去，是不是能够解脱呢？她一生都活在欺骗里，满足在梦里。"

"妈妈真可怜。"连城喃喃自语。

"想不到你对我的母亲还有恻隐之心。"

"是我母亲。"连城说。

"假作真时真亦假。"

"少给我掉书袋。"

"我知道，你最近承受了很大的压力。"连捷说。

"你会为了你自己的利益杀了母亲，抑或是连莲？会吗？"

连捷想了想，说："逼不得已吧。"他看了看连城："是不是让你伤心了？"

"干这行，早就没心了。"连城面无表情地说。

"干完这一票，我得换个环境。"

"你要搬家吗？"连城问。

"对，一起走吧。我想明白了，与其把秘密图纸带走，不如把史云帆带走。"

昏昏沉沉的史云帆听到这句，又开始挣扎起来。

"你认为他出得去？他会配合吗？不要到时候，搞得我们全军覆没。"连城说。

"今天晚上有船走。"

"去哪里？"

"香港。"

"疯了吧。"

"今天下午，军工厂会有一次大爆炸。"

连城倏地就跳起来："不是说，'蝴蝶'和'蝙蝠'见了面再安排破坏计划吗？"

"你紧张什么，"连捷说，"保密局需要看到点希望，我们就给他们一点火苗。"

"所以你牺牲掉无辜百姓的生命。——他们都是无私奉献，从各个大城市支援三线来的，他们是建设新中国来的，而你，却为了展示自己的工作有效，罔顾他人生死！"

"不是罔顾，'屠杀'更精确一些。"

连城的心凝成冰块，史云帆满脸愤怒，血管和青筋都暴起来了。

"你一定谋划了很长时间吧。"连城说。

"想一想，激动人心的画面，军火库，轰！飞上天。"连捷开始兴

第十六章 原来是你

奋了,"你以前尝试过这种事吗?焦土策略。墙垣倒塌,炸成齑粉。"

"怎么做到的?"

"TNT炸药,加一个定时器。今天早上我就搞定了。等爆炸一结束,厂里乱成一团,我们就悄然地离开这个鬼地方。"

"今天的动静,你认为会悄然吗?"

"他们轰然,我们悄然。"连捷转对史云帆说,"我想大家都希望平安脱离危险,史工,你有大把的甜蜜生活在后面,没必要吞下死亡的苦果。"

史云帆听到这句,又拼命摇晃身子,表示反抗。

"为什么是他?"连城问。

"知识就是力量。"连捷说。

连城深以为然。

"你还不知道吧,史云帆在材料研究领域是专家,他是有名望的科学家,虽然他很年轻,但这就叫天赋,老天爷赏饭吃。把他弄到台湾,或者香港、美国,可以制造国际舆论,引起西方自由世界的轰动,到那个时候,我们就可以功成身退,得意还乡了。"

"以我对他的了解,他不会屈服的。"

"一个秀才。"

"三军可以夺帅,匹夫不可夺志。"

"你想多了,我见得多。——不要替他人夸海口,有些人,自己都不了解自己,除非刀架在脖子上。——谁知道呢?也许他到了国外,一样有实验室等着他,有金钱美女陪着他,这就是本事。不像我们要刀口舔血才能生存。像他这种人,每天都过着十几个小时科研生活,没什么大乐趣,对于他们而言,实验室就是家,就是他们的全部。——你觉得这工厂像什么？像一个没有上锁的监狱，里面的人自觉执行狱规，一辈子就这样忙忙碌碌，全靠对工作的热爱。有时候我想啊，他们这样是聪明还是愚笨呢？"

"我要带'蝴蝶'一起走。"连城说。

"别傻了。"

"不为她，我不会来。"

"是的，是的，我明白。责任在我。"

"你什么意思？"

"我在连颢然的手提包里放了炸药，他冒充'蝙蝠'去沙河桥洞见'蝴蝶'，所以，你的'蝴蝶'也许跟连颢然一起上了西天。"

"我杀了你！"连城咬牙切齿地扑过来，扑空了，他整个人摔倒在地。

"我们的职业是杀人，不是爱人。"连捷说，"有行动就会有牺牲，连带损失是难以避免的。这是战争。"

"现在清楚了。"

连捷背后传来一声清亮的女音，舒远带着言明远、老金等人冲进了房间里。舒远穿着一身列宁装，更显出她纤细的身材，她深邃的目光一如既往地强势，冷静。

连捷脸色顿时惨白。

连城从地上爬起来，他缴了连捷的枪："我做的就是拖住你，另外，你如果愿意的话，我想弄清楚我想不明白的事。"

连城替史云帆解开束缚："对不起，师傅，委屈你了。"

史云帆恨恨地瞪着连城："公安同志，抓他，他是特务，大特务。"有公安过去，护住史云帆，扶他下楼。

第十六章 原来是你

"没有人可以利用我！也没有人可以动摇我对祖国的信念！"史云帆一边下楼。一边大声喊着。

"连捷，我真想不到是你，真可耻。"言明远说。

"你们，你们是怎么想到我的？"连捷有点恍惚。

"每件事都跟你有所关联，假连颢然，假身份，你妹妹，归国华侨，你弟弟，就是我，还有一个写匿名信的妈妈。"连城说，"你真是丧心病狂。"

"说出来多扫兴。"连捷突然惨笑一声。

"身为公安人员，查清每一个事实，不遗余力，除恶务尽，是我们的职责，也是我们的义务。"舒远说。

"百密一疏。——我的对手太强大了。"

"你知道，为什么你的对手这么强大吗？因为我们打的是人民战争！"舒远说。

"我以为我们最后对峙的地点应该是军工厂的军火库。没想到啊，居然是在这个裁缝铺。"

"因为你没胆量在爆炸现场，你只能藏在阴暗的角落里谋算他人。保密局江城站被一网打尽了，'蝙蝠'先生。"舒远说。

言明远拿着一副手铐往前走。

"我想再抽支烟。"连捷对连城说。

连城看了看舒远，递给连捷一支烟。

"抱歉了，兄弟，虽然是老生常谈。我们就像漂在海上的孤雁，以求一枝之栖，一不小心掉到海里就会葬身鱼腹。即便如此，我对未来的生活依然还有向往。但是，现在，你知道啊，没有回旋余地了，一败涂地了。很显然，我小看你了。"连捷笑起来，"谢幕虽然不光彩，但还不至于难看。"他突然一转身,老金厉喝,连城的枪也端起来,却只能眼看着他张臂向窗外扑去,"这就是最后的结果。"

舒远、连城等人冲到窗边,见连捷已经摔死在水泥地上。看看地面上的血迹,有点意思,人和血扑在地上,像极了一只蝙蝠。

事情终于结束了。

明天的太阳照样升起,阳光普照大地。

尾声

尾 声

三年后，江城。一个寒冷的冬天。

留香街上新开了一家钟表店，门面很小，据说修表的师傅是从上海支援三线来的，手艺高超，价格低廉，所以，上门修表的人络绎不绝。

连莲裹着一件军大衣，在寒风中孤单地走来。那军大衣是连捷留下来的，她一到冬天就拿出来穿，洗得都败色了。

自从连家东窗事发后，连莲的形象也一落千丈。她先是被调查、被开除公职，后来在言明远的帮助下，到街道办的纸盒厂做临时工，工作是糊纸盒。没人愿意跟她有更深的交往，也没有男人愿意跟她"要朋友，谈恋爱"，过去要好的姐妹，现在看到她都避之不及，邻居们也经常在她背后指指点点。程月如因精神失常被连城接走了，据说住进了上海的一家疗养院，而连城早就消失在茫茫人海了。连莲就像是断线的风筝，在天空里飘啊荡啊，没有着落。

街上行人匆匆，没有任何人留意她的存在，连莲的面容和三年前判若两人。那个小脸蛋红扑扑，热情饱满、好表现的姑娘，现在变得阴郁、缄默。她的心早就冷了，比冰还冷，还硬。

留香街的巷角街缝里依旧弥散着家属院的味道，而连莲已经变味了。

嘎吱一声，连莲推开了钟表店的门，里面点着灯，橘红色的灯光显得很温暖，一个翘着胡须，眼袋很重的男人正在柜台里坐着修表。

连莲走过去，把一块老式手表递了过去。

"我想修表。"她说。

修表师傅接过手表，认真检查了一下表的内部。

"这表太老了，要换机芯，修理费很贵的，不划算。有修表的钱不如去买一块新的。"他说。

"嗯，是啊。"连莲叹口气，"这表里有很多前尘旧事——舍不得扔呢。"

修表师傅抬头望了望她，说："你跟照片上不大一样。"

"这不都是拜您所赐吗？"她那凄凉的笑容让人脊背发凉，"这块表藏着我那一败涂地的哥哥的悼挽呢。"

"干这行没有永远的赢家，也没有永远的一败涂地。"杜旅宁说。

（完）

图书在版编目（CIP）数据

沉睡的蝴蝶 / 张勇著. —成都：天地出版社，2024.7
ISBN 978-7-5455-8283-3

Ⅰ.①沉… Ⅱ.①张… Ⅲ.①推理小说—中国—当代 Ⅳ.①I247.5

中国版本图书馆CIP数据核字（2024）第062486号

CHENSHUI DE HUDIE

沉睡的蝴蝶

出品人	杨 政
作 者	张 勇
责任编辑	孟令爽
责任校对	马志侠
装帧设计	引力大伟
内文排版	挺有文化
责任印制	王学锋

出版发行	天地出版社 （成都市锦江区三色路238号 邮政编码：610023） （北京市方庄芳群园3区3号 邮政编码：100078）
网 址	http://www.tiandiph.com
电子邮箱	tianditg@163.com
经 销	新华文轩出版传媒股份有限公司
印 刷	北京文昌阁彩色印刷有限责任公司
版 次	2024年7月第1版
印 次	2024年7月第1次印刷
开 本	710mm×1000mm 1/16
印 张	22.75
字 数	294千字
定 价	58.00元
书 号	ISBN 978-7-5455-8283-3

版权所有◆违者必究

咨询电话：(028) 86361282（总编室）
购书热线：(010) 67693207（营销中心）

如有印装错误，请与本社联系调换。